ROY JENSEN

Tyrannenmord

DREIFACH HÄLT BESSER Nina und Ben betreiben eine Frühstückspension im nördlichen Angeln an der Ostseeküste. Das Paar hat sich damit den Traum von der Selbstständigkeit erfüllt. Als wenig später ihr Sohn Moritz zur Welt kommt, scheint das Glück perfekt. Doch schon bald darauf eröffnet in der Nähe eine Motorradkneipe und stört damit erheblich die Ruhe der Frühstückspension. Nina und Ben fürchten um ihre Existenz, denn immer mehr Feriengäste bleiben aus. Auch die Nachbarn des Paars fühlen sich durch die Bikerhorden massiv beeinträchtigt und versuchen, sich zu wehren. Eines Tages herrscht endlich Ruhe – der Inhaber des Bikertreffs wurde ermordet. Auf Hauptkommissar Paul Schmidt und seine Kollegin Isabell Detleffsen wartet eine schwere Aufgabe. Denn viele Anwohner haben ein Motiv für die Tat.

Roy Jensen absolvierte eine Schriftsetzerlehre bei Gruner + Jahr im Hamburger Pressehaus und studierte später an der Fachhochschule für Gestaltung. Zunächst arbeitete er in der Werbung, bevor er für viele Verlage als Layouter tätig war. Er wirkt zudem als Maler (Kunst AG) und ist Autor von am realen Zeitgeschehen orientierten Anthologien und Sachbüchern aus dem Freizeitsektor. Mit dem vorliegenden Krimi »Tyrannenmord« gibt er sein Debüt im Gmeiner-Verlag.

ROY JENSEN

Tyrannenmord

Kriminalroman

GMEINER *Original*

Besuchen Sie uns im Internet:
www.gmeiner-verlag.de

Im Ehnried 5, 88605 Meßkirch
Telefon 07575/2095-0
info@gmeiner-verlag.de

1. Auflage 2014

Lektorat: Sven Lang
Herstellung: Julia Franze
Umschlaggestaltung: U.O.R.G. Lutz Eberle, Stuttgart
unter Verwendung eines Fotos von: © mafied / photocase.com
Druck: GGP Media GmbH, Pößneck
Printed in Germany
ISBN 978-3-8392-1525-8

Personen und Handlung sind frei erfunden.
Ähnlichkeiten mit lebenden oder toten Personen
sind rein zufällig und nicht beabsichtigt.

1. NORDLICHT-DUO

Schmidt genoss die morgendliche Kühle und die frische Brise, die von der Hafenspitze heraufwehte. Von der Marienstraße aus, wo seine Wohnung lag, war es nur ein kurzer Fußweg bis zu seiner Arbeitsstelle, der Flensburger Bezirkskriminalinspektion am ZOB.

Hauptkommissar Paul Schmidt, im einstigen Hamburger Kollegenkreis auch Schmidtchen Schleicher genannt, was er seinen auf den Präsidiumsfluren unverwechselbar quietschenden Kreppsohlen zu verdanken hatte, hatte schon immer ein Faible für den hohen Norden gehabt.

Dennoch wusste er im Nachhinein die Vorzüge zu schätzen, die er durch sein früheres Büro genossen hatte, welches sich damals hoch oben, im elften Stock des früheren Polizeipräsidiums, am Berliner Tor befunden hatte.

Der Weitblick über die Großstadt war gigantisch gewesen. Er reichte von dem rechts ins Bild fallenden, hanseatischen Kontorhausviertel im Stil der Konservativen Moderne bis weit über die Speicherstadt und die Deichtorhallen hinaus. Ruhte sein Blick eben noch auf entfernten Industrieanlagen, so konnte er sich im nächsten Moment schon zwischen den grauen Stahlstreben der Elbbrücken verfangen, bis er sich endgültig im Zinnen-Wirrwarr der dunklen, bizarren Nikolaikirchturmruine verlor.

Seine damalige Frau Ruth und er hatten nördliche Breiten betreffend oft und gerne gemeinsame Pläne geschmiedet. Bei allen Vorzügen, die Hamburg als Großstadt zu bieten hatte, reizte sie beide eher die Überschaubarkeit des baulich reizvollen Flensburg und die liebliche Landschaft Angelns, die bis direkt an die Förde reichte. Die unmittelbare Nähe zu den Skandinavischen Ländern versprach zudem erlebnisreiche Reisen auf ihrer guten, alten Kawasaki.

Kurze Zeit später auf einer Schwedenreise von Hamburg aus schlug das Schicksal erbarmungslos zu und machte alle weiteren, gemeinsamen Pläne in einem Sekundenbruchteil zunichte. Ein Wagen hatte riskant überholt und zwang ihr Motorrad in den Straßengraben. Seine Frau wurde aus dem Soziussitz geschleudert und prallte gegen einen Strommasten. Während Schmidt, bis auf ein paar Schürfwunden, weitgehend unverletzt geblieben war, verstarb Ruth bereits in der folgenden Nacht in einem Malmöer Krankenhaus.

Die Erinnerung daran war selbst heute noch nicht frei von Schmerzen. Damals hatte ein Arzt mit einfühlsamen Worten versucht, ihn mit der unverrückbaren Tatsache zu konfrontieren, dass das Leben seiner Frau nicht mehr zu retten gewesen war. Anfangs hatte er dies gar nicht realisieren wollen. Sämtliches Geschehen erlebte er wie in einem unwirklichen Traum, in dem aus einem unbekannten Nirgendwo sich nähernd und gleich darauf entfernend gedämpfte Laute und

Stimmen ohne ersichtliche Ordnung um ihn herum zu vagabundieren schienen.

Die Rückfahrt war von zahlreichen Erinnerungslücken durchzogen. Alles geschah lediglich mechanisch, als befände er sich wie ein Insekt unter dem Eindruck des eigenen Totstellreflexes.

Zu Hause überschwemmte ihn eine nicht enden wollende Trauer. Damit nicht genug, bohrten in ihm gnadenlose Schuldgefühle, denn er hatte Ruth erst zur Reise überreden müssen, weil sie ursprünglich aus beruflichen Gründen daheimbleiben wollte.

Seine Frau hatte sich nie ein steinernes Monument auf ihrem Grab vorstellen wollen und so fand sie ihre letzte Ruhe in einem Friedwald am Rande der Großstadt.

Der Unfallverursacher wurde übrigens nie gefasst, was Schmidt neben den kaum zu bewältigenden seelischen Schmerzen zusätzlich mit derartigem Grimm erfüllte, dass er kaum wieder auf die Beine kam.

Um der Ablenkung willen, stürzte Schmidt sich schließlich als Erstes in seine Arbeit, wie es Männer mit Problemen meistens taten. Doch blieb sein eigentliches Dilemma bestehen, und da ihm die Trauerarbeit nur unzulänglich gelang, weil sie eben ihre Zeit brauchte, kapselte er sich zunehmend von seiner Außenwelt ab. Er fing an, sich mit Alkohol zu betäuben, wurde zeitweise zum Kettenraucher und eine erschreckend gleichförmige Lethargie ergriff immer mehr Besitz von ihm. Zudem kostete es ihn erhebliche Mühe, seinen desolaten Zustand besonders gegenüber seiner beruflichen Umgebung zu verbergen.

Als er schon an Suizid dachte, weil er meinte, seine Arbeit nicht mehr schaffen zu können, klingelte eines Abends das Telefon völlig unerwartet. Am anderen Ende der Leitung erkannte er die Stimme eines früheren Kollegen, mit dem er zusammen die Polizeischule absolviert hatte und seitdem in Freundschaft verbunden geblieben war.

Schmidt, der in seiner Depression dem Treffen in einer Kneipe am Hauptbahnhof zuerst sehr zögerlich gegenüberstand, ließ sich schließlich dazu überreden. Hier hatten sie als Polizeischüler so manch verbalen Strauß ausgefochten und die Einrichtung schien sich überhaupt nicht verändert zu haben.

Der Umgang mit dem früheren Freund und Kommilitonen tat Schmidt wider Erwarten gut. Dieser schien das richtige Händchen zu haben, zumal er Schmidt neben ihrem ins Leben gerufenen, regelmäßigen Stammtisch zu Konzertbesuchen und zum Rudern auf der Alster ermunterte.

Als sie vom Polizei-Ruderverein am Isebekkanal sich im Zweier-Skiff Richtung Feenteich aufmachten, war es wie zu früheren Zeiten, und in Schmidt regte sich, wenn auch zaghaft, auf immer und ewig verloren geglaubte Lebensfreude.

Im Nachhinein betrachtet, war der Freund wahrscheinlich der beste Therapeut gewesen, den er sich damals hätte wünschen können. Den Verschluss in sich hatte Schmidt natürlich selber öffnen müssen, der nötige Anstoß dazu, der war von seinem Kollegen ausgegangen.

Hatte sich Schmidts Zustand zwar weitgehend so stabilisiert, dass er das Leben in fast all seinen Schattierungen wieder annehmen konnte, so hielt es ihn gleichwohl nicht länger in der alten Umgebung. Die Erinnerungen an seine Frau kamen immer wieder hoch.

So beschloss er schließlich – da die Gelegenheit gerade überraschend gegeben war – sich nach Flensburg versetzen zu lassen. Dort machte er die Bekanntschaft einer Frau, die als Fremdsprachenkorrespondentin bei einer Import- und Exportfirma für den Skandinavischen Raum tätig war und die er bald darauf – wahrscheinlich um Reste seiner Trauer zu kompensieren – wohl zu überhastet heiratete.

Die Frau machte eine beispiellose Karriere, Schmidt arbeitete derweil zumeist im Kriminaldauerdienst, was zur Folge hatte, dass sich beide immer seltener sahen. So fehlte die Zeit – oder sie nahmen sie sich nicht genug –, den Konflikten, die sich zuerst nur hin und wieder andeuteten, und letzten Endes ihre einstige Vertrautheit untergruben, hinreichend mit Gesprächen und gegenseitiger Zuwendung zu begegnen.

Und so kam es, wie es unter anderen Lebensbedingungen vielleicht nicht hätte kommen müssen, sie ließen sich scheiden.

Immerhin blieb ihm die Liebe zu den nördlichen Breiten erhalten. Oder war er ihnen gar auf ewig verfallen, wie die ungenannt gebliebenen Entdecker des rätselhaften Nordlandvirus einem das gern glauben machen wollten?

Wie dem auch sei, eines Tages gab es für ihn kaum Schöneres, als mit seiner Kawasaki VN 1500 Drifter, einem Chief-Nachbau, also entsprechend schwer und stark und fast einer Sänfte gleich, im Urlaub die skandinavischen Länder nach und nach für sich zu erschließen. Ruhig brummend glitt er dahin mit seinem Cruiser, denn er verabscheute – nicht erst nach dem Unfall mit seiner Frau Ruth – das Rasen. Nur ganz selten, wenn es bei einem Überholvorgang mal vonnöten war, ließ er die Maschine ihre wahre Kraft zeigen.

Ob auf den Schotterpisten der Fjells, den schmalen, wie festgeklebten Serpentinen an steilen Fjordwänden oder auf gut ausgebauten Europastraßen Richtung Nordkap: Immer war sie ihm wie eine verlässliche Partnerin und mit ihrem satten, dunklen Sound wuchs sie ihm mit der Zeit ans Herz. Manchmal kam es ihm vor, als wäre da unter ihm mehr als nur Gummi, Blech und Metall.

Zurück in Deutschland verwahrte er die Maschine sorgfältig unter einer Persenning in seiner Garage, wartete sie natürlich regelmäßig selbst und bewegte sie lediglich, um sie in Schuss zu halten. Denn hier, wo Motorradfahrer ein deutliches Image- und Akzeptanzproblem hatten, war ihm das Fahren eher unangenehm.

Im Moment stand kein aktueller Fall für sie an und so hatte er sich zusammen mit Isabell, seiner Assistentin, schon länger zurückliegenden, ungeklärten Fällen zugewandt, um diese auf die Möglichkeit der DNA-Überprüfung abzuklopfen. Den ersten Fall, den sie auf diese Weise aufklären konnten, war ein Mord mit sexuellen Motiven an einer jungen Frau, der bereits über 42 Jahre zurücklag. So rückte aufgrund von Übereinstimmung der DNA-Proben ein ehemaliger Bundeswehrsoldat als Hauptverdächtiger in den Fokus der Ermittler. Dieser Mann, der bis zuletzt im Kreisgebiet lebte, konnte mit den Verdachtsmomenten nicht mehr konfrontiert werden, da er vorher verstarb.

Isabell, die hier im Kreis aufgewachsen und sich selbst als unverbesserliches Angeliter Landei sah, hatte zuerst Grundschullehrerin werden wollen, also eine Pädagogenlaufbahn im Visier gehabt. Zum Studieren war sie anfänglich nach Kiel zu ihrem damaligen Freund gezogen, der dort schon eine Referendariatsstelle bekleidete.

Doch irgendwie erschien ihr mit der Zeit die berufliche Perspektive eines Lehrers zu sehr vorgezeichnet und einer inneren Eingebung folgend, bewarb sie sich kurz entschlossen bei der Kieler Schutzpolizei, wofür ihr damaliger Freund wenig Verständnis aufbrachte.

Regelmäßige Schichtdienste, tagelange Einsätze während der Castortransporte in Lüchow-Dannenberg und Gorleben führten dann bald zum Bruch der noch nicht in sich gefestigten Beziehung. Noch während der Kieler Zeit, erhielt sie den Dienstgrad eines Kriminalkommissars und da sie trotz des großstädtischen Einflusses immer das überzeugte Landei geblieben war, wechselte sie bald darauf in heimatliche Gefilde und trat ihren Dienst in der Bezirkskriminalinspektion Flensburg an.

Für den später dazu stoßenden Hauptkommissar Schmidt war sie ein wahrer Glücksfall, denn da sie ›als eine von hier‹ mit den Ländlern gut konnte, öffnete sich so manche Tür, die wohl dem ehemaligen Großstädter – der zudem den heimeligen, wärmenden Stallgeruch vermissen ließ, sonst verschlossen geblieben wäre.

Klar, er fühlte sich auch persönlich zu Isabell hingezogen und das bezog sich nicht nur auf ihr attraktives Äußeres sowie ihre offene, freundliche Art, sondern auch auf ihre Loyalität, ihre absolute Verlässlichkeit und nicht zuletzt auf ihre fachliche Kompetenz.

»Na, Isabell, was meinst du, haben wir noch ausreichend Muße für die Aufarbeitung eines weiteren Falls?«

»Woher sollen wir das wissen, Paul?«, erwiderte

Isabell lächelnd und hielt mit dem Sichten der eingegangenen Tagespost kurz inne.

»Im Moment können wir ja ein wenig verschnaufen, aber wie lange noch?«

2. EIN TRAUM WIRD WAHR

»Genau, Nina, das ist es«, wandte sich Ben, der in derartigen Situationen immer schnell entflammbar war, begeistert an seine gleichaltrige Freundin. Während der Fahrt zur kleinen Anhöhe, die nur wenige Gehminuten von der Chaussee entfernt lag, hatte sich beim Anblick des Anwesens dieses merkwürdige Bauchkribbeln eingestellt, das von nun an unaufhaltsam die Regie über ihn übernehmen sollte.

Selbst Nina, die stets Kühlere der beiden, war von dem stilvollen Rotsteingebäude, das einmal ein Kinderlandschulheim beherbergt haben sollte, gleich angetan.

Vor dem Gebäude, welches sich mit den weißen, von frischem Birkengrün umrahmten Sprossenfenstern im warmen Schein der Abendsonne darbot, erwartete sie bereits der Makler. Bei ihrem Erscheinen nahm er hastig einen tiefen Zug aus seiner Zigarette, bevor er diese, unterdrückt vor sich hin hüstelnd, mit einem seiner blankgewienerten, italienischen Schnürern ausdrückte.

Nach kurzem Händeschütteln – das von Maklerseite betont herzhaft ausgeführt, fast ihre Gelenke knacken ließ, öffnete dieser eilfertig die zweiflügelige Haustür, nicht ohne vorher gebührend auf deren kunstvolle Schnitzereien hingewiesen zu haben.

Hinter einem quaderförmigen Vorflur, der mit Terrazzo belegt war, öffnete sich vor ihnen ein großer Raum, der in längst vergangenen Zeiten als Speisesaal gedient haben mochte und den Eindruck hinsichtlich dessen, was aus ihm zu machen war, bei den jungen Leuten nicht verfehlte. So waren sämtliche Holzvertäfelungen gut erhalten, und durch die parallel gegenüberliegenden mannshohen, mit einem Rundbogen abschließenden Fenster traf sich das Tageslicht aus zwei Himmelsrichtungen, welches den Raum in eine eigenartige, naturnahe und wechselnde Stimmung tauchte.

Ben, der Fantasievollere der beiden, sah bereits alles vor seinen Augen und malte sich detailliert aus, wie sie hier das ursprüngliche Alte mit frischen, modernen Stilelementen aus Glas und matt gebürstetem Chrom, versehen mit einem dezentem Hauch von Champagnerbeige, in idealer Weise miteinander kombinieren konnten.

»Wie Sie am Telefon andeuteten«, unterbrach der Makler wie ein geschickter Moderator das träumerische Schweigen, »haben Sie vor, sich hier – natürlich vorausgesetzt, dass wir uns einig werden – eine kleine, spezielle Gastronomie einzurichten?«

»Ja«, antwortete Nina, »es soll eine Frühstückspension in Kombination mit einem Café hauptsächlich für Feriengäste und Tagestouristen entstehen.«

»Na, sehen Sie, das erscheint mir für den Zweck geradezu ideal«, engagierte sich der Makler. »Und hier, in diesem größeren Raum«, er breitete theatralisch seine Arme aus, »schon fast ein Saal, könnte das Café untergebracht werden … und sehen Sie erst hier«, er machte einige Schritte in Richtung eines Nebengelasses, »würden sich moderne, sanitäre Einrichtungen gut machen. Also, wenn ich so jung wäre wie Sie und die Power hätte«, er ballte kurz seine Hände zu Fäusten und öffnete dann die beiden nebeneinander liegenden Türen der Räumlichkeiten, die sich in der Tat gut zu eignen schienen, da die Belüftung direkt über die Fenster erfolgen konnte.

»Selbstverständlich«, fuhr der Makler beredt fort, »könnten Sie auch die Toiletten in dem vorhandenen Keller unterbringen und hätten dadurch die Möglichkeit, die seitlichen Räume als kleine Einheit, bestehend aus Küche und Ausschank zu nutzen ... aber«, der Makler bedachte jetzt Ben mit seiner Aufmerksamkeit, »das werden Sie natürlich alles selbst zu entscheiden haben.«

Nachdem das junge Paar die oberen Räume besichtigt hatte, die hinreichend Platz für ihre eigene Wohnung und die Gästezimmer bieten würden, verabschiedeten sie sich mit dem Hinweis, vorerst einmal alles sacken lassen zu wollen und dass sie sich Anfang der Woche wieder melden würden.

Der Makler nickte mit einem Tick zu aufgesetzter Liebenswürdigkeit, und während sie die Zufahrt passierten, bemerkte Nina im Rückspiegel, dass er bereits das Handy am Ohr sich eine neue Zigarette angezündet hatte und Ihnen freundlich hinterherwinkte.

»Ich finde«, meinte Nina, als sie sich mit ihrem Wagen auf der Chaussee befanden, »wir sollten die paar Kilometer zum Ostseestrand fahren und ein paar Schritte laufen, das bläst unsere Köpfe frei.«

»Gute Idee«, erwiderte Ben, »so können wir uns gleich von der Gegend ein genaueres Bild machen und schon mal checken, was sich in unserer weiteren Nachbarschaft befindet.«

Nachbarschaft?, ging es Nina zweifelnd durch den Kopf, und da es eine Eigenart von ihr war, sich in besonnener Zurückhaltung zu üben, die allerdings zuweilen etwas spröde wirken konnte, schwieg sie vorerst. Sie ahnte bereits, was von Bens Seite auf sie zukommen würde und fürchtete Unüberlegtheiten, die sie vielleicht später bereuen könnten.

In dem Versuch, Bens überbordende Begeisterung gleich in den Anfängen zu dämpfen, sagte sie daher: »Das klingt ja geradezu, als wäre die Sache mit dem Hauskauf für dich abgemacht? Bitte, Ben, nicht schon wieder, lass uns an die Sache mit Bedacht herangehen!«

»Aber Nina«, entgegnete Ben und es klang leicht eingeschnappt, »was ist denn dagegen groß einzuwenden, sich das im Voraus mal alles so vorzustellen, wie es sein könnte? Und außerdem, wann wird einem so etwas noch mal angeboten … du wirst sehen … alles wird gut!« Ben grinste in sich hinein, denn er wusste, wie allgemeingültig und platt seine letzte Bemerkung gewesen war.

Mittelpunkt des kleinen malerischen Küstenortes, den sie kurz darauf erreichten, bildeten das Restaurant ›Stranddistel‹ mit Anleger nebst Ausflugsdampfer ›Feodora‹ und einem in den letzten Jahren stark angewachsenen Yachthafen. Drumherum gruppierten sich eher zufällig angeordnet Kiosk, Fischbuden, Eisdielen und der obligatorische Andenkenladen. Neben einem geräumigen Parkplatz begann gleich der Naturstrand, an dem sich parallel zur offenen See hin, ein lang gezogener Campingplatz mit zahllosen Wohnwagenparzellen anschloss.

Nina und Ben waren des Öfteren aus dem nahen Flensburg – wo sie beide in demselben Hotel beschäftigt waren – zum Strandbummeln hergekommen. Der Ort war ihnen also nicht ganz unbekannt, doch damals war der Fokus nicht darauf gerichtet, hier einmal sesshaft zu werden. Sie begannen, diese Gegend – jeder auf seine eigene Weise – nun in einem anderen Licht zu sehen. Dass sich ihr Blick darauf später drastisch verändern würde, konnten sie natürlich nicht ahnen.

Sie hatten ihre Schuhe im Wagen liegen lassen und der oberflächlich warme, gleich in etwas tieferer Schicht kühlende, feuchte Sand, tat ihren Füßen gut. Ben erinnerte sich, wie er als Kind in den großen Ferien beim Laufen am Pelzerhakener Strand seine Zehen in den Sand gebohrt hatte und alle aufgestaute Spannung aus seinem Körper im Nu entwichen war. Er hörte wieder die gründgelbe ZeoZon-Fahne im Wind flattern und spürte den Salzgeschmack des Meeres im Mund, den er damals mit der Süße einer Tüte Studentenfutter genussvoll bekämpft hatte.

»Ich denke«, brach er nach dem gedanklichen Ausflug in seine Kindheit das Schweigen, »dass wir jetzt tatsächlich unseren lang gehegten Traum des eigenen Ladens erfüllen sollten. Ich würde als Koch endlich meine Speisen und Gerichte selbst konzipieren und kann meiner Kreativität freien Lauf lassen. Und du als Chefin des Servicebereichs – kannst den Rest aufbauen und pflegen, das wäre doch was, oder? Und«, sprudelte es weiter aus Ben heraus, »dieses einmalig gelegene Haus im historischen Heimatstil, nur wenige Kilometer zum Ostseestrand, genug Parkplätze für Gäste … das können wir uns nicht so einfach entgehen lassen!«

Nina, die neben ihrem Freund schlenderte und wegen der zunehmend kühler werdenden Brise ihre schmalen Hände in den Tiefen ihres Parkas vergraben hatte, wirkte äußerlich viel ausgeglichener. Zum Ärger von Ben, der in seinem Enthusiasmus bestärkt werden wollte, schien sie fast unbeteiligt. Stattdessen las sie mal einen vermeintlich interessanten Stein oder eine Muschel auf und wies ihn – so empfand es jedenfalls Ben – betont langatmig auf irgendwelche Besonderheiten der Zeichnung oder Struktur hin. Dennoch arbeitete es natürlich in ihr. Sie war eben im Gegensatz zu Ben ein Mensch, der lieber erst alles für sich in Ruhe durchging und gern die Kontrolle behielt.

»Hast du denn bedacht, Benny«, gab Nina zu bedenken, »dass in dem ach so wunderschönen Haus versteckte Mängel lauern könnten?«

»Was meinst du damit? Suchst du erneut nach dem Haar in der Suppe?«, fragte Ben.

Nina wusste nur zu gut um Bens derzeitige Gefühlslage. Sie wollte sich aber vor späteren, möglicherweise unangenehmen Überraschungen absichern. »Na ja, hast du denn nicht im unteren Bereich des Hauses die feuchten Flecken wahrgenommen? Als du mit dem Makler im Garten warst, habe ich nachgefühlt – die Feuchtigkeit sitzt überall hinter den Fußleisten!«

»Doch, doch – natürlich habe ich einige der Verfärbungen bemerkt«, erwiderte Ben widerstrebend, der sich den Kauf bereits in den Kopf gesetzt hatte.

»Ja und deswegen meine ich, dass wir der Sache unbedingt auf den Grund gehen sollten«, betonte Nina, »notfalls mit Hilfe eines Sachverständigen.«

»Also gut«, lenkte Ben ein, »was hältst du davon, wenn ich gleich am Montagmorgen beim Maklerbüro anrufe und versuche, den Preis mit Hinweis auf die feuchten Stellen herunterzuhandeln?«

»Okay, aber nur wenn wir von der Differenz die Sanierung der Wände bezahlen können«, erwiderte Nina. »Denn du weißt ja wohl, wie mein Bruder bei einem Hauskauf böse hereingefallen ist. Sämtliche Wände hat er von einer Fachfirma sanieren lassen müssen und neben all dem Ärger haben die Kosten ein Drittel des ursprünglichen Kaufpreises verschlungen.«

»Hat er das denn damals nicht vorher wissen können?«, warf Ben ein, der nur die halbe Geschichte kannte.

»Na ja«, holte Nina weiter aus, »als er das Haus besichtigte, glaubte er, sagen wir mal so, wohl nur allzu gern an das Gute im Menschen. Immerhin waren ihm die mit übertapezierten Holzfaserplatten verschalten Wände aufgefallen. Dennoch hat er sich in Anbetracht des ansonsten sehr hübschen, stilvollen Hauses dummerweise vormachen lassen, dass das alles nur zu Dämmungszwecken gemacht worden wäre.«

»Ja, warum zum Teufel, hat er denn nicht den Rat eines Sachverständigen eingeholt?«, fragte Ben ungläubig.

»Das ist es ja gerade, was ich dir verklickern will, Benny. Er hatte sich, wie du jetzt, in das Haus total verguckt – so nach dem Motto: Dieses oder keines. Unter Zugzwang brachte ihn, dass es angeblich weitere Bewerber gab. So schlug er überhastet zu«, Nina schüttelte den Kopf, »wie wir wissen, mit bösen Folgen, denn unter den angebrachten Dämmplatten stand meterhoch die aufsteigende Feuchtigkeit. Na ja, und weil er als fremder Zugereister es mit der Dorfgemeinschaft nicht gleich verderben wollte, beugte er sich der schönen Formel, die da heißt: Gekauft wie besehen.«

Nina unterbrach sich und bückte sich nach einem angeschwemmten Schalentier, das sie genau betrachtete. »An diesen Spruch hat er blauäugig festgehalten. Ja, er schien von der dörflichen Leitkultur wie hypnotisiert zu sein. Klingt ganz schön verrückt, nicht wahr?«

Nina warf einen kurzen, bezeichnenden Blick auf Ben, der längst wusste, warum ihm die Freundin das alles erzählte. Er zog es jedoch vor, erst einmal zu schweigen.

»Bedauerlicherweise erfuhr er erst später – nach einem Gerichtsurteil –, dass hier der Strafbestand einer arglistigen Täuschung gegeben war und die ach so nette Nachbarin das Haus womöglich hätte zurücknehmen müssen. So hat seine Familie die ganzen Ersparnisse«, fuhr Nina fort, »die eigentlich für die Einrichtung, die Renovierung und Reparaturen vorgesehen waren, in die teure Sanierung sämtlicher Wände stecken müssen. Die direkten Folgen kennst du ja: Die vier mussten jahrelang in hanebüchenen Provisorien leben.«

»Warum hat er das Haus nicht wieder verkauft?«, wandte Ben sich an seine Freundin.

»Das sagt du jetzt so einfach – sie haben es ja versucht, nur wer will denn ein Haus im halbgaren Zustand, da fallen gleich viele Käufer weg. Und weit unter Preis wollten sie anfangs nicht verkaufen, denn dann wäre ja nur ein Haufen Schulden übrig geblieben. Die Veräußerin des Hauses war übrigens Mitglied im Gemeinderat und anderer Seilschaften. Sie hat direkt nebenan in einem Neubau gewohnt und war sich keinerlei Schuld bewusst.«

»Ja, und wie ist es denn schließlich ausgegangen?«, fragte Ben, dem Ninas Schilderungen zu weitschweifig wurden.

»Na ja, sie fühlten sich ausgegrenzt, zogen sich ihrerseits immer mehr zurück und gerieten zu Außenseitern im Dorf, die sie eigentlich nie hatten sein wollen. Gleichzeitig wuchs ihr Groll gegen die feine Dame, die alles nur totschweigen wollte. Zuletzt haben sie völlig entnervt dem Dorf den Rücken gekehrt und leben heute in einer halbwegs billigen Sozialwohnung zur Miete.«

»Und was ist aus dem Haus geworden?«

»Es ist zwangsversteigert worden und sie tragen ein Teil der Last über eine Schuldenberatung ab … ja, ja, ziemlich bitter das alles. Mein Bruder meinte einmal, dass er sich trotz der jetzigen räumlichen Enge manchmal wie befreit fühlen würde.«

Nina schaute auf das gegenüberliegende dänische Ufer, wo die Rotoren zweier dicht nebeneinanderstehender Windräder in gemächlichem Takt und ein wenig zeitversetzt ihren Dienst versahen.

Ihr kam der Spruch in den Sinn: Grün ist es immer nur auf der anderen Seite.

Am Wochenanfang versahen die beiden wie gehabt ihren Schichtdienst in der Gastronomie. Ben, der in dem Hotel in Bahnhofsnähe kochte, hatte die Woche über Spätschicht und so kam er immer erst gegen Mitternacht nach Hause. Sie bewohnten eine kleine schmucke Wohnung am Friesischen Berg – eine Straße unweit vom Südermarkt und Zentrum der Hafenstadt – in einem unauffälligen dreistöckigen Gelbklinkerhaus der frühen Siebzigerjahre.

Nina ging heute nicht so früh wie sonst ins Bett. Sie wartete auf Ben, der ihr zwischen zwei aufzubereitenden Gängen mitgeteilt hatte, mit dem Makler eine Einigung erzielt zu haben. Ben, der den Weg vom Hotel zu Fuß zurücklegte, sah bereits von Weitem das Licht in ihrer Wohnung brennen. Ninas sich dunkel abzeichnende, schlanke Silhouette erkannte er am Fenster und ein warmes Gefühl von Zärtlichkeit durchströmte ihn.

Nachdem er sich unter der Dusche erfrischt hatte, machten sie es sich auf ihrem schwarzen Ledersofa gemütlich.

»Jetzt erzähl schon, was hast du erreicht?« Nina kuschelte sich behaglich an ihren Freund.

»Ja, also, wie mir der Herr Schlüter vom Maklerbüro mitteilte, gibt es in der Tat bereits ein Gutachten, das der jetzige Besitzer hat anfertigen lassen. Hier sind die Feuchtigkeitsprobleme und die Sanierungskosten aufgeführt.« Ben nahm einen großen Schluck vom Grapefruitweizen und lächelte vielsagend. »Was das angeht, ist das Schifflein ja wohl sorgfältig gekalfatert, also wasserdicht, und wir können uns getrost zum Schippern auf den großen Ozean hinauswagen.«

»Ja und Käpt'n Thams?«, hakte Nina scherzhaft nach. »Wie sieht das genau in Euro und Cent aus?«

»Schlüter sprach von circa 30.000 Euro, Genaueres würden wir aus dem Gutachten erfahren, und er versprach, dass er uns umgehend eine Kopie zusenden würde.«

»Tja, Ben« erwiderte Nina und setzte sich etwas auf, »du kennst ja meinen Standpunkt. Wir kaufen nur, wenn uns die zu erwartenden Kosten zum Kaufpreis in Abzug gebracht werden. Und ich bin nicht bereit, davon abzurücken.«

»Gut, gut, Nina, aber über einen Namen unseres künftigen Anwesens könnten wir doch mal nachdenken?«, warf Ben unverdrossen ein, »ich hätte da nämlich schon was.«

»Ich höre?«

»Was hältst du von ›Utspann‹?«, fragte Ben erwartungsvoll.

»Utspann?«, wiederholte Nina gedehnt. »Nicht schlecht, die Leute kommen zu uns, zum Ausspannen, zum Erholen. Doch, Ben, den Namen finde ich richtig gut.«

»Eh, Nina, da wären wir uns also schon mal einig?« Nina nickte und Ben strahlte.

Am Mittwoch hielten sie das versprochene Gutachten in den Händen, das einen soliden Eindruck machte. Im beiliegenden Schreiben erklärte sich der Makler bereit, Ihnen definitiv einen Nachlass zu gewähren, der Ninas Forderung weitestgehend entgegenkam.

So stimmte Nina, der natürlich an einer gemeinsamen Zukunft gelegen war, dem Kauf letzten Endes zu.

Die nächsten zwei Jahre waren für das junge Paar erwartungsgemäß reichlich mit Stress angefüllt, welches neben seiner regulären Arbeit, sich um vieles andere zu kümmern hatte, was es vorher in der Gänze so nicht hatte absehen können.

Und natürlich gab es Phasen von Frust, doch diese überwanden sie immer relativ schnell, denn ihr erstrebenswertes Ziel erschien greifbar nahe und es würde sicher alles gut werden. Und so kam es. Nach einer Übergangszeit, in der sich die Existenz des schönen Ausflugsziels mit den ausgezeichneten, geschmackvollen Speisen und dem professionellen, stets freundlichen Service herumgesprochen hatte, stieg die Gästezahl langsam aber kontinuierlich an.

Im Wesentlichen gründete sich ihr Einkommen auf das Saisongeschäft, welches im Frühjahr begann und zum Altweibersommer hin ausklang. Im Herbst und Winter traten sie kürzer und öffneten ihr Café lediglich zu privaten Feiern und Anlässen. Nina kümmerte sich dann im Wesentlichen um das Wohl vereinzelter Gäste in den Ferienwohnungen und bearbeitete die in der Hochsaison liegengelassene Buchführung. Ben machte sich an Haus und Hof zu schaffen und erledigte Instandsetzungsarbeiten. Kurz bevor ihr Sohn Moritz zur Welt kam, heirateten die beiden. Ben und Nina Thams durchlebten neben allem Elternglück die Anfangsschwierigkeiten junger Paare, besonders wenn beide berufstätig waren. Es gab viel zu organisieren, aber immer wenn es die Zeit hergab, trug Nina ihren kleinen Moritz in einem Tragetuch herum, was er ganz offensichtlich genoss. Auch Beikoch, Küchenhilfen und Kellner waren Teil seiner großen Familie.

Eine besondere Freundschaft entwickelte sich von Anfang an zu Raoul, ihren fest angestellten Kellner, der sich nicht zu schade war, nebenher ›Mädchen für alles‹ und auch Babysitter zu sein.

Nina und Ben hatten trotz ihrer knappen Zeit das gemeinsame Ritual ihres wöchentlichen Strandspaziergangs eingehalten. Sie sprachen über weitere Pläne und wenn die beiden gelegentlich über den Verlauf ihres Lebens resümierten, mussten sie bilanzieren, dass ihre Existenz finanziell schon einige Male auf der Kippe stand. Um die erhoffte Konsolidierung zu erreichen, waren also weitere Anstrengungen vonnöten. Weil sie beide aber ihre Arbeit liebten, würde ihnen beizeiten schon die nötige Kraft zur Verfügung stehen, es allen kommenden Widrigkeiten zum Trotz zu schaffen. Da waren sie sich sicher.

3. DUNKLE WOLKEN ZIEHEN AUF

Nichts ist für einen Biker wohl schöner, wenn das Frühjahr mit den ersten warmen Tagen lockt und sich das ersehnte Ritual wiederholen konnte, die viel zu lang vermisste und über den Winter eingemottete Maschine erneut ans Licht zu holen. Auch Wartungsarbeiten würden in Vorfreude auf die Saison keineswegs als lästig empfunden, sondern durch pingeliges Putzen aller erdenklichen Teile genossen. Gemeinsam ausgeführt kam dies fast einem kleinen Fest gleich.

So fanden sich denn jedes Frühjahr wieder aufs Neue gut ein Dutzend Mitglieder des privaten Motorrad-Clubs ›Sturmwind SC Flensburg‹ auf dem Hinterhof ihres Vorsitzenden Dirk Backens ein und machten bei angeregter Fachsimpelei ihre Maschinen startklar.

Weil Uwe Mangelsen, ihr Kassenwart, bei Sonderborg dänische Freunde hatte, die dort ein Sommerhaus besaßen, sollte die erste Tour diesmal ins benachbarte Königreich gehen. Zum diesjährigen ›Anfahren‹ gesellte sich als weiterer Höhepunkt das gemeinsame Angrillen.

Klar, dass am besagten Tag alle ohne Ausnahme dabei waren, und nicht allzu weit hinter der Grenze galt Annis Pølserbude für einen Hotdog im Stehen zu streifen als Kult. Und natürlich befand sich der

Parkplatz, wie nicht anders zu erwarten, in einem schwarzen Zustand und rammelvoll – aber genau so und nicht anders sollte es sein. Und dass die ungezählt verzehrten Pølser womöglich mit einem Hauch Benzin gewürzt waren, störte hier keinen, denn wichtig war allein das Bad in der Menge von Gleichgesinnten und, dass einem die Sonne dabei warm und angenehm auf den Pelz schien.

Danny und Caro brauchten ihre Honda Fireblade durchaus nicht zu verstecken, und das unglaubliche Gefühl, Commander dieser, die eher bescheidenen menschlichen Kräfte vervielfachenden Maschine zu sein, des Weiteren sich als Teil der Gang, sich als Teil dieses großen, brummigen, hin und wieder grollende Laute abgebenden, scheinbar durch nichts zu bändigenden Kolonnen-Tieres zu empfinden, vermittelte Ihnen eine Omnipotenz, die nahezu süchtig machen konnte.

Wie spießig, gewöhnlich und popelig die Normalos doch in ihren rollenden vierrädrigen Sofas daherkamen. Danny grinste herablassend, vergewisserte sich spielerisch und stolz über den Gasgriff seiner allzeit willigen Maschine, während er zugleich den Körperkontakt zu Caro genoss, die ihre Schenkel fest an seine Seiten presste.

Kaum dass der obligatorische, metallische Schlag nach Einlegen des ersten Gangs von Frontmann Dirks Ducati verklungen war, war Annis Treff auch schon wieder Geschichte.

Die Ochseninseln rechts hinter sich lassend passierten sie bald darauf Egernsund, Broager, und kurz hinter Sønderborg rückte bereits ihr Ziel, der kleine Ort Skovby, ins Visier.

Die dänischen Gastgeber Malte und Dörte erwarteten sie bereits, während der vielversprechende Geruch von glühender Grillkohle über das kleine Anwesen mit dem Sommerhäuschen zog und den schnellen Imbiss bei Anni in Hot Dog Havn wie eine kleine, einstimmende Vorspeise erscheinen ließ.

Es dauerte eine ganze Weile, bis das ganze Imponier-Gewitter der sich nur schwer von den Gasgriffen lösen wollenden, behandschuhten Hände verebbt war – und so hatten die Nachbarn auch gleich was davon.

Und als die Maschinen, ob nun Roadster, Chopper, Streetfighter oder Reiseenduro, in Reih und Glied aufgebockt waren, glitt manch stolzer Blick über diese hinweg – war es für den einen oder anderen doch eine Liebe nach dem Motto: Bis dass der Rost euch scheidet.

Das dänische Bikerpaar hatte sich nicht lumpen lassen. Für das leibliche Wohl war hinreichend gesorgt, sodass dem ultimativen, freien Biss in eine Currywurst und einem belebenden Schluck aus einer zischenden Bierdose nichts mehr im Wege stand.

»Na, ihr beiden Süßen«, Frontmann Dirk war breit grinsend an Danny und Caro herangetreten, »habt ihr vorhin die Alten an der Ampel von Kruså bemerkt? Die glotzten ja in den Himmel, als würden sie im nächsten Moment eine Armada Rosinenbomber erwarten. Tz, Tz, da müssen wir wohl unsere Schalldämpfer aus dem Keller holen, was?« Dirk ließ sein wieherndes Lachen hören. »Na, und sonst, wann poltert ihr denn endlich?«, bemerkte der Frontmann angelegentlich, da Danny und Caro, jeder eine Grillwurst in der Hand, sich zärtlich aneinander schmiegten.

»Poltern, wieso poltern, was meinst du damit, Dirk?«, stellte sich Danny unwissend.

»Na, Polterabend, Mensch!«, erwiderte dieser gespielt empört.

»Ach so, wenn du unsere bevorstehende Hochzeit meinst, da lass dich mal ruhig überraschen«, gab sich Dany geheimnisvoll und Caro ergänzte lächelnd: »Ist ja nicht mehr sooo lange hin damit.«

»Na also, gebt mal rechtzeitig Bescheid, wie ihr euch das alles so denkt – ich meine«, Frontmann Dirk wies weit ausholend, mit der Bierdose in der Hand auf die anderen Biker, die sich inzwischen stärkend und lebhaft diskutierend über das kleine Grundstück verteilt hatten, »der Club sollte schon dabei sein, oder?«

»Natürlich, Dirk, ist doch Ehrensache, überhaupt kein Thema. Mit den Eltern und so feiern wir sowieso mal extra im kleineren Kreis«, rückte Danny heraus, während Caro nickte.

»Na, super, freu mich drauf, wird bestimmt saugeil!«, bekräftigte Dirk, »und übrigens, probiert mal die Schaschlik-Spieße, die sind echt lecker und wenn ihr Durst habt, seitlich im Schatten der Hütte, stehen die gekühlten Getränke und selbstredend neben dem Tuborg auch unser kerniges Flens – nichts fehlt!«

Inzwischen hatte die Sonne die See tiefblau eingefärbt und durch die leichte Wellenbewegung schien es, als ob an ihrer Oberfläche Milliarden und Abermilliarden von Strasssteinen funkelten.

»Du glaubst gar nicht, wie sehr ich mich auf unsere Hochzeit freue, Danny«, sagte Caro träumend und löste sich sacht aus dessen Umarmung.

»Möchtest du ein Dessert?«

»Klar gern.«

»Rote Grütze mit Vanillesoße oder lieber die Waldfrüchte?«

»Na, rote Grütze natürlich – Caro – kennst mich ja«, erwiderte der Freund gut gelaunt, denn da konnte man nicht meckern, die dänischen Kumpel hatten wirklich an alles gedacht.

*

Zur gleichen Zeit bemühten sich Ben und Nina um ihre Gäste, eine bunte Mischung aus Einheimischen und Sommertouristen. Neben den gängigen Tagesgerichten gab es frisch Gegrilltes vom Rost.

Familie Schneider aus Berlin befand sich zum ersten Mal hier und freute sich auf ein paar erholsame Ferienwochen.

Die Kinder waren mit den mitgebrachten Fahrrädern bereits zum Strand unterwegs und die Eltern genossen es, hier draußen an der frischen Luft bei einem Kännchen Kaffee, erst mal unter sich zu sein.

»Dieses Mal haben wir wohl den richtigen Riecher gehabt, was, Heike? – also mir gefällt's hier rundum!«, bemerkte Herr Schneider aufgeräumt und biss mit Behagen in seinen Bobbes.

»Ja, Bernhard, finde ich auch«, bestätigte seine Frau. »Der hausgemachte Kuchen, die freundliche Bedienung, die idyllische Lage hier – einfach top.«

»Und der Naturstrand ist noch nah genug, um unsere Fahrräder zu nehmen.«

Herr Schneider, der es gerne ›süß‹ mochte, war gerade dabei, den Zuckerstreuer zu bemühen, als lautes Dröhnen, unterbrochen vom Aufheulen getretener Motoren von der Chaussee herüberdonnerte. Es war wohl eine größere Bikerkolonne, denn es dauerte einige Minuten, bis sich die rundum gequälten Mienen der Gäste vereinzelt wieder aufzuhellen begannen.

Ehepaar Schneider, dem die Empörung noch ins Gesicht geschrieben stand, wandte sich an Raoul, der geflissentlich gerade den Nebentisch abdeckte.

»Sagen Sie, kommt das hier öfter vor? Wir sind ganz aus Berlin angereist und wollten hier eigentlich unsere Ruhe haben.«

»Also, dass hier hin und wieder mal was vorbeikommt, damit müssen Sie leider rechnen«, gab Raoul ehrlich zu, »aber so einen Auftritt haben wir bisher auch nicht gehabt. Ich kann es leider, leider nicht ändern«, Raoul zuckte mit den Achseln, aber in seinem Innern hatte bereits etwas zu Arbeiten begonnen.

Mit den knappen Worten, ihre Kinder auflesen zu wollen, beendeten Schneiders das für sie unbefriedigend verlaufende Gespräch und machten sich dann auf zum Strand.

Auf dem Weg nach Langballigau begegneten dem Ehepaar nicht nur hin und wieder weitere Bikergruppen, sondern das Aufkommen hatte sich durch die Nordstraße noch weiter verstärkt, da diese Flensburg und den Kappelner Raum direkt miteinander verband.

Auch beim Restaurant ›Stranddistel‹ angelangt, war die Präsenz der rustikal in schwarzes Leder Gekleideten nicht zu übersehen, die sich in Richtung Hafenseite in Szene gesetzt hatten.

Nach dem Gedrängel vor dem Kiosk und dem abenteuerlichen Erwerb von ein paar Krabbenbrötchen begnügte die Familie sich schließlich damit, diese statt wie geplant am Seglerhafen etwas abseits zu verzehren.

Als am nächsten Tag, einem Sonntag, ab Mittag auf der Langballiger Straße das Getöse wieder losging und die Invasion der Biker auch in den nächsten Tagen nicht merklich nachließ, packten Schneiders entnervt ihre Koffer. Beim Abschied meinten sie noch zu Nina, dass sie unter diesen Umständen besser in Berlin bleiben könnten, denn in ihrer Straße wäre es da allemal ruhiger.

Nina ging die Absage bis ins Mark, denn sie hatte den negativen Dämpfer für ihr Geschäft erst mal zu verdauen. Nachdem sie abends das Restaurant geschlossen und ihre Gäste soweit versorgt hatten, besprach sie sich mit ihrem Mann.

»Vielleicht sollten wir ruhig noch Raoul mit dazu holen, denn der bekommt vieles gleich aus erster Hand mit.«

»Es geht um das Wichtigste, was wir haben, unsere Gäste«, wendete sich Ben gleich ohne Umschweife an Raoul, als dieser Platz genommen hatte. »Leider waren einige mit uns unzufrieden, was wir uns überhaupt nicht leisten können.«

Raoul nickte ernst und Nina schob nach: »Erzähl mal, lieber Raoul, was unsere Gäste zu den Ruhestörungen am letzten Wochenende meinten.«

»Also außer Schneiders, die abgereist sind, haben auch noch andere gemeckert«, sprudelte es aus Raoul heraus, »einige wurden richtig bissig und meinten, dann könnten sie ja gleich ein ›Benzinesisches Gericht‹ bestellen, empfanden es als Frechheit, sie so mir nichts, dir nichts diesem Krach auszusetzen.«

Raoul sah seinen Chef an, der seine Betroffenheit nicht verbergen konnte.

»Und hast du vielleicht irgendeine Erklärung

dafür, warum diese Biker hier sich plötzlich breitmachen?«

»Könnte schon sein Chef«, murmelte Raoul. »Also, ich hab ja oft auch draußen zu tun und ihr kennt doch auch die rechte Abzweigung auf der Langballiger Straße, weiter oben, ungefähr anderthalb Kilometer vor Grundhof.«

»Du meinst wohl die nach Dödenstrup?«, fragte Ben.

»Genau die, Chef«, bestätigte Raoul, »und da das nur etwa 800 Meter Luftlinie beträgt, höre ich locker bis hier, wenn diese Krawallfigur gleich hinter dem Ortsschild volle Kanne aufdreht.«

Raoul machte eine Pause und trank einen Schluck vom bereitgestellten Tee.

»Das gleiche wiederholt sich dann, wenn er oben an der Einmündung kurz abbremsen muss und anschließend in unsere Richtung gleich wieder richtig Stoff gibt. Bevor er an unserem Anwesen dann vorbeibrettert, wird noch so richtig schön von der Anhöhe aus mit aufheulender Maschine in die langgezogene Kurve hineingedüst.«

»Ja, meinst du, dass es immer ein und dieselbe Person ist?«, bohrte Nina weiter.

»Na ja, der Sound der Maschine, gleiches Fahrverhalten, immer mal bestimmte Zeiten und, als ich dann den vorbeifahrenden Typen auf seinem Krad erblickt hatte, war das Bild in mir abgespeichert.«

»Und Raoul, wie sieht er aus?«, fragte Ben.

»So richtig viel sieht man ja unter der üblichen schwarzen Maskerade nicht, Chef«, bedauerte Raoul, »aber das, was ich sehen konnte, war, dass er einen schmalen Kinnbart trug und so eine blonde Mähne hinter ihm her flatterte. Ach ja, Tätowierungen auf seinen Unterarmen habe ich auch gesehen und dass er eine untersetzte, kräftige Figur hatte. Und er fuhr eine BMW …«

»Du glaubst, dass er von oben aus dem Ort kommt?«, fragte Nina nach.

»Ganz bestimmt!«, war Raoul überzeugt. »Dass er mit dem plötzlichen Auftreten der Biker was am Hut hat, weiß ich sicher, denn es fing bereits vor einigen Wochen an, dass sich die Zahl seiner Kumpane nach und nach erhöhte. Und er fuhr an den beiden Tagen am letzten Wochenende auch jedes Mal in vorderster Front.«

Die Frequentierung der Langballiger Straße durch dröhnende Bikerhorden blieb nicht nur bestehen, sondern nahm mit der Zeit noch zu. Die jungen Wirtsleute mochten ihre Ferienwohnungen nicht mehr guten Gewissens anbieten. Jedenfalls wiesen Sie Erholungssuchende von vornherein auf mögliche Störungen hin, damit diese später keine böse Überraschungen erlebten.

Aber ungeachtet der bereits rückläufigen Umsätze und der ernsten Sorgen, die sie sich mittlerweile machten, hatten sie an diesem sonntäglichen Vormittag zu einem Umtrunk geladen, denn sie konnten inzwischen auf drei, wenn auch harte Anfangsjahre zurückschauen.

Außer Tages- und Pensionsgästen waren ihre direkten Nachbarn geladen. Ihrem Anwesen am Nächsten stand eine kleine, etwas heruntergekommene Kate, die Joe und sein alter Vater bewohnten. Die Leute nannten sie die Villa Kunterbunt, so wie fast immer irgendein besonderes Haus in irgendeiner Gegend den Anlass gab, dieses Prädikat aufgedrückt zu bekommen. Allerdings türmte sich im Vorgarten der beiden ein unübersehbares Sammelsurium. Joe hatte dort zwischen etlichen Holzteilen und ausrangierten Haushaltsgeräten bereits öfter versucht, Ordnung zu schaffen, brachte es aber nicht übers Herz, seinen Vater letztlich damit zu konfrontieren. Es wurde gemunkelt, dass der Alte aufgrund schlimmer Kriegserlebnisse und des Verlustes seiner Eltern auf der einstigen Flucht nichts mehr wegwerfen konnte. Von seinem Sohn Joe wusste man nur, dass er angeblich mal sehr gut verdient hatte, als Journalist einige Jahre in Arizona bei den Hualapais verbracht haben und sich jetzt mit dem Schreiben für Feuilletons und gesellschaftspolitische Themen über Wasser halten sollte.

Des Weiteren waren Erika Long und Hinz Henningsen gekommen. Erika Long, eine eher zierliche, sehnige, engagierte Frau um die Sechzig betrieb nur ein paar Schritte weiter eine private Tierauffangstation, während der pensionierte Landwirt Hinz Henningsen direkt von seinem Hof aus als passionierter Jäger gern zur Treibjagd blies. Da die beiden so unterschiedlich gestrickten Menschen nur knapp einen halben Kilometer auseinander wohnten, waren in der Vergangenheit häufig Konflikte entstanden, von denen viele unter der Oberfläche weiter gärten.

Während Joes Vater, eher etwas schüchtern und verloren, der bunt durcheinander gewürfelten Gesellschaft beiwohnte, schien der zur Selbstdarstellung neigende Henningsen eine seiner Bühnen – jedenfalls nach seinem dröhnenden Solo-Gelächter zu urteilen – in gewohnter Präsenz erklommen und vereinnahmt zu haben.

Erika Long, die eher zufällig in der Nähe stand, ließ sich weiter nichts anmerken. Joe, der die ältere Frau mochte, nicht zuletzt weil sie sich so vehement für ihre Mitgeschöpfe einsetzte, wusste, dass ihr sämtliche Äußerungen des Freizeitjägers quer runtergingen.

Auch Joe gefielen die herbstlichen Ballereien auf den brachliegenden Feldern nicht, doch er wusste – anders als Erika Long – das blutige Geschäft als archaisches Überbleibsel einzuordnen, das eben einige Menschen partout nicht ablegen wollten oder einfach nicht das Vermögen dazu besaßen. Wenn das Bekehren unmöglich blieb – so einmal Erika Long abschließend zu Joe, müsste man die Täter wenigsten in ihre Schranken weisen. Ihre radikale Haltung gab Joe im weiteren Verlauf der Geschichte so einige Male zu denken.

Es lag in der Natur der Sache, dass beide auf das ganze Ungemach gegenüber Fauna und Flora zu sprechen kamen. Obwohl sich Erika bitter beklagte, wusste Joe, dass diese kleine, wachsame Frau freiwillig nie aufhören würde zu kämpfen, und das imponierte ihm.

Während Joes Blick über die anwesenden Gäste glitt, war das junge Gründerpaar zu ihm herangetreten. Eigentlich kannte man sich bisher nur von den flüchtigen Alltagsbegegnungen, die sich beim Vorbeifahren, an der Tankstelle oder an der Kasse des Frischemarktes zufällig ergeben hatten.

»Na, da kann man Ihnen zu dem bisher Erreichten ja nur gratulieren«, eröffnete Joe den zu erwartenden Small Talk. »Und, soweit man es sehen kann, haben Sie ja wohl alles bestens im Griff«, er unterstrich seine Aussage mit einer ausholenden Bewegung seines rechten Armes.

Ben und Nina schauten sich mit gegenseitigen Anflügen unverhohlenen Stolzes in die Augen, doch Erika, der ein sensibler Seismograf innewohnte, der nicht nur gegenüber ihren Tieren anschlug, bemerkte auch das unsichere Flackern in ihren Augen.

»Ja, wir haben da schon was auf die Beine gebracht«, ließ sich Ben vernehmen, während sein Körper eine halbe, seitliche Wendung zum Hauptgebäude hin machte und Nina fügte hinzu, dass wohl tatsächlich ihr Traum in Erfüllung gegangen sei, aber Arbeit hätte es weiß Gott genug gekostet.

»Ja, und mit diesen bis vor Kurzem nur gelegentlich auftretenden Erscheinungsformen«, Nina warf einen unwilligen Blick zur nahen Chaussee hin, wo gerade das ohrenbetäubende Aufheulen mehrerer Motorräder zu hören war, »haben wir uns, nachdem wir einige Sandwälle aufgeschüttet und anschließend dicht bepflanzt haben, bisher einigermaßen arrangiert.«

Joe registrierte genau die Verharmlosung, die in Ninas letzten Worten zum Ausdruck kam. Denn sensibilisiert durch seinen Vater und der Tatsache, dass sie ebenfalls direkt an der Langballiger Straße wohnten, war ihm die verstärkte Präsenz des Biker-Aufkommens natürlich nicht entgangen. Dennoch zog er es vor, dieses wegen des Festes jetzt nicht zu thematisieren, obwohl es ihm auf den Nägeln brannte.

Während Ben und Nina weiter ihre Runde machten, schienen sich die Menschen hinreichend beschnüffelt zu haben. Die illustre Gesellschaft verhielt sich, da sowohl für das leibliche als auch für das geistige Wohl gesorgt war, zunehmend lockerer und gelöster.

Den Kindern wurde ausreichend Abwechslung geboten. Neben einer Hüpfburg, die einem mittelalterlichen Gebäude nachempfunden war und bei den kleinen Burgfräuleins und den tapferen Raubrittern auf regen Zuspruch traf, gab es die Möglichkeit Tischtennis, Federball oder Krocket zu spielen. Ein paar der kleineren Gäste fütterten die Ponys von der angrenzenden Weide mit Äpfeln oder waren auf ein adäquates Gegenüber gestoßen und in angeregtes Geschnatter vertieft. Zumeist wurde jedoch auf dem weitläufigen Grundstück Verstecken gespielt, während Raoul aus einem nostalgisch anmutenden Eiswagen leckere bunte Fruchtkugeln auf knusprigen Tütenwaffeln gratis feilbot.

Ein Teil der erwachsenen Gäste war mittlerweile über das gesamte Anwesen verstreut. Andere hatten es sich auf den Gartenstühlen an der Tafel direkt vor dem Hauseingang bei einem zweiten Frühstück bequem gemacht. Mehrere Paare mit ihrem Nachwuchs waren um Erika Long geschart, die ungewohnt gelöst einige Fallgeschichten aus ihrer langjährigen ›Tierhelferei‹ zum Besten gab.

Hinz Henningsen wusste sich vor seinem willigen Gefolge weiter in Szene zu setzen. Er schien allerdings einen ebenbürtigen Zotenreißer gefunden zu haben, wie sein ausnahmsweise andächtiges Lauschen und das gemeinsame finale Schenkelklopfen bewies.

Joe war in der Nähe seines Vaters geblieben, der in sich gekehrt an einem der Tische Platz genommen hatte und in sein Glas starrte. Nina bemerkte das und fragte, ob es ihm denn an etwas fehle, sie würde ihm gern nachschenken. Obwohl der Vater ziemlich einsilbig blieb, wusste Joe, dass ihm diese Art von sparsamer Zuwendung am besten gefiel. Er konnte eben nicht aus seiner Haut, zumal er als fünfjähriger Junge einst auf der Flucht aus Ostpreußen einen irreparablen, nicht mehr zu kittenden seelischen Schaden erlitten hatte. Dieser beeinträchtigte sein Leben bis auf den heutigen Tag; er besaß nicht mehr allzu viel Kraft und zog sich deshalb zumeist vor den Menschen zurück.

Joe, der sich für seinen Vater verantwortlich fühlte und ganz in sich versunken eine Weile stehen geblieben war, spürte eine sanfte Berührung. Erika Long war an ihn herangetreten und hatte ihre Hand kurz auf seinem Unterarm verweilen lassen.

»Ist alles okay bei dir, Joe?«, fragte sie.

»Klar, hält sich schon … lass uns mal einen kleinen Rundgang durch die heuer so bunte Botanik machen«, erwiderte Joe, schnell wiedergefasst, denn überall war Lachen und angeregtes Stimmengewirr zu vernehmen.

Es war ein beachtenswertes Paar, das bald darauf auf dem weitläufigen Anwesen locker nebeneinanderher schlenderte. Der stämmige, an einen normannischen Kleiderschrank erinnernde Blonde und im Gegensatz dazu die fast zierlich zu nennende, schlanke, ältere Frau mit den langen schwarzen Haaren und den ausdrucksvollen dunklen Augen.

Nach seiner Rückkehr aus den Staaten hatte Erika Joes Interesse geweckt, denn sie übte auf ihn eine magische Anziehungskraft aus, die alles beinhaltete und nichts ausklammerte, was Mann und Frau miteinander erleben könnten. Die Tatsache, dass beide dem allgemeinen Mainstream den Rücken gekehrt, sowohl die Bemühung, die Welt etwas anders zu begreifen, hatte sie näher gebracht, eine gewisse Seelenverwandtschaft untereinander spüren lassen. Dennoch wusste Erika den um sie werbenden Joe gleich unverblümt klar zu machen, dass sie keine sexuelle Beziehung zu einem Mann mehr wünsche.

Trotzdem hätte er gern mehr über sie erfahren, etwas, das über das Wissen um ihre ehemalige aktive Mitgliedschaft bei der Tierschutzorganisation Sea Shepherd und der Tatsache, dass sie schon lange Witwe war, hinausging … hier stoppte Joe seinen Gedankenflug, da sich auf seinen Armen unvermittelt eine Gänsehaut gebildet hatte, und richtete seine Aufmerksamkeit mehr auf die Umgebung.

Es war inzwischen ein leichter Südwestwind aufgekommen, der die Kornhalme auf den Feldern sanft zu fächeln begonnen hatte.

Was für ein friedliches Bild, dachte Joe und, weil er unwillkürlich ein paar Schritte in Richtung Langballiger Straße gegangen war, hörte er das ferne, dumpfe Dröhnen als Erster.

So wie der Mensch eine Stimme, die er einmal gehört, nie mehr vergisst oder einen bestimmten Geruch eingesogen und den untrüglich für alle Zeiten gespeichert hat, so erging es gerade Joe. Obwohl die Abgaswolken nicht fassbar waren, hatte er jedoch diesen unerträglich beißenden, sämtliche Lungenbläschen lähmen wollenden Gestank aus unzähligen Auspufftöpfen in der Nase, wie damals auf einem der Highways in Arizona, als er unvermutet in eine schier endlos erscheinende schwarze Schlange martialisch gekleideter Biker geriet, weil irgendwo ein unsäglicher Harley-Davidson-Tag anstand.

Immerhin wusste Joe sofort, was zu tun war. Und während er auf das Haupthaus zueilte, blieb ihm Erika dicht auf den Fersen. »Was ist denn los, Joe – was ist das, dieses ferne Grummeln?«

»Da kommt eine stinkende Riesenschlange, bestehend aus Hunderten von Bikern auf uns zu«, stieß Joe hastig hervor. »Sag bitte den anderen Bescheid und sucht alle Kinder zusammen … ich kümmere mich inzwischen um meinen Vater!«

Joe sah, wie Erika auf einiges Kopfschütteln stieß. Besonders Ben und Nina schienen das Vorhergesagte einfach nicht glauben zu wollen und blieben demonstrativ bei ihren Gästen sitzen, währenddessen die Kinder weiter ausgelassen um die mit weißen Linnen behängten Tischbeine herum Fangen spielten.

Joe fand seinen verängstigten Vater in der hintersten Ecke des Anwesens, während das dumpfe Dröhnen unaufhaltsam näher gekommen und bereits vereinzeltes Knattern zu vernehmen war. Der Vater hatte sich mit Ohropax – das er vorsichtshalber immer mit sich trug – inzwischen die Gehörgänge verstopft und unter dem Gesträuch eines stachligen Windröschens Zuflucht gesucht. Ein hilfloser Versuch, sich gegen das Unvermeidliche zu wappnen, denn das Dröhnen und das Aufheulen der Maschinen würde nicht nur sein Trommelfell erreichen, sondern die Fasern seines ganzen Körpers erneut in Schwingung und ihn in die früher erlebte Panik versetzen. Joe brachte seinen widerstrebenden, wild gestikulierenden Vater ins Haus, bevor dieser die heillose Flucht über die Felder begonnen hätte.

Der infernalische Lärm aus unzähligen Auspufftöpfen war inzwischen unaufhaltsam näher gerückt und so waren die meisten Gäste ins schützende Haus geeilt und drängten sich mit gemischten Gefühlen an den Fenstern.

Die markante Vorhut bildete ein dichter Pulk von lässig in ihren monströsen Ducati Diavels hängenden, schwarz gekleideten Männern, die kaum einen Blick für die kleine Gruppe am Tor übrig hatten. Es folgten dutzende von Clubs, zu erkennen an den unterschiedlichen Emblemen, und den Höhepunkt bildete ein wuchtiges Trike, ein mobiler Thron für einen Präsidenten, umringt von treu ergebenen Lakaien auf protzig herausgeputzten Harley-Davidsons. Die Nachhut bestand aus Hunderten von Einzelkämpfern der verschiedensten Modelle und Marken und den akustisch pestilenzialischen Abschluss bildete der hoffnungsvolle Nachwuchs auf unzähligen Quads, PS-mäßig zwar minderbemittelt, in Sachen Lärm und Gestank ihren großen Brüdern und Schwestern aber in keiner Weise nachstehend.

»Eine Inszenierung wie beim Rattenkönig Birlibi aus Grimms Märchen«, knurrte Joe grimmig und ballte die Fäuste, »eigentlich zum Lachen, wenn es nicht die reinste Scheiße wäre!«

Die alles besudelnde Giftwolke legte sich wie ein schmutziges Tuch über die Landschaft. Selbst der Jäger, der bis zuletzt noch wild und drohend gegen die Horde fluchte, trat von einem Hustenanfall geschüttelt notwendigerweise den Rückzug an.

Im großen Gastraum konnte man die Ratlosigkeit förmlich greifen. Eines war ganz klar: Das schöne Fest war zu Ende.

Ohne Verdrängung kann der Mensch schlecht überleben und so trösteten sich einige, dass das Inferno vielleicht ein einmaliger Vorgang gewesen wäre, während die ersten bereits zum Aufbruch drängten. Joe konnte seinen weinenden Vater auf Anraten der Frauen vorerst in einem der freigewordenen Gästezimmer unterbringen, so war gleich Hilfe da, wenn seelischer Beistand nötig werden würde.

Während Erika zu ihrer Wildtierauffangstation zurückgehastet war, um nach dem Rechten zu sehen, bestiegen Ben und Joe den hauseigenen Pick-up, um der Sache direkt vor Ort auf den Grund zu gehen. Natürlich kannten sie den Weg zum Strand mittlerweile wie im Schlaf. Heute wäre das gar nicht nötig gewesen, denn sie brauchten nur dem Gestank zu folgen, den selbst der stärker gewordene Südwestwind nicht gänzlich hatte vertreiben können.

4. TYRANNENFEST UND EIN FRÜHERES DRAMA

Ben und Joe fuhren erst mal an Langballigau vorbei Richtung Westerholz hinauf, von wo sich jedes Mal ein grandioser Weitblick über die Förde bot. Da sahen die Männer, dass sich ein dunkler Fleck zwischen den weiß schimmernden Wohnmobilen des Campingplatzes und der Hafenmole breitgemacht hatte. Bereits auf der schmalen Teerstraße, die sich direkt am Strand entlang zog, hörten Ben und Joe die ersten Fetzen einer Ansage und dazu dumpf und plärrend Reste einer Orgelmusik, deren virtuoser Urheber sich angesichts dieser Verunstaltung womöglich im Grabe umgedreht hätte. Und da standen sie, die unzähligen, chromblitzenden Maschinen, hierarchisch wie während des Kolonnenfahrens aufgebaut.

»Ist schon bemerkenswert, welchen kleingärtnerischen Ordnungssinn die wilden Kerle hier zur Schau stellen«, registrierte Joe bissig. »Und erst diese Aufschrift auf einigen Tanks: Born To Be Free!« Joe grinste breit und lachte nicht ohne eine gewisse Häme in sich hinein. »Sah die große Freiheit nicht irgendwie anders aus?«

Der Blick der beiden Männer wanderte über die zumeist dunkle, zum Teil sich stiernackig darbietende Menschenmenge hinweg zur hölzernen Bühne mit dem

Altar, wo gerade ein schwarz gekleideter Mann mit Bauchansatz und Doppelkinn unterlegt von Mendelssohn Bartholdys unvermeidlichem Hochzeitsmarsch einem offensichtlich gerade Ja sagenden, heiratswilligen Pärchen seinen kirchlichen Segen gab.

Gleich nebenan, ganz profan und unchristlich, lag das demontierte Schild der ehemaligen Fischerklause. Oben, am Giebel des eilig weiß getünchten Hauses, prangte bereits ›Bikertreff‹ und weiter unten befestigten gerade Helfer ein Schild mit der Aufschrift:

›Moto-Markt – 3 × in der Woche geöffnet‹

»Lass uns zurückfahren«, sagte Joe, der bemerkte, dass Ben immer mehr aus der Fassung zu geraten schien. »Wir haben vorerst genug gesehen.«

Während der Rückfahrt war besonders für Ben nichts mehr so, wie es war, die ganze Gegend schien für ihn in ein graues gleichförmiges Licht getaucht, ein Licht, das Depressionen nur allzu gern Raum gab und in dem jedweder Silberstreif mit Abwesenheit glänzte. Er fühlte sich wie unter einer dicht abgeschlossenen Glasglocke gefangen, denn die wundervoll seidige, laue Luft des ausgehenden Sommertages erreichte ihn nicht mehr.

Von Weitem sahen die beiden Nina mit dem kleinen Moritz an der Hand gleich vorn an der Auffahrt stehen, und als diese im Näherkommen die Gesichtszüge ihres Mannes erkannte, zuckte sie zusammen. Joe stieg als Erster aus, während Ben mit versteinertem Blick vorerst im Wagen sitzengeblieben war.

»Es sieht nicht gerade gut aus«, sagte Joe etwas zögerlich und nach der richtigen Wortwahl suchend, während er sich auf die junge Frau bedächtig zubewegte. Ben war inzwischen ebenfalls herangetreten und umarmte seine Frau stumm, während er seinen Sohn zu sich heranzog und innig drückte. Sie nahmen alle an einem der Gartentische Platz.

»Joe, was ist los?«, erhob Nina mit einem Seitenblick auf ihren niedergeschlagenen Mann ihre Stimme, in der ein leichtes Zittern mitschwang.

»Wo sind denn eigentlich alle übrigen Leute?«, fragte Joe stattdessen, um etwas Zeit zu gewinnen. »Was macht mein Vater?«

»Er wollte unbedingt nach Hause. Ich habe ihn anschließend mit Moritz zu euch rübergebracht. Er machte wieder einen gefassten Eindruck, sodass ich ihn wohl guten Gewissens zurücklassen konnte. Und er ist ja kein kleines Kind mehr.«

Zur letzten Bemerkung Ninas hätte Joe durchaus etwas sagen können, was er sich aber angesichts der bedrückenden Situation verkniff. Außerdem hatte Nina ja richtig gehandelt und so bedankte er sich bei ihr.

»Nach Erika ist auch Henningsen mit einigen weiteren Anwohnern gegangen«, fuhr Nina fort. »Raoul arbeitet im Café, da wir noch einige Tagesgäste haben. Ach, und die Werners wollen die Abrechnung haben und heute Abend abreisen. Die Angst vor diesen verdammten Rockern ist mir dermaßen in die Glieder gefahren und ich fürchte mich schon jetzt vor dem einsetzenden Rückreisestrom. Joe – sag mir, was war da unten am Strand von Langballigau los!«

»Also, Nina, zuerst einmal.« Joe dachte angestrengt nach, wie er ihr möglichst schonend beibringen sollte, was Ben und er gesehen hatten. »Als Ben und ich unten am Strand ankamen, war da dieser selbsternannte Motorrad-Gottesdienst schon in vollem Gange. Entschuldige, Nina, mir sträuben sich bei dieser blödsinnigen Verniedlichung in MOGO sämtliche Nackenhaare.« Joe biss voller Zorn die Zähne zusammen. »Also, es war schon eine eigenartige Messe, allen voran ein kirchlicher Herr Merkwürden, der nur zu gern die folkloristische Gelegenheit wahrnahm, ein öffentlichkeitsgeiles Pärchen zu trauen.« Joe räusperte sich und musterte Ben, dem es ganz recht zu sein schien, dass er die Berichterstattung übernommen hatte. »Leider, leider kommt es noch dicker, denn aus der ehemaligen Fischerklause ist ein Bikertreff mit Motomarkt geworden. Weißt du, so eine Art An- und Verkaufsmarkt für Ersatzteile und Zubehör. Der soll sich dort zukünftig auf der Hauskoppel abspielen. Jedenfalls war das auf den von Hand gepfriemelten Plakaten angekündigt.«

Zwischen den Freunden entstand ein quälendes Schweigen und alle spürten ein dumpfes Unbehagen.

»Als ob wir nicht schon genug Schwierigkeiten hätten«, meldete sich Ben mit belegter Stimme.

»Kann es nicht sein«, ergriff Joe erneut das Wort,

»dass der Laden von dem Typen vielleicht eines Tages wieder einschläft?«

»Ach Joe, du willst uns nur trösten«, erwiderte Nina. »Was ist denn erst, wenn dieser Treff sich womöglich zu einem Mekka für unser Bundesland ausweitet?«

»Wissen kann man das natürlich nicht, aber ich bin auch nicht ohne Sorgen, besonders, wenn ich an meinen Vater denke«, meinte Joe ernst. »Er hat mir ein einziges Mal von der tragischen Flucht aus Ostpreußen erzählt, die aus ihm das machte, was er heute ist: Einen ängstlichen, kranken, alten Mann. Ich habe das dokumentiert und darüber eine Kurzgeschichte geschrieben. Möchtet ihr die Geschichte lesen?«

Ben und Nina nickten stumm.

Nachts konnte Nina keine Ruhe finden und so las sie die Geschichte von Joes Vater, die Joe ihnen noch vor der Tagesschau vorbeigebracht hatte.

Sie hatte bislang nur gewusst, dass Joes Vater aus Ostpreußen stammte und in den letzten Kriegswochen als Kind mit seiner Familie geflohen war. Mit der Dramatik der damaligen Ereignisse hatte sie sich nie näher auseinandergesetzt.

Sie erfuhr, dass die Familie von Joe erst aufgebrochen war, als die Front schon fast das Dorf erreicht hatte, da der Großvater auf die Durchhalteparolen des ortsansässigen NS-Bürgermeisters vertrauend sich bis zuletzt geweigert hatte, dem Treck der meisten Dorfbewohner zu folgen. Er war fest davon überzeugt, dass Elite-Einheiten, die nur auf einen Wink des Führers warteten, die Russen mit der propagierten Wunderwaffe noch beizeiten davonjagen würden.

Joes Großmutter hatte sich entschlossen, das Nötigste zusammenzupacken und mit ihren Angehörigen allein schon des Kindes wegen zu gehen. Joes Vater hatte erleben müssen, wie die Mutter vor der Kulisse eines detonierenden Geschosses, das die Dorfstraße für Sekundenbruchteile grell erleuchtete, einen letzten Versuch unternahm und der Verzweiflung nahe an seinem Vater rüttelte. Der hatte sie nur stumm mit seinem Ellenbogen abgewehrt, auf einen imaginären Punkt in der Ferne gestarrt und keinen Blick für seinen kleinen Sohn übrig gehabt.

Nina stellte sich die Verzweiflung des Jungen vor, als sie las:

›»Wo bleibt bloß Papa?« Der kleine Fritz drehte sich immer wieder nach der in nächtliches Dunkel getauchten, in dichten Abständen durch Granateinschläge partiell erhellten, langsam kleiner werdenden Ortschaft um.

»Papa kommt sicherlich bald nach, er hat nur noch ein paar Dinge zu erledigen«, versuchte die Mutter das aufgeregte Kind zu beruhigen, dem irgendwann die Augen zufielen.‹

Wenn der Kleine im späteren Verlauf der Flucht nicht gerade von Wolldecken dick eingemummelt im hinteren Teil des Planwagens schlief, saß er vorn zwischen Opa und Oma auf dem Kutschbock, wo das Schnauben und die warme Ausdünstung der beiden kräftigen Kaltblüter sowie die Nähe der alten, herzlichen Menschen so etwas wie Balsam für die geschundene Kinderseele war.

Unterwegs, auf der von alten Bäumen gesäumten, verschneiten Chaussee, die sich fast schnurgerade durch die leicht hügelige Landschaft zog, trafen sie auf weitere Gespanne und Fußgänger, die alle Danzig zum Ziel hatten, in der Hoffnung, dort ein rettendes Schiff nach Schleswig-Holstein, Hauptsache nach Westen zu bekommen. Alle klammerten sich an diese verbliebene Möglichkeit, denn russische Truppen waren bereits weiter südlich der Hafenstadt vorgedrungen und hatten dort den Zugang zum Westen für die Flüchtlinge so gut wie unmöglich gemacht.

Dass gerade in Danzig für einige Trecks das grausame Schicksal besiegelt sein würde, mochten sie natürlich nicht ahnen und dass für viele von ihnen auf der als sicher gewähnten Wilhelm Gustloff der nasse Tod bereitstand, hervorgerufen durch einen russischen U-Boot-Torpedo, hatte sich keiner ausmalen können, geschweige denn wollen.

Es war ein merkwürdiger Zug, der da durch die sonst so stille Landschaft rollte und diese mit einem hier nie vernommenen Geräuschteppich von hunderten, knarrenden, eisenbeschlagenen Speichenrädern versah, unterbrochen nur durch gelegentliches Fluchen, wenn eines der Pferde mal wieder auszugleiten drohte, dem Scheppern von Hausgerät, wenn die Wagen mit frostigen Unebenheiten zu kämpfen hatten, oder dem leisen Wimmern eines Babys, wenn die Mutterwärme nicht mehr ausreichte.

Der kleine Fritz hatte sich tapfer gehalten, zumal er fest daran glaubte, dass der Papa nachkommen würde. Gleichwohl stellte er sich gut verpackt in den Decken und zusätzlich durch Teppiche von unten geschützt gegenüber den Erwachsenen oft schlafend, weil seine kleine Seele die enorme Belastung trotz aller Zuwendung sehr wohl spürte.

Im weißen Rund der Plane, die den Wagen schützend umspannte, sah er vor sich auf dem Bock die unregelmäßig hin und her schaukelnden Körper der Großeltern, scheinbar fatalistisch in ihr Schicksal ergeben. Eines der letzten Bilder von ihnen, das ihm für immer im Gedächtnis blieb.

Auf dem Eis des zugefrorenen Haffs, das inzwischen mit einer durchgehenden Schicht von Tauwasser bedeckt war, markierten liegen gebliebene, zum Teil von russischen Tieffliegern zusammengeschossene Gespanne den Weg. Leichen, tote Pferde Hausrat und vielerlei Gerümpel, alles lag heillos durcheinander. Hinzu kam, dass die Tiere nicht genug zu saufen hatten und auch manch einer der Überlebenden vom Trinken des Salzwassers abgehalten werden musste.

Sowie der Morgen graute, waren die feindlichen Piloten zur Stelle und schossen mit ihren Bordkanonen wahllos auf alles, was sich bewegte. Die Menschen flüchteten in panischer Angst, sodass sich bei einem der Angriffe der kleine Fritz und die Tante, die ihn instinktiv aus dem sinkenden Wagen gerissen hatte, zwischen vereinzelten Menschentrauben wiederfanden. Jeder versuchte nur noch sein Leben zu retten. Ständig schaute sich Fritz suchend nach seiner Mutter und den Großeltern um und wollte sich von der Tante losreißen, weil er nicht begriff, dass die Menschen, die er liebte, nun so plötzlich verschwunden sein sollten. Entgegen ihrer Annahme, dass der Rest der Familie den Tieffliegerangriff nicht überlebt hatte, hielt sie es im Moment für das Beste, den Kleinen auf ein späteres Zusammentreffen mit den Seinen zu vertrösten. Unter großen Strapazen und Gefahren erreichten sie schließlich Danzig und das bereits wartende Schiff nach Dänemark. Die Tiefflieger ließen nicht von der Zivilbevölkerung ab und schossen sogar beim Besteigen des Schiffes auf die fliehenden Menschen.

Und hier wartete das fürchterlichste Bild der ganzen Flucht auf den kleinen Fritz, ein Bild, das ihn bis ans Ende seiner Tage gleich einem sich in Endlosschleife abspielenden Film verfolgen würde. Während ihn die Tante die Gangway zum Schiff hinaufzog, sah er im Hafenbecken zwischen Kaimauer und Schiffsrumpf den Körper eines leblosen kleinen Mädchens treiben, die Augen offen und starr in den Himmel gerichtet, die geliebte Puppe noch fest umklammert, während sich gleichzeitig im gewellten Wasser ein von der Morgensonne angestrahlter Tiefflieger spiegelte, der mit dröhnenden Motoren weiter sein grausames, erbarmungsloses Geschäft verrichtete.

Nina war jetzt hellwach und dachte noch lange über das Schicksal der Flüchtlinge nach. Ihre Schwierigkeiten erschienen ihr dagegen für einen Moment nicht ganz so ausweglos zu sein. Trost, den Joe ihnen mit dieser Geschichte wohl hatte geben wollen, konnte Nina nicht finden.

Als Joe von Nina und Ben in die kleine Kate seines Vaters zurückgekehrt war, hatten sich wechselnde bunte Bilder im Wohnzimmer ein Stelldichein gegeben. Der seelische Zustand seines Vaters schien sich tatsächlich einigermaßen stabilisiert zu haben, denn er hatte friedlich vor einer dieser ewig gleichgestrickten, pilchernden Seifenopern gesessen.

Manchmal kicherte er – anscheinend gänzlich weltvergessen in sich hinein. Nur einem Außenstehenden konnte diese vermeintliche Idylle trügen, denn in der Nacht würden dem Vater erneut Albträume einholen, das wusste Joe nur zu gut.

Immerhin war der Vater jetzt in einer, wenn auch nur zeitlich begrenzten, heilen Welt vorerst aufgehoben und deshalb störte Joe ihn nicht weiter. Er zog sich leise in sein kleines Arbeitszimmer auf dem Dachboden zurück, machte es sich mit einem irischen Whiskey bequem und überlegte, wie man auf das ganze Dilemma wohl einwirken könnte. Von den Hauptbetroffenen taten ihm besonders Ben und Nina leid, die Angst hatten, ihre mühsam aufgebaute Existenz zu verlieren. Das wollte er nicht mitansehen. Er spielte gedanklich die Möglichkeiten durch, die ihnen gegeben waren, um die nächsten Biker-Invasionen abzuwehren. Sperrungen, künstliche Umleitungen oder Sitzblockaden konnten das massive Verkehrsaufkommen der Biker allenfalls erschweren, jedoch auf Dauer nicht verhindern. Drastischere Maßnahmen wie Nägel oder Öllachen wären da viel wirksamer, weil sich keiner der Biker mehr wirklich sicher fühlen könnte, aber das würde schwere Unfälle vielleicht sogar Nichtbeteiligter zur Folge haben und kam daher nicht infrage. Des Weiteren könnten sie direkt vor Ort demonstrieren, Handzettel drucken und die Presse einschalten. Parallel dazu böte sich an, das Gespräch mit den beteiligten Parteien zu suchen, dem Bikertreff-Inhaber, der Kirche und der Gemeindevertretung. Am besten wäre es daher, sehr bald alle Anlieger zusammenzutrommeln.

Joe lehnte sich nachdenklich zurück und merkte auf einmal, wie sich angenehme Müdigkeit in seinem Körper unaufhaltsam breitmachte. Er sah vorsorglich nach seinem Vater, der inzwischen vor dem Bildschirm eingenickt war. Er stellte das Gerät ab, unterließ wohlweislich, den Alten zu wecken, deckte ihn behutsam mit einer bereitliegenden Wolldecke zu und hoffte für sie beide auf eine ruhige Nacht.

5. HINZ HENNINGSEN WIRD ES ZU BUNT

Mit dem Montag war eine neue Arbeitswoche angebrochen. Hatte der eine oder andere Anlieger der Langballiger Straße gehofft, der ganze Spuk wäre nur eine vorübergehende Erscheinung gewesen, so sahen sich diese schnell getäuscht.

Insbesondere an den Tagen des ›Motomarktes‹ nahm der Feierabend-Tourismus der Biker deutlich zu und das ruinöse Spektakel vom letzten Wochenende ging mit einer brisanten Variante in die zweite Runde.

Nun hatten Pulks von Bikern und Quadfahrern zusätzlich die kurvige Nebenstrecke entdeckt, die sich keine 200 Meter parallel zur Langballiger Straße durch das Gelände schlängelte und an der sich sowohl Erika Longs private Tierauffangstation als auch Henningsens Hof mit seinem Jagdrevier befand.

Dominierte auf der Langballiger Straße noch ein dumpfes Dröhnen, so kurvten hier ständig getretene, aufjaulende Maschinen an Tiefflieger im Sturzflug erinnernd die Ebene hinunter, um sich in Richtung Küste mit der stinkenden Hauptkarawane zu vereinen.

Kurz zuvor hatte Erika Long in ihrer Auffangstation die Tiere weitestgehend versorgt. Nur der rote Milan, den sie einst als völlig abgemagerten und erschöpften Jungvogel am Waldesrand aufgelesen hatte, wartete auf sein Futter, das aus passend zurechtgeschnittenen Fleischstückchen bestand.

Anfangs hatte es Erika Long einige Mühe gekostet, den Vogel anzufüttern, denn sie musste ihrem Zögling erst mit einem winzigen Teelöffel von einem Puppengeschirr eine spezielle Mischung aus Traubenzucker und Rehblut einflößen. Ganz allmählich kam wieder Leben in den Milan und er öffnete für kurze Momente die Augen. Nach einer weiteren Durststrecke begann Schlafmütze – wie die Pflegerin ihren Patienten liebevoll nannte –, sich hin und wieder aufzurichten.

Kurz darauf schlug der Vogel mit den Flügeln und sie richtete dem Vogel eine feste Bleibe auf Zeit in einer der großen Volieren ein. Sie musste ihn noch einmal über der Winter bringen und im folgenden Frühjahr, so hoffte Erika Long, konnte sie ihn wohl auswildern und in seine Freiheit entlassen.

Außer dem Raubvogel hatte die zähe, zierliche Frau eine Wiesenweihe, drei Turmfalkenküken, Fledermäuse, zwei junge Eichhörnchen und einen weißen Höckerschwan zu versorgen. Der große Wasservogel war tagelang während der kalten Jahreszeit zwischen zwei Booten eingeklemmt gewesen und hatte sich aus seiner misslichen Lage nicht selbst befreien können. Die Freiwillige Feuerwehr des Ortes brachte das Kunststück schließlich fertig, ihn, ohne dass er sich dabei weiter verletzte, aus seiner Fessel zu erlösen. Das Tier bekam anschließend in Erika Longs Auffangstation einen Platz. Da er stark unterkühlt war, bereitete sie ihrem neuen Notfallpatienten ein warmes Heubett, flößte ihm Teichwasser ein und bot ihm eingeweichte Brotstücke sowie Haferflocken als Nahrung an. Bereits nach kurzer Zeit trug die Behandlung Früchte, aber zum See am Schloss kehrte er aller Auswilderungsversuche zum Trotz nie zurück. Er wollte einfach nicht mehr von der Seite seiner Pflegerin weichen und zog es stattdessen vor, den kleinen Teich auf Erika Longs Grundstück fortan als seinen angestammten Besitz einzunehmen.

Während sie dem roten Milan gerade die letzten Fleischstückchen reichen wollte, brach unvermittelt das mehrstimmig aufheulende Inferno über sie herein. Als sie, die Linke mit einem Falknerhandschuh bewehrt, empört und entsetzt zugleich vor ihr Haus trat, sah sie oben auf der Anhöhe Nachbar Henningsen wild gestikulieren und seine Fäuste drohend dem motorisierten Rudel entgegenrecken. Hauptsächlich fürchtete er, dass diese auf immer und ewig das Wild von seinem Jagdrevier, das direkt an seinem Resthof grenzte, vergrämen würden.

Obwohl die Tierschützerin und dieser Anlieger nicht gegensätzlicher hätten sein können, spürte sie zum ersten Mal mit dem groben Mann so etwas wie Solidarität. Auch wenn der böse Spuk bis auf einige Nachzügler so schlagartig verschwunden, wie er in die Beschaulichkeit hereingebrochen war, so befanden sich ihre Schützlinge natürlich noch in heller Aufregung. Die wild umherflatternde Wiesenweihe war erneut am Flügel verletzt, den Höckerschwan fand sie in der hintersten Ecke des kleinen Stalls vor und die planlos gegen den Maschendraht ihres Geheges hüpfenden Eichhörnchen schienen sich überhaupt nicht mehr beruhigen zu wollen.

Während Erika Long vorsichtig die Flügel des verletzten Vogels untersuchte, war sie darin so vertieft, dass sie erst durch das Knacken eines Astes bemerkte, dass Henningsen sich bereits hinter ihr befand. Sie waren zwar nächste Nachbarn, aber niemals zuvor hatte einer des anderen Grundstück betreten, denn die Unvereinbarkeit ihrer Ansichten und die damit verbundenen Vorurteile auszuräumen, schienen für keinen der beiden in irgendeiner Weise lohnenswert.

Natürlich ahnte sie, was Henningsen hergetrieben hatte, aber da der sonst so burschikose Mann herumdruckste und keinerlei Anstalten machte, sich zu äußern, ergriff sie, nachdem sie die Wiesenweihe behutsam in einen Transportkäfig abgelegt hatte, das Wort.

»Was wollen Sie von mir, Henningsen«, klang es ziemlich schroff. »Sie habe ich hier ja noch nie gesehen!«

»Ja, lassen Sie diese Übergriffe denn einfach kalt?«, polterte Henningsen in gewohnter, vorwurfsvoller Weise los, ohne auf die spitze Bemerkung einzugehen. Dabei konnte er ein Zittern in der Stimme nicht unterdrücken, obwohl er es gern wie immer, unter seiner bewährten Tünche aus Derbheit verborgen hätte.

»Was ist denn das bloß für eine Frage, Henningsen«, entrüstete sich seine Nachbarin. »Sie können sich ja wohl denken, dass ich mit meinen Tieren hier die liebe Not habe … ganz anders als Sie, der sich nur darauf beschränken muss, oben am Berg einmal mehr den wilden Max zu markieren.«

»Nicht nur Sie und Ihr NABU pflegen die Tiere, auch wir Jäger hegen sie«, erwiderte Henningsen nun seinerseits erbost. Er hätte sich eigentlich denken können, dass sie beide, wie schon so oft, bei ihrem alten Streitthema anlangen würden.

»Ach«, erhob sich Erika aus ihrer gebückten Haltung und sah Henningsen abfällig an. »Dass ihr Jäger jetzt neben Katze, Fuchs, Hase, Marderhund, Wildschwein, Reh und Krähen auch noch den Waschbären abschießen könnt, ist wohl ein weiteres gefundenes Fressen für euch, nicht wahr?« Die engagierte Frau redete sich immer mehr in Rage. »Euer ganzes albernes, mittelalterliches Gehabe, oder, sagen wir besser, eure Mordlust findet hier nur ein zusätzliches Ventil … und, wie dumm von euch«, sprudelte es aus der Tierschützerin nur so hervor, »sich nach dem widerlichen Abschlachten mit den ausgelegten Tierleichen für das Lokalblatt ablichten zu lassen … pfui Teufel, Henningsen! Und im Übrigen, werter Nachbar, sollten Sie mir nicht so einfach irgendwas unterstellen«, schloss Erika Long den unfruchtbaren Dialog für sich ab, »denn ich bin gar kein Mitglied im NABU, der anscheinend ein rotes Tuch für alle Jäger ist, oder?« Mit einer Mischung aus Ärger und Verzweiflung wandte sie sich von Henningsen ab und schaute in die Weite der Landschaft hinaus, als fände sie dort etwas Tröstendes. Als sie sich umdrehte, war der Jäger bereits verschwunden. Einen Augenblick später sah sie ihn noch kopfschüttelnd den Hügel zu seinem Hof hinaufmarschieren und an dem abgehackten, ihr sehr resolut erscheinenden Gang war deutlich zu erkennen, dass der Mann voller Wut steckte.

Als Erika am nächsten Morgen, einem Samstag, zur Anhöhe hinüberschaute, weil sie eine Wiederholung der Geschehnisse befürchtete, sah sie, dass der Wirtschaftsweg durch mehrere, aufgetürmte Strohballen blockiert war.

Gleich dahinter hatte sich Henningsen mit seinem alten Traktor aufgebaut und er schien sein Terrain mit Zähnen und Klauen verteidigen zu wollen, denn Erika Long sah, dass von seiner untersetzten Statur, die sich als dunkle Silhouette gegen die Mittagssonne klar und scharf abzeichnete, auch eine seiner Büchsen herabhing.

Die erste Welle der Motorisierten rollte am frühen Nachmittag heran, staute sich, wie nicht anders zu erwarten, vor der Straßensperre, bis einige hundert wütende, ständig hupende und im Leerlauf das Gas hochjubelnde Fahrer den Wirtschaftsweg bis hinauf zur Langballiger Chaussee blockierten. Gerade als Henningsen mit der Büchse in der Hand ausgestiegen war, weil einige mit Quads und geländegängigen Maschinen versuchten, über das Getreidefeld auszuweichen, kam Hensel, der Dorfpolizist, von der Küste kommend den Wirtschaftsweg hochgefahren.

»Mach keinen Unsinn, Henningsen!«, entfuhr es ihm, während er auf den Altbauern zulief und das Szenario in Augenschein nahm. »Wenn du die Strohballen unverzüglich wegräumst, lass ich noch mal fünfe grade sein und hab die Flinte nicht gesehen.«

»Aber du siehst doch, was hier los ist, Hensel, das ist schon fast Kriegszustand«, erwiderte Henningsen erregt. »Das Wild wird so nachhaltig vertrieben und meine ganze Hege war dann umsonst – willst du das?«

»Nein, natürlich nicht Henningsen.« Hensel zog bedauernd seine Schultern hoch. »Es geht aber nicht an, das du deswegen hier den Wirtschaftsweg eigenmächtig absperrst und den öffentlichen Verkehr behinderst, hast du das verstanden?«

»Ach, Hensel, du hast eben keine Zivilcourage, du hältst dich zwar gnadenlos korrekt an formales Recht, aber wie wäre es mal mit ein bisschen mehr praktizierter Menschlichkeit? Schützen tust du nur die, die auf die Landbevölkerung keine Rücksicht nehmen und hier ohne Sinn und Verstand alles kaputt machen.«

Bei den letzten Ausführungen des Altbauerns hatte sich auf Hensels Stirn eine Zornesfalte gebildet. »Hör mal, Henningsen, ich sag's noch mal, ich habe diese Politik schließlich nicht zu verantworten, muss aber wie alle Kollegen ständig gegenüber uneinsichtigen

Zeitgenossen – und da bist du jetzt nicht ausgenommen – den Kopf hinhalten.«

»Das ist eben dein Job, Hensel«, antwortete Henningsen ungerührt und behielt nicht nur seine Abwehrstellung bei, sondern fasste seine Flinte bedrohlich fester.

»Zum letzten Mal, Henningsen, du baust den Kram jetzt unverzüglich ab«, erwiderte der Polizist mit deutlichem Nachdruck, als er sah, dass die von ihm angeforderte Verstärkung, zwei weitere Streifenwagen, hinter ihm eingetroffen war. »Und nun pack mal ganz schnell deine Flinte weg!«

Begleitet vom Standgeräusch der unzähligen Maschinen, dem Gelächter und den weiter ungeduldig an ihren Gasgriffen spielenden Bikern musste Henningsen mit seinem Trecker Strohballen um Strohballen abräumen. Seinem ganzen Körper war der Widerwille anzusehen, aber hätte er betont langsam gemacht, wäre die stinkende Abgaswolke, die der motorisierte Haufen in Richtung Küste bald darauf hinter sich herzog, nur noch ärger gewesen.

»Um eine Anzeige wegen Nötigung und Eingriff in den Straßenverkehr wirst du wohl nicht herumkommen, Henningsen. Und damit das gleich klar ist, deine Aktion kann und will ich nicht so einfach unter den Teppich kehren«, rief der Dorfpolizist dem mit seinem Traktor hin und her fuhrwerkenden Bauern zu.

»Mach doch was du willst«, schrie dieser wütend über den tuckernden Traktorenlärm hinweg, »so wirst du eben nie einer von uns, bleibst halt der ewig Zugezogene!«

»Du solltest eigentlich froh sein, dass es nicht eine Anzeige wegen Widerstandes gegen die Staatsgewalt gibt«, konterte Hensel, der seit über 20 Jahren in Dödenstrup lebte und sich deshalb über diesen erneuten Versuch der Ausgrenzung ärgerte.

»Wenn du so dämlich grinst, konfisziere ich vorsorglich deine Flinte, um weiteren Unsinn vorzubeugen!«

Das schien gesessen zu haben, denn in das gerötete Gesicht des Altbauern zog eine Blässe. Ohne ein weiteres Wort zu verlieren, suchte er halsstarrig und kopfschüttelnd mit seinem Traktor das Weite.

Abends erhielt Henningsen einen Anruf des Flensburger Tageblatts, Lokalredaktion.

»Herr Henningsen, wir haben da einige Fotos vorliegen, die Sie bei der Aktion heute Nachmittag zeigen und möchten darüber morgen in unserem Lokalteil berichten. Die eine Seite haben wir bereits gehört. Natürlich möchten wir auch Sie zu Worte kommen lassen.« Der Reporter am anderen Ende der Leitung räusperte sich kurz und fuhr fort: »Warum haben Sie denn die Straße überhaupt blockieren wollen?«

»Ja, wissen Sie denn nicht, was da heute los war?«, entrüstete sich Henningsen. »Mehrere hundert Biker und Quadfahrer sind mit wüstem Getöse über unsere Landschaft hergefallen, das sind eindeutig Verstöße gegen die Lärmverordnung!«

»Ja, und da haben Sie sich eben auf Ihre Art wehren wollen, Herr Henningsen?«

»Ja klar, wollte ich mich wegen meiner Jagdrechte, hier zur Wehr setzen. Denn es werden mir ja alle Tiere von meinem Grund und Boden verscheucht… welche Möglichkeiten hätte ich denn Ihrer Meinung nach noch gehabt, Herr … Herr …«

»Clausen«, ergänzte der Reporter und blieb eine Antwort nicht lange schuldig: »Na, Sie könnten zum Beispiel Anzeige erstatten oder die Vorgänge – wie wir es hier gerade versuchen – publik machen.«

»Machen Sie sich doch nicht lächerlich, Herr Clausen«, entgegnete Henningsen brüsk. Soll ich von hunderten Leuten die Kennzeichen notieren und diese dann anzeigen? Das ist ja grotesk! Und die Straßen am Wochenende rundum von Polizeikräften kontrollieren lassen? Wie soll denn das bei dem zu erwartenden Ansturm gehen? Nee, nee, Herr Clausen, Sie sollten einen alten Mann nicht mehr auf den Arm nehmen!«

»Das hatte ich keineswegs vor«, entgegnete der Reporter ruhig, »ich denke, die Polizei hätte schon die Möglichkeit, diese Art von Verkehrsaufkommen umzuleiten oder bei der Menge auf eine Anmeldung der Fahrten zu bestehen.«

»Entschuldigen Sie bitte, Herr Clausen, aber das ist der reinste Tinnef, dann wären doch nur andere betroffen«, gab sich Henningsen plötzlich erstaunlich sozial.

»Und wie wollen Sie eine Ansammlung durch Mund-zu-Mund-Propaganda oder das Internet, wie neulich auf Sylt passiert, verbieten? Ihre Zeitung hat darüber ja berichtet! Die Leute kommen aus allen Himmelsrichtungen und wenn Sie sie danach fragen, sind sie natürlich nur rein zufällig da!«

»Da wir gerade beim Himmel sind«, erwiderte der Reporter schlagfertig, »könnte wenigstens der Versuch unternommen werden, auf die Kirche dahingehend einzuwirken, dass sie die Ausrichtung der Motorrad-Gottesdienste einschränkt.«

»Ach, mein lieber Herr Clausen, in der Richtung bin ich schon lange vom Glauben abgefallen«, erwiderte Henningsen, der seine Enttäuschung gegenüber den Äußerungen des Reporters nicht verbergen konnte und wollte. »Und selbst wenn die Pfaffen einsichtig wären, bliebe trotzdem dieser verdammte Kneipenwirt mit seinem unseligen Geschäft.«

»Ja, ja, Herr Henningsen«, entgegnete der Reporter, der keinen Rat wusste, »Gottes Mühlen und die der Demokratie mahlen eben zuweilen langsamer als gewünscht.«

»Ja und wie wäre es wohl, wenn der Herr Reporter nichts Böses ahnend gerade beim gemütlichen Kaffeetrinken im Garten sitzt und dann lassen so'n paar Kerle mit ihrem Lärm und Gestank aus lauter Jux mal ordentlich die Sau raus?«, schob Henningsen nach. »Dann würde er mir hier nicht mit solchen belanglosen Sprechblasen kommen und hätte sicher mehr Verständnis für meine Lage.« Henningsen, der etwas zur Schwerhörigkeit neigte, lauschte daraufhin angestrengt in den Hörer. Doch die andere Seite hatte bereits aufgelegt.

Als Henningsen am nächsten Morgen beim Frühstücken die Regionalzeitung aufschlug, blieb ihm zuerst einmal der Bissen im Halse stecken, denn das Foto, welches ihn in voller Aktion auf seinem Traktor darstellte, nahm fast eine halbe Seite ein, und zeigte einen verkniffenen, mit einer Büchse bewaffneten Landbewohner, der wohl eher nach Gutsherrenart auf seine angestammten Rechte pochte, nicht gerade ein Robin Hood. Und die dreispaltige, fette Überschrift: ›Landwirt blockiert öffentliche Straße‹ unterstrich seinen planlosen eigenmächtigen Alleingang.

Im Lauftext war der Reporter allerdings bemüht, weitgehend Sachlichkeit walten zu lassen, in dem er sich weder für die eine noch die andere Seite starkmachte.

Trotzdem war Henningsen erst mal die Petersilie verhagelt und der Tag irgendwie schon für ihn gelaufen.

6. KRISENSITZUNG

Da das Aufkommen motorisierter Biker- und Quadhorden weiterhin bestehen blieb, sah sich der engere Kern der betroffenen Anlieger veranlasst, eine Krisensitzung einzuberufen. Außer Ben, Nina, Joe, Erika Long und Henningsen hatten sich etwa 50 weitere Personen in der Wohndiele des Cafés eingefunden, die, wie so auf den Dörfern gegeben, sich alle mehr oder weniger gut kannten.

Während der verlässliche Raoul die Gäste mit Getränken und Snacks versorgte, ergriff Ben als Erster und einer der Hauptbetroffenen das Wort. »Ihr habt es ja alle hautnah erleben müssen, was da so unvermutet über uns hereingebrochen ist. Nicht genug damit, dass die Lebensqualität für jeden Einzelnen von uns stark beeinträchtigt wird, nein, dieser Zustand bedroht unser Geschäft und damit unsere gesamte Existenz. Soweit ich weiß, gibt es unter euch einige Vermieter von Ferienwohnungen, die ebenfalls um ihre Gäste bangen …« Ben sah in der Runde einige zustimmend nicken. »Ja, und wir wissen eigentlich nicht, was wir den Gästen sagen sollen, die fest gebucht haben und über die Belästigungen empört sind.« Ben stand die Ratlosigkeit im Gesicht geschrieben. »Wenn das hier weiter eine Motorradstrecke bleibt, können wir einpacken.« Ben wechselte einen bedeutsamen Blick mit Joe, der abwartend im Türrahmen stand.

»Vielleicht«, versuchte Joe, nun ganz Journalist, das Hauptaugenmerk der Runde auf eine rationale Ebene zu lenken, »legen wir uns zuerst Strategien zurecht und setzen dann gemeinsam Prioritäten für unsere Vorgehensweise. Dazu gehört abzustimmen, wie weit man letztlich gehen will …« Joe hielt einen Zeitungsausschnitt in die Höhe und verlas die Überschrift: »›Unbekannter gießt Öl auf Motorradstrecke‹. Es handelt sich bei der besagten Motorradstrecke bei Ottobeuren um eine Verbindung, die Biker zu ihrer Rennstrecke auserkoren haben und sich dort seit Jahren ohne Rücksicht auf Verluste austoben.« Er lehnte sich zurück. »Tja … und dabei ist ein Motorradfahrer ums Leben gekommen. Manch einer von uns mag da vielleicht angesichts der eigenen Betroffenheit klammheimliche Freude empfinden. Aber trotz alledem«, bekräftigte Joe ernst, »Gefährdung von Menschenleben steht für mich außer Frage!«

»Diese Leute sind sich anscheinend überhaupt nicht bewusst, dass Eigentum verpflichtet und sich nicht jeder auf Kosten anderer ausleben kann. Da bleibt nur Öffentlichkeitsarbeit, um Bewusstsein dafür zu schaffen«, ergänzte Erika Long.

»Nee, nee, also Leute, das geht schon mal gar nicht«, meldete sich Nina aufgeregt zu Wort, die bisher, wie alle anderen, Joes Ausführungen schweigend gefolgt war. »Das greift doch erst wenn wir alle längst verhungert sind.«

»Genau, ganz genau so ist es«, schaltete Henningsen – ausnahmsweise mal zustimmend – sich in seiner gewohnt burschikosen Art ein. »Sicherlich habt ihr ja alle den Bericht über mich und den Zusammenstoß mit diesen motorisierten Rabauken gelesen.« Er grinste etwas linkisch und die Gedanken daran trieben abermals die Zornesröte in sein von Wind und Wetter gegerbtes Gesicht. »Also, ich meine, diese Reportagen sollen ja nur die Seiten füllen und bringen uns überhaupt nichts. Und als ich dann noch dieses dämliche Interview mit dem Christiansen, unserem Wahlkreisvertreter, las! Dem fällt nichts Besseres ein, als vom St.-Florians-Prinzip zu faseln. Er ist ja auch nicht betroffen. Halt so'n typischer Event-Politiker, der bei jedem Zeltfest und dem Anpflanzen eines Grashalms dabei ist. Hauptsache, er steht in der Zeitung und kann sich so ›als einer von uns‹ präsentieren und sich von seiner eigenen Wichtigkeit überzeugen. Selbst wenn wir die träge Öffentlichkeit darauf aufmerksam machen, wird es diese verdammten Kerle kaum beindrucken. Die genießen eher den Schutz der Polizei als wir unbescholtenen Bürger. Wie war das denn in Ottobeuren?« Er wandte sich nach Luft schnappend Joe zu. »Da bewacht nach dem Vorfall nun die Polizei die Strecke, damit diese Radaubrüder ungebremst weiter Stoff geben können!«

»Nu mal halblang, Henningsen«, ließ sich daraufhin einer der anderen Anwohner vernehmen. »Du hast ja ganz recht, und deine Strohbarriere war nicht von schlechten Eltern, aber nur Gemecker bringt uns alle nicht weiter!«

»Das meine ich auch«, fügte Joe hinzu, »es müssen natürlich Taten folgen. Aber illegale Straßensperren und künstliche Umleitungen sind nicht nachhaltig genug und bringen uns letztlich sogar Strafanzeigen ein, mit denen wir nur dem Gegner in die Hände spielen.«

»Ja, vielleicht sollten wir solche Aktion wie in Ottobeuren doch nicht ganz ausschließen«, meldete sich Erika Long, getrieben von ihrer Tierliebe, erneut zu Wort. »Das Legen von Öllachen oder Ausstreuen von Nägeln hätte immerhin den lehrreichen Effekt, dass sich keiner mehr mit gutem Gefühl auf die Piste traut.«

»Das ist aber ein Widerspruch zu deiner Meinung von eben. Du müsstest dann auch die Verantwortung übernehmen, wenn womöglich Menschen ums Leben kommen ... willst du das wirklich?«, knüpfte Joe an seine anfänglichen Ausführungen an.

Erika Long ließ die Frage im Raum stehen und fing nervös an, an ihren Haaren zu zupfen. Joe hatte auch keine schnelle Lösung parat.

Die Gesellschaft wurde allmählich unruhig, da noch keine konkreten Ergebnisse und realisierbaren Vorschläge erzielt worden waren. Erst wurde noch in kleinen Gruppen diskutiert, bevor sich Unbehagen und eine lähmende Unentschlossenheit breit machte. Der Vorschlag von Joe, die Sitzung zu vertagen, wurde mit Erleichterung angenommen.

Nachdem sich die Wohndiele bis auf Joe, Erika Long, Bauer Hinrichsen und Ben geleert hatte, kam es auf einmal und in völlig unerwartetem, fast akzentfreiem Deutsch von der kleinen Zwischendiele her, in die sich Raoul diskret zurückgezogen hatte: »Der Fisch beginnt bekanntlich vom Kopf an zu stinken.«

»Wie meinst du das, Raoul?«, fragte Ben überrascht.

»Na ja – ich meine, die Hauptakteure sind der Herr Pfarrer und dieser Inhaber des Bikertreffs und … noch der Bürgermeister des Ortes. Und was den Versammlungsort angeht … nun, wir haben viel Gülle im Land, nicht wahr?« Raoul verschwand mit einem Tablett leerer Flaschen in der Küche, wo Nina den kleinen Moritz mit Pudding versorgte. Nachdem sich die Verblüffung gelegt hatte, knurrte Joe: »Natürlich, natürlich, wieso sind wir da eigentlich nicht gleich drauf gekommen – der Junge hat ja so was von recht. Jedenfalls in groben Zügen. Gleich morgen suchen wir den Bürgermeister, den sauberen Herrn Thomsen und den einfühlsamen Herrn Merkwürden, den beruflichen Schöpfungsbewahrer aus Flensburg auf. Was meinst du dazu, Ben?«

7. BESUCHE WERDEN NÖTIG

Es war ein freundlicher, milder Dienstagmorgen, als Joe und Ben im Gemeindehaus des Badeortes aufkreuzten, um dem Bürgermeister ihr Anliegen vorzutragen.

»Herein.« Bürgermeister Wunderlich, ein Mann mittleren Alters mit einer eher hageren Figur, putzte gerade seine randlose Brille, als die Männer nach kurzem Anklopfen eintraten. Wunderlich vollzog in seinem Chefsessel eine routinierte, halbe Drehbewegung in Richtung Tür und lud die Männer mit einem leutseligen Handzeichen ein, in den gepolsterten Stühlen vor seinem wuchtigen Schreibtisch Platz zu nehmen.

»Was kann ich für Sie tun, meine Herren«, wandte er sich an die beiden, während er die Brille wieder auf seinem Nasenrücken platzierte.

»Es geht um den sogenannten Motorrad-Gottesdienst«, begann Joe das Gespräch, und es war in seinem Ton die Abneigung gegen diesen nicht zu überhören, »dem Bikertreff, dem sogenannten Motomarkt und die damit verbundenen Belastungen für uns Bürger …«

»Und die bereits für mich, meine Familie und unser Geschäft existenzbedrohende Ausmaße angenommen haben«, ergänzte Ben aufgebracht den Satz.

Der Bürgermeister nickte wissend und Joe, der äußerlich ruhig blieb, führte das Erlebte, den Krach und den Gestank sehr bildhaft weiter aus und was man denn vonseiten der Gemeinde dagegen tun könne?

»Tja, meine Herren, das Problem ist uns bereits von anderer Seite herangetragen worden und somit bekannt«, erwiderte Wunderlich, während er die schmalen Hände vor dem Bauch gefaltet hatte und die Sitzfläche seines Drehstuhls kaum merklich hin und her bewegte. »Und es wird ein Thema auf der nächsten Gemeindesitzung sein, aber ich sage Ihnen gleich, es ist zuerst an denen in Berlin, sich etwas einfallen zu lassen, und das kann – wie wir alle nur zu gut wissen – dauern.« Wunderlich griff gekonnt nach einem blauen Ordner aus einem seitlich aufgestellten Container. »Also … ja, auf der nächsten Gemeindesitzung, die für den Spätsommer anberaumt ist, könnten wir das Thema neben der neuen Wegesatzung und dem Genehmigungsverfahren für einen neuen Schweinemastbetrieb gerne erörtern.«

»Nee, nee, Herr Bürgermeister«, meldete sich Ben erbost zu Wort. »Es muss sofort etwas geschehen und ich denke, Sie berufen wegen der besonderen Dringlichkeit eine Sondersitzung ein, denn sonst laufen uns noch alle unsere Gäste weg. Schon jetzt ist der Schaden durch Absagen beträchtlich, da können Sie doch nicht einfach wie bisher so gemütlich weiterwurschteln!«

»Na ja, nun malen Sie mal nicht gleich den Teufel an die Wand, junger Mann, ganz so schlimm wird es bestimmt nicht werden«, bemühte Wunderlich sich auf die joviale Art, die Ben erst recht auf die Palme brachte. »Ist das bereits alles? … na, dann kann ich ja gleich wieder gehen.« Ben hatte sich erhoben, ließ sich aber von Joe bewegen zu bleiben.

Joe versuchte bedächtigere Töne anzuschlagen und das Gespräch wieder mehr auf die sachliche Schiene zu hieven. Er fragte Wunderlich, wo er denn die hauptsächlichen Widerstände sähe.

»Ich weiß nicht, ob es Ihnen bekannt ist«, ergriff der Bürgermeister bereitwillig das Wort, »aber das Grundstück zwischen dem Campingplatz und der Au ist in Privatbesitz, und soweit man sich an die bestehenden Gesetzesauflagen bei den abgehaltenen Veranstaltungen hält – der Bikermarkt mit Verkauf darf zum Beispiel nur am Samstag und unter der Woche stattfinden –, sind uns die Hände gebunden.

»Sie könnten doch generell Motorräder aus dem Zentrum des Ortes verbannen … und was sagen denn eigentlich die anderen Gäste dazu?«, bohrte Joe weiter.

»Es ist immer auch eine Abwägung der Interessenlage«, zog der Bürgermeister sich auf eine gewisse Unverbindlichkeit zurück. »Und es wird, wie gesagt, auf der nächsten Gemeinderatssitzung angesprochen werden.« Wunderlichs Chefsessel hatte sich wieder in Richtung Zimmertür gedreht. »Vielleicht kommt dabei vorab immerhin eine verkehrsberuhigte Zone heraus … aber mehr kann ich Ihnen im Moment beim besten Willen nicht sagen.«

Als schließlich Ben total frustriert und auch Joe sichtlich enttäuscht wieder vor dem Amtshaus standen, ging die Uhr schon auf Mittag zu. Ben fluchte vor sich hin: »Das bringt doch alles nichts, Joe!«

Ja, es war schwierig, da gab Joe dem Freund im Stillen recht, laut sagte er allerdings, um ihm nicht alle Hoffnung gleich am Anfang zu rauben: »Lass es erst mal arbeiten, Ben, wer weiß was noch kommt.«

Als Joe mit dem zaudernden Ben beim Bikertreff anlangte, lungerten dort einige Männer mit tätowierten Armen herum und begutachteten gegenseitig ihre schweren Maschinen, die sie bei laufendem Motor im Stand nach ihrem Gutdünken kurz aufheulen ließen, was besonders Ben einen neuerlichen Stich versetzte. Er schien geradewegs auf die verhassten Gestalten zumarschieren zu wollen, aber Joe hielt ihn rechtzeitig zurück. »Das ist sinnlos und gefährlich Ben, die können sehr wahrscheinlich mit deinem Protest überhaupt nicht umgehen – wir sollten andere Wege beschreiten!«

Beim Näherkommen sahen sie, dass an einer Seite des Lokals ein weiterer Anbau im Rohzustand errichtet worden war. Im First baumelte ein mit silbernen und violetten Streifen geschmückter Richtkranz, auf dem schwarz lackierte Motorradmodelle im leichten Wind der Förde, ausnahmsweise mal lautlos, ihre unendlichen Runden drehten.

Na, das kann ja heiter werden, dachte Joe bei sich, als sie vor dem um diese Tageszeit noch geschlossenen Lokal stehen geblieben waren. Auf ihr mehrmaliges Klingeln öffnete schließlich ein bärtiger, etwas ungepflegt auftretender Mann, dessen aufgekrempelte Hemdsärmel Tätowierungen erkennen ließen, deren Kunstrichtung nicht eindeutig festzulegen war. Kurz angebunden, unwirsch und nur zögernd ließ er sie mit in den Gastraum.

»Sind Sie sich eigentlich im Klaren«, Ben konnte natürlich wieder nicht an sich halten und machte ein zwei Schritte auf den Tresen zu, »was die von Ihnen initiierten Mogos, der Motomarkt und nicht zuletzt ihr Club hier in der Gegend alles anrichten?«

»Na was denn?«, kam es reichlich gedehnt und unverhohlen aggressiv vom Tresen zurück.

»Meine Gäste, die hier Erholung suchen, vertreiben Sie mit Ihren endlosen Bikerkolonnen. Wenn das nicht bald aufhört, könnte ich mich noch vergessen!«

»Willst du mir etwa drohen, Kleiner?« Thomsen lehnte sich breitarmig über den Tresen und grinste speckig. »Wir leben schließlich in einer freien Marktwirtschaft, da gibt es nun mal losers and winners, nicht? Soll ich mein Lokal hier etwa gleich wieder schließen, damit es euch gut geht? Dann wäre ich doch völlig plemplem!«

Joe, der genug gesehen und gehört hatte, verzichtete auf eine weitere Einlassung seinerseits und zog den fassungslosen Ben zurück auf die Straße.

»Das konnte man sich ja eigentlich gleich denken, dass dieser Kerl nicht mit sich reden lässt«, stieß Ben mit mühsam unterdrückter Stimme hervor, als sie zum Wagen zurückgingen.

»Ja, Mann, Ben, das war doch klar. Von seinem Standpunkt aus gesehen, hat dieser Thomsen ja sogar recht, wenn er auch mitmenschlich eine absolute Niete ist. Aber das steht auf einem ganz anderen Blatt. Jedenfalls hat der Feind jetzt ein Gesicht und die Stoßrichtung ist ausgemacht.«

»Was meinst du denn eigentlich mit Stoßrichtung, Joe?« In Ben glomm sogleich ein Fünkchen Hoffnung auf.

»Das weiß ich im Moment selbst nicht so genau«, antwortete der ausweichend. »Aber so ganz kampflos das Feld räumen? Nee, nee, ein paar Steine sollten wir den herzensguten Freunden schon noch in den Weg legen – so Ben, und nun hau den ersten Gang ein, dann können wir dem Herrn Merkwürden in Flensburg auch gleich einen Besuch abstatten ... wäre wenigstens mal ein Abwasch.«

»Ach Joe, was sollen wir jetzt zu diesem Pastor fahren.« Bens Stimme klang wankelmütig. »Das hat einfach alles keinen Sinn mehr.«

»Doch, doch, gerade das sollten wir jetzt«, erwiderte Joe standhaft und sei es nur, dass wir von allen Fronten wissen, mit wem wir es eigentlich zu tun haben. Und es schadet nicht, wenn diese Leute wissen, dass sie eventuell mit Widerstand zu rechnen haben.«

Die weitere Fahrt verlief zwischen den Männern schweigend. Ben warf währenddessen immer wieder einen kurzen Blick über die Förde und registrierte, wenn auch diesmal mit schwarzmalerischer Wehmut eingefärbt, wie idyllisch sich diese Landschaft immer wieder erneut darbot: Die sanften, bewaldeten Senken, die einzelnen Eichen-Solitäre, die sich in den Hügeln zwischen alten Buchenwäldern duckenden, kleinen Reetdachkaten und dahinter immer wieder die blau hindurchblitzende See …

Er dachte an Elmshorn, wo er aufgewachsen, aber nie so richtig warm geworden war. Dominiert von dem trutzigen Gebäude der Köllnflockenwerke, dem rein pragmatisch geplanten Bahnhof sowie der eher zufällig zusammengewürfelten Architektur aus verschiedenen Epochen ließ dieser, von ihm als trist empfundene Ort, eine romantische Betrachtungsweise nicht gerade aufkommen. Die umgebende Industrialisierung, die ein homogenes Landschaftsbild nicht zuließ, tat ein Übriges. Da halfen auch die vielen Rosenbilder und die geschönten Kaianlagen im Stadtprospekt nichts.

Natürlich standen ihm damals – in jungen Jahren –, jedenfalls gefühlsmäßig unendlich viele Wege offen, denn wie die meisten Jugendlichen schwelgte auch er phasenweise in der Scheinwelt der Gesamtheit aller Möglichkeiten, aus dem sich günstigenfalls der Mut nährte.

Aus der einstigen Vielfältigkeit das Erfolg versprechend Richtige für das eigene Leben auszuwählen, war schon eine Kunst. Aber selbst wenn dieses optimal gelänge, konnten einem immer wieder Schicksalsschläge treffen, die nicht beeinflussbar waren. Und den beiden jungen Wirtsleuten dämmerte schmerzlich, dass nun die Reihe an sie war, diese bittere Pille, wie unzählige, mehr oder weniger gestrandete Existenzen schon vor ihnen, ebenfalls zu schlucken.

Bis vor Kurzem hatten er und Nina darüber kaum einen Gedanken verloren, die Arbeit war zwar hart, aber irgendwann wären sie aus dem Gröbsten raus, ihr beider Lebenstraum hatte sich erfüllt und dann kam noch der kleine, propere Moritz dazu … Besseres konnten und wollten sie sich eigentlich gar nicht mehr vorstellen. Da sie keine Berührungsängste hatten, waren sie im nahen Dorf wohlgelitten und so stellte sich nach und nach so eine Art Heimatgefühl ein, ja, sie konnten sich inzwischen sogar gut vorstellen, hier gemeinsam alt zu werden.

Und nun drohte ihr real gewordener, gleichwohl lang ersehnter Traum wie eine Seifenblase zu zerplatzen? Sollte das wirklich schon alles gewesen sein? Und warum gerade sie, auch diese Frage ließ Ben in seiner Verzweiflung nicht aus, obwohl sein Inneres längst wusste, dass diese müßig war.

Und was wurde aus dem Personal? Gut, die saisonalen Aushilfskräfte kamen wohl mit der Zeit woanders unter. Aber was geschah bloß mit Raoul, den er damals buchstäblich von der Straße aufgelesen hatte und der heute eigentlich nicht mehr wegzudenken und rein gefühlsmäßig im Lauf der Jahre fast zu einem Teil ihrer kleinen Familie geworden war?

Irgendwann hatte Raoul mal durchblicken lassen, dass da noch ein mit den Gesetzen in Konflikt geratener Bruder lebte, der sich im Untergrund bewegte und seine finanzielle Unterstützung brauchte. Ja, es hing so verdammt viel miteinander zusammen und voneinander ab, und Ben graute vor dem Tag, an dem er Raoul seine Entlassungspapiere aushändigen musste.

»Glaubst du eigentlich an Gott?«, fragte er seinen Mitstreiter unvermittelt, gerade als sie am Ortseingang zu Flensburg an einem Hof mit Massentierhaltung vorbeifuhren, den er jedes Mal aufs Neue als Schandfleck empfand.

»Also, nach der obligatorischen ›Zwangs-Konfirmation‹ durch meine Eltern«, Joe grinste, »habe ich mich hauptsächlich über die materielle Zuwendung, sprich: Geschenke erfreut. Eine positive Berührung mit der Kirche hatte ich eigentlich nur über die Jungschar erfahren, wo wir das Glück hatten, dass ein angehender Vikar sich als ein begnadeter Märchenerzähler entpuppte und uns auf seinen wunderbaren Fantasiereisen mitnahm.« Joe gähnte und fuhr fort: »Mit diesem Ausnahmetalent konnte der Pfarrer später im Konfirmandenunterricht allerdings nicht mehr punkten. Zumeist haben wir uns hinter vorgehaltener Hand über ihn lustig gemacht, aber da mag unsere Pubertät wohl mit im Spiel gewesen sein. Wir näherten uns dem kritischen Alter, wo man alles in der Welt auseinandernehmen will, und von daher«, er unterbrach sich kurz und sah zum Burger King hinüber, vor dem sich gerade eine Autoschlange gebildet hatte, »ja, also, von daher bist du für die Scheinheiligkeiten der selbsternannten Erwachsenen natürlich besonders empfänglich.« Joe griff zur Hemdenbrusttasche, in der es verdächtig nach deformierter Zigarettenschachtel knisterte, unterließ es jedoch seiner alten Sucht, schon aus Rücksichtnahme gegenüber Ben, nachzugeben.

»Was für Scheinheiligkeiten meinst du denn konkret«, warf Ben ein, der noch immer nicht seine flüchtigen Blicke von der Förde und der inzwischen milchig-weiß schimmernden Ostsee lösen wollte, da diese in ihrer herben Schönheit die vormals trüben Gedanken verscheuchte und ihn, wenn auch nur für Sekunden, positiver denken ließ.

»Von einem Beispiel, das ein Schlüsselerlebnis für mich jungen Menschen hinsichtlich der Kirche und ihrer Beziehung zur übrigen Welt war, kann ich dir gerne erzählen«, antwortete Joe, während sie gerade an einer roten Ampel warten mussten und ihre Blicke über die in einer Reihe aufgebauten, blitzenden Karossen, eines seitlich liegenden Autohauses wanderten. »Es war Ende Herbst, wir waren noch mit Sammelbüchsen für die Kriegsgräberfürsorge unterwegs und im anschließenden Konfirmandenunterricht war mal wieder wie schon oft von der Schöpfung und insbesondere natürlich vom Bewahren derselben die Rede. Da wurde – allerdings mit noch etwas anderem Vokabular als heute – der Natur- und Umweltschutz angesprochen, rücksichtsvoller Umgang mit unseren Mitgeschöpfen, den Tieren angemahnt, maßhalten statt Völlerei empfohlen, und natürlich wäre es am besten, man nähme alles Lebendige als etwas ganz Besonderes allseits von Gott Geschaffenes wahr … so oder so ähnlich muss damals der Inhalt der Ansage gelautet haben. Dass das alles nur leeres Gefasel war, so nach dem Motto ›Wasser predigen und selbst Wein trinken‹ durfte ich dann eher zufällig einige Momente später erleben. Auf dem Weg nach Hause bemerkte ich nämlich, dass ich noch das Tütchen mit den restlichen Ansteckern aus der Sammelaktion bei mir trug und lief zurück, um sie dem Pfarrer umgehend auszuhändigen. Und wer saß da, die Serviette vor dem feisten Bäuchlein, mit seiner Kirchenbüro-Sekretärin bei üppiger Schlachtplatte, nicht zu vergessen der obligatorische rote Tropfen, und ließ den lieben Gott einen guten Mann sein?« Grinsend streifte Joes Blick Ben, der sich gerade auf die Straße und den Verkehr zu konzentrieren schien. »Das gab natürlich damals meinem jugendlichen Argwohn weitere Nahrung«, nahm Joe das Gespräch wieder auf, »denn – das muss ich ehrlicherweise noch hinzufügen – ich hatte mit dem ganzen Verein sowieso nie viel am Hut. Aber seitdem war die Kirche für mich bis in alle Ewigkeit gegessen.«

»Ja, aber«, konterte Ben, »Pastoren sind doch auch nur Menschen, behaftet mit Fehlern wie wir alle.«

»Das ist durchaus richtig, Ben«, erwiderte Joe, »aber ist es dann nicht erst recht vermessen, sich zum moralischen Sprachrohr des Heiligen Geistes aufzublasen, den noch niemals jemand sah? Der Papst gab sich ja mal sogar für den Stellvertreter Gottes aus ... ich frage mich nur, wie sich das mit den erst in jüngster Vergangenheit bekannt gewordenen Fällen von Kindesmissbrauch durch Priester vereinbaren lässt? Von der zu erwartenden Dunkelziffer ganz zu schweigen! Und wie reagieren die Katholiken darauf?«, empörte sich Joe weiter. »Tun so, als ob ihnen an lückenloser Aufklärung gelegen wäre, und rudern gleich am Anfang wieder zurück, angeblich, wegen Differenzen mit dem dafür von außen eingesetzten Experten. Nee, nee, ich sage dir Ben«, sprudelte es weiter unvermindert aus Joe hervor, »die Damen und Herren haben mit Schrecken einsehen müssen, dass sie sich wohl in der Sache zu weit aus dem Fenster gelehnt haben. Nach wie vor geht es dem Verein doch hauptsächlich um Machterhalt und Pfründe, cui bono – wem nützt es? Das war schon früher und es ist auch heute noch so. Klar, ein bisschen Sozialarbeit wird für deine Steuer ja geboten, aber ob das gerade diese zumeist dicklichen Herren mit ihrer albernen Maskerade leisten, ist zu bezweifeln, und gerade diese leben später ja ausgesprochen gut von ihren üppigen Pensionen. Also, für mich bringe ich die ganze Sache ganz einfach auf folgenden Punkt: Gibt es Gott nicht, haben alle Kirchenheinis gelogen. Gibt es ihn aber, brauche ich diese nicht!«

»Oh, oh«, kommentierte Ben, der etwas Zeit brauchte, um den unerwartet ausführlichen Vortrag seines Beifahrers zu verarbeiten. »So frühzeitig habe ich gar nicht darüber nachgedacht und ich muss ehrlich zugeben, später eigentlich auch nicht. Nina und ich haben uns, ohne je groß darüber zu sinnieren, spontan kirchlich trauen lassen, mit allem, was halt dazugehört.«

Die Frage nach dem Hochzeitsmarsch verkniff sich Joe mit Rücksicht auf die eh schon desolate Stimmung des jungen Gastronomen, aber eine Spur von feiner Ironie in seiner Stimme mochte er dennoch nicht unterdrücken. Als er nach den festgebundenen Blechdosen an der Brautpaar-Karosse und der unausweichlich folgenden, unentwegt hupenden Autokarawane fragte, die damit vorzugsweise den Wonnemonat Mai beglückte.

Ben, in der Tat durch die Ereignisse unausgeglichen und angespannt, war die Ironie, die er als Überheblichkeit empfand, durchaus nicht entgangen und er lächelte gereizt. »Inzwischen sehe ich das anders, besonders die letzten Vorkommnisse haben mich natürlich wachgerüttelt. Ich gebe gern zu, wenn es nicht dazu gekommen wäre, hätte ich mich wohl lieber weiter mit meinen Kochrezepten, als damit befasst. Dennoch solltest du, Joe, den Menschen einräumen, dass halt jeder seine eigene Entwicklung durchmacht, und das hängt von vielen äußeren, zumeist zufälligen Umständen ab.«

»Aber darum bemühe ich mich doch«, entgegnete Joe nun seinerseits etwas verschnupft, »aber verbiegen lasse ich mich deswegen nicht!«

Nach einer Weile betretenden Schweigens, in der jeder der Männer seinen eigenen Gedanken nachhing, fragte Ben seinen Beifahrer, ob er denn überhaupt noch an irgendetwas glauben würde.

»Mit dem Begriff ›Glauben‹ habe ich so meine Probleme, ich möchte da eigentlich allenfalls von subjektiven Vorstellungen sprechen, denn Objektives aus Menschensicht gibt es nicht«, antwortete Joe, dem seine Verstimmung nicht mehr anzumerken war.

»Und was kann ich mir darunter vorstellen?«, fragte Ben weiterhin leicht gereizt, da er spürte, dass er dem welterfahrenden Joe intellektuell nicht das Wasser reichen konnte.

»Na ja«, entgegnete Joe daher ohne Umschweife, »ich sehe es eher wie Spinoza, der in Gott keine zu personifizierende Figur sieht, sondern die reine Natur und dass Gott als etwas Imaginäres in jedem Grashalm zu finden ist. Mit dieser Auffassung kam ich übrigens während meiner Jahre in Arizona bei den dortigen Indianern sehr gut klar.«

»Wir sind gleich da«, antwortete Ben unvermittelt und gleichzeitig froh, sich fürs Erste nicht auf Joes zum Teil philosophische Ansichten weiter einlassen zu müssen.

Sie fuhren die abschüssige Kaistraße hinunter, von der sich ein grandioser Ausblick auf den untenliegenden Hafen bot. Die große Werft am anderen Ufer wirkte mit ihrer hellen Fassade im Licht des frühen Nachmittags vor dem tiefblauen Himmel seltsam steril und doch hatten die Formen in ihrer ästhetischen Klarheit für Joe etwas Erhabenes.

Bevor sich Joes Fantasie mit dem soeben gewonnenen Eindruck weiter auseinandersetzen konnte, war das kleine, homogen erhaltene, historische Stadtviertel hinter der Johanniskirche schon erreicht.

»Ach, sieh mal einer an«, knurrte Joe und stieß einen kurzen, scharfen Pfiff aus, »wie idyllisch und geradezu beschaulich unser Herr von Merkwürden hier inmitten der städtebaulichen Sahnestücke doch lebt.«

»Ja, natürlich, selbstredend«, ergänzte Ben mit einem Anflug von Bitternis, »so ist es richtig: anderen Menschen ihre Seelenruhe rauben und selbst zentrumsnah, sogar weitgehend autolos leben, und keine rasenden Bikerhorden vermögen je – entsprechend dem St.-Florians-Prinzip – die himmlische Ruhe dieses verdammten Kirchenheinis zu stören.«

Nachdem die beiden Männer für den Pick-up ein paar Straßen weiter einen Parkplatz gefunden hatten, nahmen sie das ältere Wohngebäude ins Visier, das ganz offensichtlich zum Ensemble – Kirche, Pfarrei und Gemeindehaus – gehörte. Die junge Frau, die auf ihr Klingeln hin öffnete, verwies sie auf den hinteren Teil des Kirchengrundstückes, wo der Herr Pfarrer ausnahmsweise mal rein irdisch beschäftigt ganz profan an seinem Motorrad herumschrauben würde.

In den erwähnten Bereich gelangt, war das Erste, was sie zu sehen bekamen, der Rücken eines karierten Hemdes, dessen Besitzer sich mit geradezu liebevoller Hingabe seinem chromblitzenden Allerheiligsten widmete.

»Grüß Gott auch, Euer Hochwürden«, sagte Joe, statt des üblichen Moin, moin.

»Das ist für mich hier die reinste Meditation«, erklärte der Geistliche schlagfertig, während er seine ölverschmierten Hände an einem Putzlappen umständlich abwischte. »Was kann ich für euch tun?«

»Wir kommen wegen der sogenannten Mogos, die Hochwürden neuerdings jeden Sonntag in Langballigau mit ausrichtet und – wie zu vernehmen ist – auch ausgesprochen erfolgreich moderiert.« Joe blieb seinem leicht ironischen Tonfall treu, den der Geistliche sicher wahrgenommen hatte, aber geflissentlich überhörte.

»Na und – was soll denn damit sein?«, gab der Kirchenmann sich augenscheinlich gleichgültig, während er erneut an seiner Maschine herumzuwischen begann.

»Im Übrigen – ich heiße Knut, alle nennen mich hier so«, und mit einem Seitenblick auf Joe, »dann können wir auch den albernen Hochwürden getrost bleiben lassen.«

»Na gut, dann also Knut«, ging dieser bereitwillig auf das Angebot ein. »Mein Name ist Joe und dieser junge Begleiter hier hört auf den Namen Ben. Insbesondere seine Existenz ist von den schädlichen Auswirkungen der Biker-Karawanen, die sich zu den sonntäglichen Spektakeln – oder soll ich besser sagen, Gottes-Events aufmachen, besonders betroffen. Er betreibt eine Gastronomie am Rande der Langballiger Straße und aufgrund des unerträglichen Konglomerats aus Lärm und Gestank hat er bereits einige seiner Gäste verloren. Und wenn das so weitergeht, kann er sein Geschäft bald dichtmachen …«

»Ja, und ich kann wohl in Insolvenz gehen«, schaltete sich Ben erregt ein, »meine Angestellten entlassen und mir überlegen, ob ich mit dem Schuldenberg weiterleben möchte.«

»Dass unser Gottesdienst derlei Auswirkungen hat, habe ich zugegebenermaßen so bisher nicht gesehen«, gab der Pfarrer zu und in seinem Gesicht spiegelte sich eine Art von Betroffenheit, die sowohl echt als auch aufgesetzt sein konnte.

»Zuerst einmal – so halte ich fest – ist der Ort schon immer ein beliebtes Ausflugsziel für die Allgemeinheit gewesen. Ob für den Familienvater mit seiner Benzinkutsche oder für das junge Pärchen auf seinem Motorrad … und warum sollen die Biker dort ausgerechnet nicht hindürfen?«

»Aber verstehen Sie denn nicht, Herr Pfarrer – pardon, werter Knut –, es ist schlicht und ergreifend die Masse!«, argumentierte Joe. »Die Masse, die erst entstanden ist, nachdem dieser angebliche Dienst an Gott, als Freilicht-Event inklusive publikumswirksamer Hochzeiten von Ihnen eingerichtet worden ist, und gleichzeitig dieser Herr Thomsen aus rein wirtschaftlichen Erwägungen seinen sonntäglichen Motomarkt-Reibach ins Leben gerufen hat, was sich gegenseitig nicht nur potenziert, sondern somit für alle davon Betroffenen unerträgliche Tendenzen hinsichtlich der Zukunft schafft. Auf der anderen Seite ist aus der Kirche immer davon die Rede, die Schöpfung zu bewahren … Was meinen Sie, würde Ihr lieber Herrgott wohl sagen, wenn Sie ihm jedes Mal zum Abschluss Ihrer Feier eine Abgaswolke der motorisierten Ansammlung als kleines Dankeschön offerierten?«

»Und überhaupt«, schaltete sich jetzt Ben verstärkend dazu, »den meisten der Biker dürfte die Kirche doch sowieso piepegal sein, nicht wahr?«

Während der Pfarrer nach einer möglichst überzeugenden Antwort suchte, schlug die Glocke oben am Kirchturm dreimal an und ein paar schwarze Dohlen flatterten aufgeschreckt davon.

»Ich verstehe meine Bemühungen als längerfristig angelegte Aufbauarbeit«, entgegnete der Pfarrer etwas gesalbt und zugleich verschnupft, »um auch die Gruppen zu erreichen, die eher nicht zu unseren Gottesdiensten kommen. Und ich habe nicht vor, diesen einmal eingeschlagenen Weg, den ich trotz allem für sinnvoll halte, zu verlassen.« Damit wandte er sich seiner blitzenden Maschine zu und zeigte damit seinem Besuch, dass die Angelegenheit für ihn erledigt war.

Der Kirchenmann schaute auch nicht mehr auf, als Joe an ihn die Frage richtete, was wohl der liebe Gott für den gestiegenen CO2-Gehalt der Luft veranschlagt hätte und ob er, Knut, unter den anwesenden Kameraden dafür in sinnvoller Weise die Sammelbüchse kreisen ließe? Und er tat erst recht beschäftigt, als Joe zum Abschluss wissen wollte, ob ›Der im Himmel droben‹ mit dem Ablasshandel denn auch zufriedengestellt sei?

»Na, was sagst du zu dem Herrn Pfarrer«, eröffnete Ben das Gespräch, der es vorgezogen hatte, auf der Rückfahrt das Steuer Joe zu überlassen und in sich zusammengekauert auf dem Beifahrersitz Platz genommen hatte.

»Hmh, hmh, ein ziemlich gewiefter Typ ist das wohl, als Theologe schon von Haus aus im Reden gewandt und er lässt sich offensichtlich nicht so schnell die Butter vom Brot nehmen«, antwortete Joe, während er gerade die Anhöhe zurück nach Mürwik hinauf nahm.

»Meinst du denn, dass sich da überhaupt was bewegen ließe?«, hakte Ben nach und seine Stimme hatte einen deprimierten Beiklang.

»Natürlich, denn Allahs Wege sind keinesfalls einfältig, du Sohn der Verzagtheit, sondern vielschichtig und wundersam«, gab Joe sich nun seinerseits betont salbungsvoll, ja fast blumenhaft orientalisch und unternahm damit einen kurzen Versuch, die ganze Geschichte aufzulockern. Nachdem er einen flüchtigen Seitenblick auf Ben geworfen hatte, wurde er jedoch gleich darauf wieder ernst. »Eigentlich schwer zu sagen«, ging er auf Bens anfängliche Frage ein.

»Wie meinst du das jetzt«?, bohrte Ben, weiterhin um eine positive Gewissheit bemüht.

»Na ja, ich stelle mir gerade vor, ob der werte Herr Pfarrer, das bei sich selbst zulässt, was er sonst als Profi in seinem Hauptberuf treibt, nämlich seine Schäfchen zu bekehren.«

»Na und«, reagierte Ben gereizt, »der werte Herr wird natürlich Wasser predigen und selbst Wein trinken, das kennt man doch.«

»Genaues weiß man nicht«, antwortete Joe ausweichend, »ich habe jedoch gelernt, wenn auch recht mühsam, dass diese vorauseilende Schwarzmalerei, einem im Leben viele Chancen von vornherein verbaut, da man diese so gar nicht erst wahrnimmt. Und deshalb ist ›Versuchen, versuchen, immer wieder versuchen‹ meine Devise, die ich allerdings ständig aufs Neue in mir wachrufen muss, da bekanntlich eine der sieben Todsünden, womit wir erneut bei Hochwürden gelandet wären, die Trägheit ist.«

»Das heißt also, dass du in diesem Fall die Hoffnung nicht aufgegeben hast?«, fragte Ben.

»Ja und nein.« Joe wiegte bedenklich seinen Kopf hin und her. »Mehr kann ich dir, wenn ich ehrlich bin, im Moment wirklich nicht dazu sagen.«

Als sie nach Erreichen des Haupthauses ausstiegen, kam ihnen Nina mit ihrem Söhnchen bereits entgegen.

Für heute hätte Joe sich am liebsten verkrümelt, um nicht weiter dem tragischen Frage-und-Antwort-Spiel der beiden jungen Wirtsleute ausgeliefert zu sein. Es war ihm zwar nicht sonderlich anzumerken, aber die Begegnungen mit Leuten, die rücksichtslos auf Kosten anderer ihr Ding durchzuziehen gedachten, hatte in seinem Innern natürlich einigen Zorn hochkochen lassen. Zudem fühlte er sich für die ganze Gegenwehr mitverantwortlich – in erster Linie besonders herausgefordert durch die Anfälligkeit seines Vaters, aber auch das Schicksal der jungen Wirtsfamilie, den treuen Raoul mit eingeschlossen, konnte ihm nicht gleichgültig bleiben.

Somit siegte letztlich seine Loyalität gegenüber den Menschen über die eigenen Belange und er folgte Ninas Einladung zu einem Kaffee, die mit Ben und ihrem Sohn an einem der Tische in der momentan leeren Gaststube Platz genommen hatten.

Während der kleine Moritz sich quirlig von der Mutter lösend, hüpfend in der nahen Küche verschwand, wo das dampfende Fauchen einer Kaffeemaschine sowie Raouls Stimme zu vernehmen war, schilderte Joe die Vorfälle der letzten Stunden. Da er nichts beschönigte, vertieften sich in Ninas Gesichtszügen die Sorgenfalten, und die wachsende Betroffenheit war ihr deutlich anzusehen.

Aber anders als ihr Mann konnte sie sich innerlich zumeist, trotz starker Emotionen, halbwegs zur Ordnung rufen, sodass sie am Ende von Joes Bericht doch einen relativ gefassten Eindruck machte.

Als sie Joe zum Abschied zur Tür brachte, merkte sie noch an, dass es also nach wie vor für sie nicht allzu gut stände und dass der Funke Hoffnung, den sie gerade hegte, wohl bald aufgebraucht sein würde?

Joe spürte in sich den Drang, ihr Mut zu machen, und meinte, man solle ›wenn schon, denn schon‹ notfalls bis zum Ende kämpfen, auch wenn es streckenweise manchmal aussichtslos erschiene. Und außerdem, schloss er bekräftigend ab – denn es sollte ermunternd klingen – wäre ja noch nicht aller Tage Abend.

8. ALTE FEINDSCHAFTEN

Freitagabend, es war zu vorgerückter Stunde und alle Stühle bereits hochgestellt. Thomsen, der Kneipier des Bikertreffs, machte gerade Kassensturz, während sein Gehilfe nach dem Gläserspülen die Tische abwischte und den Fußboden feudelte. Morgen, am späten Vormittag, würde wieder der Mogo stattfinden und Thomsen, der inzwischen in Bikerkreisen ordentlich die Werbetrommel gerührt hatte, versprach sich von seinem parallel dazu laufenden Motomarkt einiges und rieb sich in Erwartung der saftigen Standmieten die Hände. Es galt früh aufzustehen, um rechtzeitig alle Stände zu organisieren und zu vergeben. Deshalb zog er sich alsbald in die hinteren Wohnräume zurück. Seine Frau war bereits schlafen gegangen und so hatte er mit seiner Kundschaft allein anstoßen müssen. Und weil er beileibe kein Kostverächter war, breitete sich in seinem untersetzten, kräftigen Körper bald wohlige Müdigkeit aus. Er malte sich den zu erwartenden Geldsegen schön und sonnte sich darin, wie plietsch es von ihm gewesen war, als er die Hausweide hinter dem Lokal gleich dazu gepachtet hatte. Seine Frau, von eher zarter Statur und aus weicherem Holz geschnitzt, war dagegen gewesen.

Und dann könnte er auch endlich einige ihm auf den Nägeln brennende Dinge in Ordnung bringen, denn natürlich wusste er von ihrem Geliebten Sven

Bothe, da konnte sie noch so heimlich tun. Ausgerechnet einen von den Kopenhagener Bandidos. Thomsen spülte seinen Ärger mit drei Fläschchen Magenbitter hinunter, von denen er immer ein Päckchen auf seinem Nachtisch stehen hatte.

Dann entledigte er sich bedächtig seiner Lederkluft, warf seinen schweren Körper auf die Seite und war im nächsten Moment eingeschlafen.

Später meinte er im Halbschlaf die Geräusche eines Treckers gehört zu haben, aber da die Landwirte ab und an auch des Nachts auf den umliegenden Feldern unterwegs waren, blieb er gleichmütig liegen. Und bevor er überprüfen konnte, ob es sich um reales Geschehen handelte oder ob er nur geträumt hatte, schlief er abermals ein, bis er von einer merkwürdigen Übelkeit erfasst, schon am frühen Morgen ins Bad torkelte und sich mehrmals übergab. Als er langsam zurück zur Besinnung kam und gerade des schlechten Geschmacks wegen einen Glimmstengel zwischen die Lippen schieben wollte, bemerkte er, dass sich über das gesamte Haus ein widerlicher Gestank von Tierexkrementen gelegt hatte. Thomsen zog fluchend seinen Bademantel über und taumelte zur Tür, die er augenblicklich wieder zuzog, denn hinter dem Haus, auf dem Platz wo der Mogo sowie der Motomarkt stattfinden sollte, war offensichtlich in der vergangenen Nacht Gülle gefahren worden. Der Boden war nicht nur frisch getränkt, sondern auf dem ganzen Gelände hatten sich große Lachen gebildet, über die warm und schwer, stinkende Ammoniak-Schwaden waberten. Thomsen schimpfte lauthals und verwünschte sich, dass er den nächtlichen Geräuschen nicht gleich gefolgt war, denn die geplante Veranstaltung konnte er nun vergessen.

Und das, wo er so viel Geld, Arbeit und Kraft investiert hatte. Sein Plan war es, die Kneipe in eine Kultstätte, einem Mekka für Biker auszubauen, in dem alle Fäden bei ihm zusammenlaufen würden. Natürlich konnte er sich gleich zusammenreimen, wer womöglich dahintersteckte, und wie immer fragte er nicht lange, sondern schwor Rache.

Inzwischen war draußen um den Strandweg herum, an dem der große Campingplatz angrenzte und sich außerdem ein gehobenes Restaurant, mehrere kleinere Läden und Fischbuden befanden, einiges in Aufruhr geraten. Menschen rümpften mehr oder weniger die Nase, palaverten wild durcheinander und wiesen auf die geplante Versammlungsstätte hinter dem Bikertreff. Gerade hielt Hensel mit seinem nagelneuen, in blau-silber lackierten Streifenwagen vor der Kneipe und Thomsen, der bisher das Geschehen verstohlen beobachtet hatte, winkte ihn in die Gaststube.

»Bin sofort da, Hensel«, empfing ihn der Kneipier unfreundlich. Der Polizist hörte zwangsläufig mit, wie dieser in herrisch, keinen Widerspruch duldenden Ton im Nebenzimmer seine Frau anwies, die Listen der Standbetreiber durchzugehen und allen abzusagen.

»Ja, Thomsen, das trifft sich gut«, eröffnete der Polizist das Gespräch, »dann kann ich bei dir ja gleich mit meinem Interview beginnen.«

Eigentlich war es auf dem Lande üblich, jedenfalls unter den Alteingesessenen, sich zu duzen und beim Vornamen zu nennen. Beide Männer waren aber von Anfang an nicht warm miteinander geworden, was sich nach einigen Delikten Thomsens, die ein Einschreiten Hensels seitens der Executive hatte erforderlich werden lassen, in gegenseitige, blanke Abneigung verwandelte. Und diese unüberwindbare Distanz drückte sich unter anderem darin aus, dass sie sich zwar duzten, dennoch nur mit ihrem Nachnahmen ansprachen und das klang ziemlich verächtlich.

»Also, Thomsen«, machte Hensel erneut einen Anlauf. »Vorläufiger Tatbestand ist, wie ich bisher anderen Zeugenaussagen entnehmen konnte, ein Fall von großflächiger, illegaler Abfallbeseitigung auf eurem gepachteten Grundstück, also die circa zwei Hektar große Hausweide, die hinter dem Haus fünf, also dem ›Bikertreff‹ direkt angrenzt.« Die Feststellung wirkte polizeilich korrekt, aber so hölzern und gestellt wie just einem amtlichen Protokoll entnommen, sodass sich manch einer an Thomsens Stelle ein Grinsen wohl hätte nicht verkneifen können. Nur Thomsen in seiner Verbohrtheit, deren Fokus fast ausschließlich auf seine eigenen Interessen und Ziele ausgerichtet war, merkte es nicht einmal. Aus diesem Grund ging er gar nicht erst auf Hensels Ausführungen ein, sondern machte in alter Gewohnheit seinem sich stets reichlich ansammelnden Groll Luft.

»Das ist eine Riesensauerei, das! Alles wird ausfallen müssen … Mogo mit Trauung, der Motomarkt und den Betrieb meines Ladens kann ich sowieso die nächsten Tage vergessen! Ein gigantischer Verlust ist das für mich jetzt, du weißt doch, Hensel, dass ich vorerst nur vom Saisongeschäft lebe, denn im Spätherbst oder Winter, wenn die meisten der Maschinen eingemottet sind, verdienen wir hier kaum einen Cent, eine verdammte Scheiße ist das!« Er schüttelte seine groben Fäuste in Richtung Westen. »Wenn ich die erwische, die mache ich fertig!«

»Du wirst hier niemanden fertigmachen, Thomsen«, unterbrach der Polizist den Redeschwall und schob scheinbar ungerührt die nächste Frage nach. »Habt ihr denn nichts in der Nacht gehört? Ich meine, ein Trecker ist nicht gerade eine Flüstertüte?« Hensel grinste innerlich breit, ob seiner eigenen Bemerkung, ohne sich äußerlich was anmerken zu lassen.

Thomsen sah ihn indes scheel und in seiner lauernden Art prüfend an, weil er ständig und überall Unrat witterte.

»Verarschen kann ich mich übrigens allein, Hensel«, erwiderte er daher rau auf die von ihm gewohnt vulgäre Weise.

»Na klar habe ich was gehört, es hatte sich einmal ganz kurz nach einem Trecker angehört. Doch ich hab mir nichts dabei gedacht, schließlich fahren die hier auch nachts. Und kurz darauf bin ich gleich wieder weggesackt.«

»Demnach haben weder du noch deine Frau auf die Uhr gesehen?«

»Natürlich nicht, wir waren halt nach dem langen Tag im Lokal fix und foxi«, erwiderte Thomsen, der von allen Menschen ständig Empathie einforderte, aber selbst vor Eigentumsdelikten nicht zurückschreckte, wenn sie denn zu seinem Vorteil gereichten.

»Hast du irgendwelche Feinde, Thomsen, mit denen du vielleicht noch eine Rechnung offen hast?«, fragte Hensel und nestelte nach seinem Notizbuch und dem Kugelschreiber. Er hatte in der Vergangenheit so manche Anzeige aufnehmen müssen. Mal war auf unerklärliche Weise einem Nachbarn der Sprit aus seinem Benz abhandengekommen oder es fehlten in einer Garage plötzlich wertvolle Werkzeuge.

»Ich meine, ein Kneipier und Geschäftsmann wie du, der zusätzlichen, schwunghaften Handel mit gebrauchten Motorradteilen betreibt, kommt mit Leuten unterschiedlichster Couleur zusammen.« Hensel musterte Thomsen aufmerksam und sah, wie es in dessen Gesicht arbeitete.

»Nee, nee, also das kann ich mir nicht denken und überhaupt, wieso gehst du denn davon aus, Hensel, dass ich als Händler Ärger bekommen könnte?«

Thomsens Gesicht hatte erneut etwas Lauerndes angenommen und seine Körperhaltung verriet Hensel dessen Anspannung und die nur mühsam unterdrückte Aggression.

»Ich meine«, blieb Hensel dennoch gelassen und gab seiner Stimme mehr Festigkeit, »es liegt schließlich in der Natur der Sache, dass gebrauchte Dinge, nicht immer das halten, was sie versprechen. Ist doch gut möglich, dass dir das von dem einen oder anderen Käufer im Nachhinein angekreidet wird.«

»Nee, nee, Hensel, mir kannst du da nicht am Zeug flicken, bei mir ist alles sauber!«

Das sagt genau der Richtige, dachte Hensel, denn du bist und bleibst halt in meinen Augen ein mieser, kleiner, dubioser Hinterhofhändler, ein gewaltbereiter Kleinkrimineller und wirst es immer bleiben. Laut sagte er: »Menschen machen immer mal Fehler, Thomsen, aber sei's drum – hast du denn einen bestimmten Verdacht?«

»Na ja, da kamen erst vor Kurzem hier so zwei Typen hereingeschneit«, wurde Thomsen plötzlich eifrig. »Ich glaube, der eine ist Besitzer der Frühstückspension an der Langballiger Straße und was der andere treibt, so'n großer Blonder, weiß ich nicht. Der hatte es wohl nicht nötig, sich weiter vorzustellen.«

»Okay, kenne ich, und was wollten die konkret?«, hakte Hensel weiter nach.

»Sie suchten einen Schuldigen und versuchten mich dafür verantwortlich zu machen, dass ihr Laden bald Pleite geht.« Die Verachtung und Häme in Thomsens Stimme war nicht zu überhören.

»Und wieso das?«, fragte Hensel. »Befürchteten sie Konkurrenz?«

»Na, das nun nicht grade«, antwortete Thomsen gedehnt und hing einige der abgetrockneten gläsernen Bierhumpen an die dafür vorgesehenen Messinghaken. »Die Typen meinten vielmehr, dass durch den Bikertreff und meine sonstigen geschäftlichen Aktivitäten, sich die Anzahl der anreisenden Kumpels vervielfacht hätte, und wegen dem angeblichen Lärm blieben ihnen halt ein paar Gäste weg.« Der Kneipier verschluckte hin und wieder Selbstlaute und mit den Fällen nahm er es ebenfalls nicht so genau.

»Na ja, Thomsen, zusätzlich zum früheren Ausflugsverkehr ist die Langballiger Straße inzwischen durchaus zu einer beliebten Motorradstrecke verkommen, wo Verkehrsregeln anscheinend nur für andere gelten, und mit der Lärmschutzverordnung haben die Kollegen zumeist nicht gerade viel am Hut, oder? Beschwerden hat es, das ganz nebenbei, auch von anderer Seite gegeben.«

»Hm, hm, versteh ich irgendwie nicht«, entgegnete der Wirt widerwillig. »Schließlich leben wir in einem freien Land und die Kumpels sind durchweg alles friedliche Leute und wollen nur ihren Spaß haben. Ist alles ganz legal. Dann müssen die Typen eben woanders hingehen – das ist freie Marktwirtschaft. Ist das denn so schlimm, Hensel? Ich habe schließlich selber öfter neu anfangen müssen und hier, wie du siehst, die Kurve gekriegt, das lasse ich mir nicht mehr nehmen, um nichts in der Welt – darauf kannst du Gift nehmen!«

»Also, Thomsen, dir bleibt jetzt sowieso nur im Moment eine Anzeige gegen unbekannt, denn es gibt bisher keine konkreten Anhaltspunkte«, erwiderte Hensel kühl. »Wenn du das willst, solltest du die nächsten Tage, am besten gleich Montag, in meinem Büro erscheinen, damit wir deine Beobachtungen zu Protokoll nehmen können – und bring deinen Personalausweis mit.«

»Wieso das denn, du solltest mich inzwischen ja wohl kennen?«, grinste Thomsen breit und unverschämt.

»Na klar, kenne ich dich.« In Hensels Stimme schwang genau der winzige Teil an Verachtung mit, der seine Abneigung ausdrückte, aber für sein bulliges Gegenüber nicht wahrnehmbar war, weil es sich außer dessen Frequenz befand. »Es bleibt dir auch unbenommen.«

Angesichts der letzten Schilderungen des Kneipiers war Hensel seltsam nachdenklich geworden. Er entzog sich Thomsen mit einem kurzen »erst mal«, um den Tatort ein weiteres Mal zu überprüfen. Vielleicht ließe sich ja ein aufschlussreicher Hinweis finden, der ihm bisher entgangen war. Er überquerte die betroffene Hauskoppel, aber da ihm dabei weiterhin reichlich stechendes Ammoniak in die Nase stieg, beschränkte er sich darauf, seinen Blick abschnittsweise über das Grundstück schweifen zu lassen. An der kleinen, hinteren Anhöhe angelangt, die zu beiden Seiten mit dichten Knicks gesäumt war und die in die ansteigende Straße nach Westerholz mündete, fiel ihm auf dem Asphalt gleich wieder der größere, dunkle Fleck auf, den er schon bei der ersten Begehung registriert hatte. Klar, hier hatte mit Bestimmtheit ein größerer Gülletank gestanden und gleich daneben, an der abschüssigen Stelle zu Thomsens ursprünglich geplanten Moto-Events, war deutlich zu erkennen, dass hier der Ablassschlauch gelegen haben musste. Das Detail eines Schuhsohlen-Abdrucks entdeckte er im Sandstreifen erst auf dem zweiten Blick, aber nur, weil der Boden bei der Aktion feucht geworden war und sich eine dünne, bereits leicht angetrocknete Schlammschicht gebildet hatte. In der Ferne trieb der Südwestwind inzwischen graue Wolken vor sich her, die baldigen Regen ankündigten, und so beschloss der Polizist spontan, sich mit einer selbstangerührten Gipsmischung einen möglichst aussagekräftigen Abdruck herzustellen. Konnte natürlich ohne Weiteres sein, dass dieser, wie bereits viele aufgenommene Spuren vor ihm, auf dem Asservaten-Müll der Kriminalgeschichte landete. Dennoch: sichergestellt war sichergestellt. Danach würde er die Umweltpolizei anrücken lassen, die gegebenenfalls das Abpumpen der bestehenden Güllelachen einleiten musste.

Hensel, ehemals eine Kleinstadtpflanze, war als einfacher Dorfpolizist und Häuslebauer in diesem nördlichen Landstrich hängen geblieben. Eigentlich hatte er ursprünglich nach einigen Jahren als Streifenbeamter zur Kripo wechseln wollen. Aber er mochte inzwischen die Übersichtlichkeit des Landlebens sowie die relative Voraussehbarkeit seiner Einsätze im Gegensatz zur Stadt, wo sich wegen sozialer Brennpunkte mehr Unwägbarkeiten ergaben. Auch wäre ihm ein weiteres Drücken der Schulbank nicht erspart geblieben. Nach seiner Heirat kamen in rascher Folge zwei Kinder und da die kleine Familie ernährt werden wollte, blieb er seiner neuen Heimat treu und ging die gewohnten Pfade weiter.

Und die waren durchaus nicht immer so ganz ohne. Traf es nicht unbedingt den Geschmack eines jeden Zugezogenen, sich an die dörfliche Leitkultur zu halten, die die Beteiligung an Dorf-Events wie Feuerwehrball, Gänseverspielen oder die Allmende voraussetzte, so war der Verhaltenskodex für einen Dorfpolizisten bedeutend enger gefasst.

Neben der sozialen Kontrolle wurden allerdings direkte Kontroversen zwischen den Dorfbewohnern, wenn überhaupt, nur sehr ungern ausgetragen. Denn gerade auf dem Land, wo jeder jeden kannte, hatte der Spruch ›Einmal verschissen, immer verschissen‹ im wahrsten Sinne des Wortes eine nachttragende, klebrige Bedeutung.

So war es denn in der Tat für Hensel ein schmaler Grat, einerseits mit den Menschen einen guten Umgang zu pflegen und andererseits für Recht und Ordnung zu sorgen.

Und es verlangte ihm einiges an Einfühlungsvermögen ab, ohne gleichzeitig die amtliche Neutralität zu vernachlässigen, wenn er, was in seinem Beruf unausweichlich war, hin und wieder zwischen die sich anfeindenden Kontraenden geriet.

In manchen Situationen, so hatte er seine Lektion gelernt, war es angebracht, sich gegebenenfalls mal zurückzunehmen und beide Augen zuzudrücken, obwohl es nicht immer leicht war, die ausgleichende Mitte zu finden, mit der er ohne Selbstvorwürfe leben konnte.

So kam es vor, dass Bauabfälle illegal entsorgt, sprich durch heißen Abbruch mit entsprechender Rauchentwicklung beseitigt wurden, die Sonntagsruhe durch Motorsensen und Rasenmäher gestört, Fußwege von parkenden Autos besetzt, Knicks illegal beseitigt oder Gartenabfälle mit Brandbeschleunigern aus Diesel ungeachtet der Windrichtung befeuert wurden.

Absolutes Tabu aber blieben Dorffeste und private Feiern. Und dröhnende Lautsprecherboxen nach dem Motto ›Ohropax zwecklos‹ hatte dabei so mancher Nachbar gegen den eigenen Musikgeschmack bis in die frühen Morgenstunden zu ertragen. Doch jene litten stumm, denn hätten sie sich etwa geoutet, wären sie womöglich in die Annalen des Dorfes für immer und ewig als Spielverderber und Querulanten eingegangen.

Dazu kam der Umgang mit uralten Seilschaften, deren Mitglieder sich bereits aus Kindertagen kannten und die nach wie vor den Schulterschluss gegen alles konfliktbeladene Neue von außen übten.

Diesen besonderen Strukturen des Landlebens

hatte Hensel Rechnung zu tragen, denn zeigte er zu schnell Präsenz, war der Vorwurf nicht weit, dass er sich dank seiner Amtsautorität nur künstlich wichtigmachen wollte.

Natürlich ärgerten ihn die Versuche der Ausgrenzung, schließlich lebte er bereits über zwanzig Jahre hier – aber dann erinnerte er sich, warum er eigentlich Polizist geworden war. Die Vorstellung gab ihm immer wieder Kraft und am Ende beruhigte er sich.

Thomsen, der durch Heirat über Nacht zum Besitzer des Resthofes am Ortsausgang aufgestiegen war, blieb relativ unauffällig, solange er als Bauhelfer am Tage unterwegs sein musste. Das änderte sich nachhaltig, als er, angeblich aus gesundheitlichen Gründen, den Anforderungen seines Berufes nicht mehr gewachsen war, und neben einem Schrottplatz eine Spedition ins Leben rief. Vielleicht aber hatte der vierschrötige Thomsen mit seinen Vorgesetzten einfach nur Ärger bekommen und wollte es endlich mal als sein eigener Chef versuchen.

Wie dem auch sei, durch den aufgeblasenen Fuhrpark, der aus einem halben Dutzend mehr oder weniger gebrauchten Transportern bestand, und das Ansammeln von immer mehr Schrott, Ersatzteilen und uralten Baumaschinen, geriet das Grundstück zum Schandfleck des Ortes.

Thomsens allgemein bekannte Rachsucht fürchtend, traute sich keiner der Alteingesessenen dagegen vorzugehen und Anzeige beim Ordnungsamt zu erstatten.

Am liebsten hätten die, die sich jetzt so fein zurückhielten, ihren Sheriff vorgeschickt. Aber Hensel verspürte wenig Lust, sich offensichtlich zum Werkzeug derer zu machen, die feige in der Versenkung verschwunden waren und sich sonst seine Einmischung verbaten.

Erst als Thomsen mit einem Kleinkalibergewehr in den an sein Grundstück angrenzenden Buchenwald auf geschützte Saatkrähen geschossen hatte, kochte es bei Hensel über.

So hatte er denn auch mit deutlichem Widerwillen zum ersten Mal dessen Grundstück betreten. Zwischen all dem Schrott standen mehrere Sprinter, die je nach Bedarfslage sich gegenseitig als Ersatzteillager dienten. Am Rand des ganzen verkommenen Krempels stand Thomsen halb gebückt und tat sehr geschäftig, hatte aber natürlich längst Hensels Ankunft bemerkt, denn er besaß, durch und durch von feindseligen Misstrauen geprägt, einen feinen Riecher für Besucher, die anscheinend für ihn nichts Gutes verhießen.

An solchen Tagen macht mir mein Beruf so richtig Laune, dachte Hensel, bereits vom Weiten durch Besitzer und dem ganzen Dreck angewidert. Laut und vernehmlich aber sagte er: »Wegen Verstoß gegen das bestehende Naturschutzgesetz wirst du eine Anzeige bekommen, Thomsen.«

»Wie bitte? Was? Ich höre wohl nicht recht? Was soll das, zum Teufel, heißen, Hensel?« Thomsen baute sich breitbeinig mit in den Hüften gestützten Fäusten vor dem eher schmächtigen Hensel auf, denn seine Masche, lästige Zeitgenossen mittels aggressiver Körpersprache einzuschüchtern, hatte oft funktioniert. Doch schien Hensel – vielleicht nur Kraft seines Amtes – davon nicht besonders beeindruckt zu sein, als er fortfuhr: »Nachbarn haben hier unter der Woche und auch am Sonntag im Buchenwald jeweils mehrere Schüsse gehört«, Hensel schaute kurz hinauf in das von Licht durchflutete Blätterwerk, »und dann im Anschluss daran die ganze Krähenkolonie völlig aufgeschreckt über den Bäumen kreisen sehen.«

»Wer? Wer will das denn mitgekriegt haben, die Clausens etwa?« In Thomsens Augen glitzerte es gefährlich.

»Das spielt vorerst überhaupt keine Rolle, Thomsen. Tatsache ist, dass hier außerhalb der Jagdzeit in einem Waldgebiet illegal Schüsse gefallen sind und zudem die Sonntagsruhe der Anlieger gestört wurde. Es ist also absolut naheliegend«, ergänzte Hensel, seinen Verdacht dem Schrottplatzbesitzer auf den Kopf zusagend, »dass die Schüsse von deinem Grundstück aus gefallen sind. »So, so, Hensel, also absolut naheliegend, echote Thomsen gehässig und triumphierte, »dann ist es wohl Essig mit direkten Zeugen, nicht? Und außerdem … ich habe die vermeintlichen Schüsse natürlich ebenfalls gehört. Warum soll ich das abstreiten, aber …«, genüsslich zog Thomsen das Wort in die Länge, »dass, was die Neunmalklugen für Schüsse gehalten haben, waren stinknormale Fehlzündungen, die aus dem Auspuff eines meiner Sprinter kamen, ich hab da halt mal die Kerzen erneuern müssen.« Thomsen lachte hämisch. »Und nun kommst du, Hensel!«

Dem Polizisten war klar, dass er den Mann auf diese Weise nicht zu fassen bekam, denn dieser war Mitglied in einem der örtlichen Schützenvereine, und so war der Besitz einer Waffe legal. Hensel bedauerte dies natürlich, denn schon von Berufs wegen sah er es als höchst problematisch an, wenn Typen wie Thomsen derart leichten Zugang zu Waffen hatten.

Sollte er jetzt etwa die Waffe auf etwaige Schmauchspuren untersuchen lassen? Nein, das hatte überhaupt keinen Sinn, denn Thomsen würde sich natürlich damit herausreden, diese nur zu Übungszwecken auf dem Schießstand verwendet zu haben. Das Dilemma war eben, dass es keinen Augenzeugen gab, und Hensel auch keinen Vogelkadaver im Wald hatte vorfinden können, da diese Thomsen sicher vorher beseitigt hatte.

»Weißt du, Thomsen, verarschen kann ich mich ebenfalls allein«, erwiderte Hensel jetzt seinerseits genervt und wollte sich gerade zu seinem Dienstwagen begeben, als sein Blick auf den angrenzenden Waldesrand fiel. An dessen Verlauf war ein Wall aus Lehm aufgeschüttet und an einer Stelle ragten die kurzen, schwarz lackierten Beine einer Couchgarnitur gen Himmel.

»Ei, ei, Thomsen, was haben wir denn da Schönes«, spürte Hensel unverhofft Aufwind. Das ist ja wohl eindeutig ein Fall von illegaler Abfallbeseitigung.« Er zückte eine silberne Cam, mit der er solche Vergehen sofort dokumentierte, »und für den aufgeschütteten Wall, möchte ich jetzt mal die Baugenehmigung sehen.«

»Ach, die … die muss ich wohl irgendwo verlegt haben«, versuchte es Thomsen abermals auf die dumme Tour, aber am Anschwellen seines Kamms erkannte der Polizist nur zu gut, dass er diesmal ins Schwarze getroffen hatte.

Als er anschließend davonfuhr, sah er im Rückspiegel, dass Thomsen sich abermals in seiner typischen, unheilschwangeren Körperhaltung aufgebaut hatte und wie in Stein gemeißelt, drohend hinter ihm hersah.

*

»Hast du gesehen, Anna, unser Sheriff war eben bei dem Kerl da drüben.«

»Klar habe ich das«, antwortete sie ihrem Mann, der in einiger Entfernung hinterm Küchenfenster stand, um nicht gleich gesehen zu werden.

»Aber was kann Hensel schon groß von ihm gewollt haben? Hat sicher, wenn überhaupt, nur eine weitere seiner nutzlosen Verwarnungen ausgesprochen, Holger.«

Das Rentnerehepaar, welches ein landestypisches, reetgedecktes Bauernhaus gleich gegenüber dem Schrottplatz bewohnte, war auf seinen Nachbarn alles andere als gut zu sprechen. Sie hatten ihr Haus erworben und liebevoll renoviert, lange Jahre bevor Thomsen auf der Bildfläche erschien und alles war gut gewesen. Dann starben die alten Leute vom Resthof direkt gegenüber und es war im Dorf von Erben die Rede, die das Anwesen selbst nutzen wollten. Bald darauf hatte Familie Lorenzen fassungslos mit ansehen müssen, wie der neue Besitzer auf dem Anwesen einen Schrottplatz einrichtete, mit einem halben Dutzend mehr oder weniger fahrbereiten Sprintern dauerhaft die Dorfstraße besetzte und es in das verwandelte, was es heute darstellte: Ein Schandfleck direkt am Eingang des Ortes.

Hatte sich Frau Lorenzen auch halbwegs mit dem Zustand abgefunden, so löste der allmorgendliche Blick ihres Mannes auf das Nachbargrundstück schon bald depressive Verstimmungen bei ihm aus. Da Thomsen im ganzen Dorf für seine Rachefeldzüge bekannt war, trauten sie sich nicht, gesetzlich gegen diesen vorzugehen, denn wer hätte sie danach gegen eine Brandstiftung oder einen anderen Anschlag schützen können? Sie traten also auf der Stelle und den einzigen Ausweg, ihren Frieden zu finden, sahen sie schließlich darin, diesen Ort zu verlassen.

»Wir müssen hier weg, Anna«, murmelte denn auch Holger Lorenzen verbittert, während er den bulligen Thomsen zwischen den Autowracks verschwinden sah. »Lieber heute, als morgen.«

»Natürlich, natürlich, Holger, du hast vollkommen recht«, bestätigte seine Frau, »aber weißt du eigentlich, welche Wertminderung wir hinnehmen müssen, bis sich ein ernsthafter Interessent für unser Haus findet? Ist es jetzt noch die Hälfte oder gar nur ein Drittel wert?«

»Oder es findet sich überhaupt kein Käufer mehr. Die werden doch durch den Anblick des zugemüllten Grundstücks alle schon abgeschreckt, da nützt auch der Top-Zustand unseres Hauses nichts«, folgerte ihr Mann bitter. »Selbst das junge Paar aus Rendsburg, das hier gern mit seinen Pferden leben wollte, ist ja wieder abgesprungen. Und was ist erst, wenn wir gesundheitlich die Pflege von Haus und Hof nicht mehr zuwege bringen? Ich denke da nur an meine Arthrose. Und du kannst ja auch nicht mehr so wie du willst. Und woher nehmen wir das Geld her, wenn wir mal selbst betreut werden müssen? Nein, nein, Anna, wir befinden uns in einer ganz beschissenen Zwickmühle.« Holger Lorenzen ballte die Fäuste. »Der Kerl muss irgendwie unschädlich gemacht werden, dann könnte es wieder so wie früher sein.«

»Aber vielleicht, Holger«, versuchte Anna ihren Mann zu trösten und rückte von ihrer anfänglichen Äußerung ab, »erreicht Hensel ja doch etwas und verpasst dem Typen wenigstens mal einen Dämpfer.«

Die schriftliche Bestätigung der Anzeige vom Ordnungsamt folgte auf dem Fuß und so hatte Thomsen nicht nur ein saftiges Bußgeld zu entrichten, sondern musste ein Unternehmen beauftragen, um den aufgeschütteten Wall nebst Unrat beseitigen zu lassen.

Wer Thomsen einigermaßen kannte, denn dessen Verhaltenskodex hatte etwas Zwanghaftes und war deshalb überschaubar, wusste, dass dieser auf Rache sinnen würde.

Nur die Heimtücke seiner Vergeltungsmaßnahmen konnte natürlich keiner so voraussehen und das machte diesen Mann nicht nur unberechenbar, sondern streckenweise geradezu gemeingefährlich.

Thomsen, dessen Weltsicht zudem von der Vorstellung ›Schuld sind immer nur die anderen‹ eingetrübt war, vergaß in seinem verletzten Narzissmus nie. Und dass Thomsen seine Niederlagen nie vergaß, musste auch Hensel spüren. So fehlte an seinem Haus eines Morgens das hölzerne Wagenrad und die handgeschmiedete Skulptur einer menschlichen Gestalt, die eine Sonnenuhr in Händen hielt, war ebenfalls spurlos verschwunden. Später fand der Polizist sein Dienstfahrzeug mit zerstochenen Reifen und das Büro mit eingeschlagener Scheibe vor.

Die Nachbarn, die es gewagt hatten, Thomsen den Polizisten auf den Hals zu hetzen, mussten am Neujahrsmorgen einen rundum eingetretenen Zaun beklagen und eines Tages ging ihre Gartenlaube in Flammen auf. Dass die Anschläge wahrscheinlich auf das Konto des Rachsüchtigen gingen, darin hegte im Dorf kaum einer Zweifel.

Erst ein größerer Hund, den sich die Familie daraufhin anschaffte, zeigte Wirkung und so blieb diese vor weiteren Übergriffen vorerst verschont.

Eines Abends aber – Ronnie war unvermutet mal wieder ausgebüxt, kam dieser nicht mehr zurück. Dass er wahrscheinlich durch einen ausgelegten Giftköder um die Ecke gebracht wurde und dass hier womöglich wieder der hasserfüllte Schrotthändler dahintersteckte, lag nahe. Gewissheit fanden sie letztlich nie, denn das Tier blieb auf immer spurlos verschwunden.

Als Thomsen unverhofft seinen Wohnsitz von Dödenstrup plötzlich nach Langballigau in die Hinterstube einer Kneipe verlegt hatte, ging ein spürbares Aufatmen der Erleichterung durch das Dorf. Doch der Schrottplatz mit seinen hässlichen Hinterlassenschaften, blieb den Anliegern als Visitenkarte direkt am Ortseingang noch lange erhalten.

Eine Groteske, denn keine 300 Meter weiter prangte am Dorfteich vielversprechend auf einem Schild: ›Unser Dorf soll schöner werden.‹

9. RACHE DER BIKER

Die Wirtsleute Thomsen hatten inzwischen einige der Veranstalter und Aussteller benachrichtigen können, bevorzugt natürlich die, die ihnen künftig für ihre Geschäfte wichtig erschienen. Knut Schmähling, der Pfarrer aus Flensburg und Initiator des Mogos, stand da für den Kneipier gleich an erster Stelle. War dieser auch nicht als ideale Leitfigur für die harten Jungs anzusehen, so entstand durch dessen Auftritt doch genau die Dosis Sinnstiftendes, die für Thomsens simples System der Geldvermehrung und seine weiteren Vorhaben wie gerufen kam.

Biker waren ja bekanntermaßen ständig auf der Suche nach einem Grund, irgendeinen x-beliebigen Ort anzufahren, und genau das wusste dieser schlitzohrige Kneipenwirt für sich zu nutzen.

Jetzt war ihnen allerdings der gute Grund unvermittelt abhandengekommen und unter denen, die mit einem unterhaltsamen Spektakel gerechnet hatten, machte sich schnell Unmut breit. So ging ihnen an diesem Wochenende nicht nur am Strandweg so manch derber Fluch über die Lippen. Thomsen, der vor Ort händeringend intervenierte und vertröstete, hatte nur wenig Erfolg zu verbuchen, denn die meisten Biker machten schließlich kehrt und suchten angesichts des geplatzten Events und des zu erwartenden übelriechenden Versammlungsorts sich lieber anderswo zu vergnügen.

*

»Hey, Danny, was meinst du, sieht das nicht einfach nur supergeil aus?« Es war Freitagnachmittag und Caro hatte anlässlich ihrer Trauung, die morgen stattfinden sollte, ihr Outfit angezogen und bis auf die purpurne Halsschleife und die Schnürbänder war alles in Weiß: Die Rüschenbluse, der kurze Seidenblouson, die hautenge Jeans, die halbhohen, schräg angeschnittenen Cowboystiefel und selbst der Helm.

»Joah, knackig, knackig, Caro – sieh mal hier, das hier gibt echt auch was her, oder?« Danny war inzwischen ebenfalls in seine Kluft geschlüpft, die im Kontrast zu der hübschen Braut ganz in Schwarz gehalten war.

Sie hatten sich vor dem großen Spiegel in der Diele nebeneinander aufgestellt, wobei Dany seiner Zukünftigen einen Arm über die Schulter gelegt hatte und sie dabei kurz und fest an sich presste.

»Du weißt gar nicht, wie ich mich auf unsere Trauung freue, Caro«, bemerkte Danny.

»Und ich erst«, antwortete die Freundin. »Ich hab ja so was von Lampenfieber, ich kann an gar nichts anderes mehr denken.«

»Wird alles supercool werden«, spielte Danny, der innerlich nicht weniger aufgeregt war, den beruhigenden Pol. »Das mit dem Drucken und Verschicken der Einladungskarten und der Anzeige in der Moin-Moin, hat doch alles gut geklappt. Und dass unser Club voll mit allen dabei ist, hat mir Dirk bereits signalisiert.« Aufmunternd sah er Caro an. »Ja, und ein Spalier werden sie auch bilden – vom Podium aus. Wir können echt ganz beruhigt sein. Die machen das schon, ehrlich.«

Caro nickte beifällig und drehte sich dabei vor dem Spiegel kokett hin und her.

»Ich bin ja so was von stolz auf dich, Caro«, betonte Danny und zog das junge Mädchen erneut an sich.

»Dito, dito, so einen tollen Kerl wie dich findet man auch nicht alle Tage«, bestätigte Caro.

Sie küssten sich, aufregende Wärme durchpulste ihre Körper und es dauerte eine kleine Ewigkeit, bis sie sich voneinander lösten.

»Hey, und nach unserer Trauung, die Feier nachher im extra hergerichteten Clubraum des Bikertreffs – passt doch alles, oder Caro?«

»Ja klar, das ist alles erste Sahne«, bestätigte Caro, »das fängt ja bereits mit unserer gemeinsamen Tour nach Langballigau an, auch wenn wir diesmal ganz ruhig im Korso fahren – übrigens Heino, der die Nachhut bildet, lässt ein paar Blechdosen hinter sich her scheppern.«

»Ja, und erst unser mit Blumen und Girlanden geschmücktes Baby – da geht's richtig ab«, schwärmte Danny.

»Ach, wo ich das grade erwähne – eigentlich könnte

ich mal rübergehen und unser Hummelchen abholen, bestimmt sind die schon fertig.«

»Warum rufst du nicht einfach an?«, fragte Caro erstaunt.

»Nee, lass mal, ein paar Schritte, sind jetzt gar nicht mal so verkehrt«, erwiderte Danny.

»Ja, mein Opilein, hast ja recht«, scherzte Caro und sah ihm lächelnd nach.

Bei Floristik-Lorenzen hatte man sich mit dem Schmücken der Maschine offensichtlich viel Mühe gegeben, jedenfalls gefiel Danny, wie der chromblitzende Tank von der Blumengirlande eingerahmt war.

»Ach, Herr Kruse«, rief die Inhaberin – Danny hatte sich nach dem Bezahlen bereits zum Gehen gewandt. »Das hätte ich dabei glatt vergessen – mit guten Wünschen an die Braut«, und überreichte ihm ein ganz in pastellgelb gehaltenes, nur von ein paar grünen Tupfern aufgelockertes, kleines Gesteck.

Mit den vier nebeneinanderliegenden Wohnblöcken, auf die Danny zusteuerte, hatten die Planer der Ortschaft keinen Gefallen getan. Mit einer Ausnahme: Dort gab es Unterkünfte zu bezahlbaren Mieten. War die äußere Homogenität in den vergangenen Jahren durch bauliche Überformungen und industrielle Ansiedlungen, die anscheinend kaum Rücksicht auf das Gesamtbild der dörflichen Struktur zu nehmen brauchten, schon so nicht mehr gegeben gewesen, so verwandelten die Wohnklötze den Ort in etwas, was weder Dorf noch Stadt zu nennen war.

Immerhin hatten Caro und Danny, die beide hier aufgewachsen waren, in einem ansässigen großen Unternehmen für Haustierbedarf gleich nebenan Arbeit gefunden. Die bauliche Zerrissenheit des Ortes hatte sie nie sonderlich gestört.

Danny wollte die herausgeputzte Maschine seiner Braut gleich vorführen. Caro kannte natürlich die Klangfarbe ihres Babys und so stand sie bereits am Fenster, als Danny beim Mietshaus anlangte. Freudig winkte er zum dritten Stock hinauf, doch irgendetwas stimmte da nicht. Caro stand da wie versteinert.

»Was is'n los«, rief er hinauf, während die bis eben ungeteilte Freude ernster Besorgnis wich. Sie antwortete hinter dem geschlossenen Fenster, sodass er sie nicht verstand. Aber ihrem traurig wirkenden Gesicht entnahm er, dass ihr offensichtlich nichts Gutes widerfahren war. Er bockte das Krad kurzerhand auf und hastete die Treppen empor.

Hinter der halb geöffneten Etagentür, erwartete ihn Caro und als er die kleine Diele betrat, sah er, dass die Freundin bereits in Tränen aufgelöst war. Dany nahm sie wortlos in die Arme, er spürte ihre körperliche Wärme wie vorhin, die sich nun aber ganz anders anfühlte.

»Also, Caro, sag schon – was is'n los«, drängte er ungeduldig.

»Ach, Danny, grade als du weg warst, rief Knut Schmähling an und meinte – mit unserer Trauung«,

Caro schluchzte erneut, »wird es am Samstag nichts mehr werden.«

»Wieso das denn nicht, zum Teufel?«, fragte Danny verständnislos. »Es war doch alles bis ins Kleinste abgesprochen und damit total paletti.«

»Ja, war's ja auch«, bestätigte Caro und wischte erneut mit dem Handrücken über ihre verweinten Augen, »aber es hat einen komischen Zwischenfall gegeben.«

»Was denn bloß, zum Teufel, für'n Zwischenfall? Sag es schon Caro!«

»Na ja – also der Pfarrer – nee, der Knut ...«

»Ist eigentlich scheißegal, wie der sich jetzt schimpft«, schnitt Danny seiner Freundin das Wort ab. »Komm endlich zur Sache!«

»Brüll mich bitte jetzt nicht so an«, entgegnete Caro eingeschnappt und konnte nur mit Mühe ein weiteres Schluchzen unterdrücken.

»Entschuldige, Caro, es war nicht so gemeint«, lenkte Danny ein und zwang sich zur Ruhe. »Also noch mal von vorn. Was ist los?«

»Ja, also, der Knut erzählte mir, dass Unbekannte auf dem Platz, wo Samstag der Mogo stattfinden sollte, Jauche ausgekippt haben.«

»Wie – Jauche?«, bohrte Danny verständnislos nach.

»Na Jauche oder dann eben Gülle«, antwortete Caro verzweifelt. »Ich weiß es doch auch nicht so genau.«

»Ist denn der ganze Platz davon betroffen?«

»Ja, ich meine schon, denn der Knut hat gesagt,

allein wegen des Gestanks könne man den Platz vorerst vergessen.« Caro putzte sich umständlich die Nase. »Was machen wir denn jetzt bloß, Danny?«

»Das ist ja wohl das Hinterletzte überhaupt – verdammte Scheiße«, platzte es aus Danny erbost heraus.

»Ach ja«, meldete sich Caro erneut zu Wort. »Knut hat uns immerhin auf 14 Tage später vertröstet, denn da begeht er einen weiteren Mogo bei Schleswig auf diesen Wiesen – weißt du, da, wo sonst die Wikingertage stattfinden.«

»Ja, und?« Danny war untröstlich und voller Wut gegen die, die ihm alles vermasselt hatten. »Der Blumenschmuck, die Einladungskarten, die Anzeige – soll das jetzt etwa alles für die Katz gewesen sein?« Er ballte seine rechte Faust. »Wer tut uns das bloß an?«

»Ich weiß es nicht, Danny.« Caro schüttelte hilflos ihr hübsches Köpfchen.

»Ich rufe mal eben Dirk an«, antwortete Danny kurz entschlossen. »Auf jeden Fall müssen die anderen Bescheid wissen. Und – diese Scheiße lasse ich mir keinesfalls gefallen – auf gar keinen Fall!«

*

Zurückgeblieben waren an diesem Samstag in Langballigau letztlich nur ein paar ganz Unentwegte, Stammkunden des Bikertreffs und einige regionale Motorradclubs, die hier im Sommer de facto jedes Wochenende anzutreffen waren, und natürlich die üblichen Tagestouristen.

Erst am Abend, bereits zu vorgerückter Stunde, fiel in den Strandweg noch ein Pulk aus schwarz gekleideten Gestalten ein. Für Außenstehende war nicht zu erkennen, ob sie einer bestimmten Gruppe angehörten. Bis auf die üblichen Glatzen, Nackenschwarten, Piercings und Tätowierungen waren keine besonderen Logos an den Bikern auszumachen.

Eingeweihte wussten natürlich, dass es sich um einen Stoßtrupp der Flensburger Black Roosters handelte, deren ehemaliger Präsident Thomsen war. Um bei ihren Einsätzen unerkannt zu bleiben, hatten sie sämtliche Insignien abgelegt. Kein einziges Wort drang nach außen, aber die Quintessenz dessen, was im Einzelnen im Clubzimmer des Bikertreffs verhandelt wurde, sollten in der selbigen Nacht einige der Widerständler drastisch zu spüren bekommen.

Ben und Nina entschieden sich nach den niederschmetternden Erfahrungen am letzten Wochenende von vornherein, wenn auch schweren Herzens, die Pforten ihres Lokals geschlossen zu halten. Sie hatten zwar interessierte Feriengäste, diese jedoch damit vertröstet, dass ihre Pension ausgebucht wäre.

Wie recht sie dennoch mit ihren Vorsichtsmaßnahmen hatten, zeigte das erneute Verkehrsaufkommen an diesem zweiten Samstag in Folge, der mit seinem

Sonnenschein und den daraus resultierenden Szenarien seinem Vorgänger in nichts nachstand. Denn längst nicht alle Biker hatten von dem Gülle-Anschlag Wind bekommen.

Obwohl sie in der Gruppensitzung am Anfang der Woche nicht konkret hinzugezogen worden war, ahnte Nina inzwischen, dass womöglich Joe das Gülle-Attentat zu verantworten hatte.

Der alte Trecker war ja erst kürzlich während Henningsens Blockade zum Einsatz gekommen, und einen Gülletankwagen aus seiner Zeit als Landwirt konnte der Jäger in einer seiner Scheune sicherlich aufgetrieben haben.

Nina verstand, dass die drei der unheilvollen Entwicklung um den Kneipenwirt herum nicht tatenlos zusehen wollten. Doch sie hatte Angst. Schlicht und einfach nur Angst, dass dieser verschlagene und skrupellose Kneipenwirt nicht lange auf sich warten lassen würde, um in irgendeiner Weise Rache zu üben. Und dann kam wieder die eigene Partei zum Zuge, und so fort – ein verhängnisvolles Spiel, bis es sich unendlich aufschaukelnd für keinen mehr beherrschbar schließlich aller Ratio entzog.

Bei dem fast aussichtslosen Versuch, sich von ihrem Dilemma abzulenken, hatte Nina nachmittags mit der Buchführung begonnen, während Ben an einem neuen Kochbuch arbeitend in der pensionseigenen Küche gerade einige neue Soßen kreierte. Die Zeiger der antiken Standuhr näherten sich inzwischen Mitternacht. Nina gähnte und beschloss, nach ihrem Mann in der Küche zu sehen. Sie sah zum Nebengebäude hinüber, wo bei Raoul noch Licht brannte. Inzwischen war die alte Stille zurückgekehrt, doch diese schien ihr jetzt trügerisch, sie würde durch die Vorfälle nie mehr dieselbe sein.

Auch Raoul versuchte das Beste aus der buchstäblich zerfahrenen Situation zu machen. Sowieso kein Freund des Müßiggangs machte er sich über den seitlichen Staketenzaun her, der den durch Nina bewirtschafteten Gemüsegarten vom übrigen Grundstück trennte und eigentlich schon länger eines erneuten Anstrichs bedurfte. Er trennte die Zaunteile von den Pfosten und trug diese nach und nach in den Geräteschuppen, um dort Vorarbeiten zu erledigen.

Bevor er zu Bett ging, nahm er in seiner Küche einen kleinen Imbiss zu sich und ging noch mal in den Garten, um frische Luft zu schnappen.

Gerade wollte er wieder ins Haus zurückkehren, weil ihm angesichts der niedrigeren Temperatur in seinem dünnen Pyjama doch sichtlich fröstelte, als sein Ohr ein gleichmäßiges, sich auf der Langballiger Straße befindliches, dumpfes Dröhnen erreichte, was ihn sogleich merkwürdigerweise an eine Militärkolonne zu Zeiten der Fremdenlegion denken ließ, die sich zu einem Rachefeldzug aufgemacht hatte.

Seine Wahrnehmung hatte ihn auch heute nicht getrogen, denn der martialisch wirkende schwarze

Pulk von Bikern, der mit blitzenden Scheinwerfern und ständig aufheulenden Motoren im Schritttempo wie ein stählender Gliederwurm aus einer anderen Welt wirkte, war soeben auf das Grundstück eingebogen. Er umkurvte die mittig auf dem Vorplatz stehende alte Linde unter ohrenbetäubendem Lärm mehrere Male und erst nachdem einige Sprossenfenster zu Bruch gegangen und die Haustür ebenfalls durch einen Feldstein zersplittert in ihren Angeln hing, verschwand der ganze Spuk, so schnell wie er gekommen war im Dunkel der Nacht.

Raoul war als alter Legionär reflexartig im Schatten des Hauses stehen geblieben und hatte dem überfallartigen Treiben, das statt der wenigen Sekunden Ewigkeiten zu währen schien, reglos zugesehen.

Überall im Haupthaus sah er jetzt Licht angehen und es stürzte eine laut schreiende Nina durch die zersplitterte Tür ins Freie, während ihr Mann mit Moritz im Arm unmittelbar folgte.

Raoul wollte sich nicht gleich dem familiären Jammer stellen und zog sich unauffällig zurück. Aber für ihn stand nun unumstößlich fest, was er zu tun hatte. Er murmelte fast unhörbar: »Es wird immer so sein, der Fisch beginnt vom Kopf zu stinken.«

Noch in derselben Nacht nahm Dorfpolizist Hensel den Vorfall zu Protokoll und stellte das Tatwerkzeug, einige kleinere und einen zwei Kilogramm schweren Feldstein als Beweismittel sicher. Den angebotenen Polizeischutz lehnte Nina dankend ab. Das hätte das soeben ausgelöste Empfinden – im eigenen Haus nicht mehr sicher zu sein – nur noch mehr vertieft.

Den kleinen Moritz brachte Raoul gleich am darauffolgenden Morgen zu den Großeltern in die nahe Kreisstadt. Nina wollte ihn gern in Sicherheit wissen und er bräuchte – wie sie dunkel, ja fast fatalistisch andeutete – ihrem Untergang nicht in allen Phasen unbedingt beizuwohnen.

Joe war der Erste der Widerständler, der auf ihrem Hof erschien. Ben, dem die Verzweiflung wächsern ins Gesicht geschrieben stand, öffnete ihm die Haustür, oder vielmehr, was davon übrig geblieben war, und führte ihn geradewegs in das kleine Büro, wo Nina bereits wartete.

»Es hat doch alles keinen Zweck mehr, wir müssen unser Leben hier ein für alle Mal aufgeben«, wandte sie sich mit tränenerstickter Stimme an Joe, der sie stumm und mitfühlend in die Arme nahm.

»Du weißt gar nicht, wie leid es mir tut, Nina. Mit einer Gegenreaktion hatten wir ja zu rechnen, aber dass es euch gleich so treffen sollte ... vielleicht war die Aktion Gülle ja naiv, dennoch: Hätten wir denn alles über uns einfach so ergehen lassen sollen?«

»Ja, genau, dumm und naiv war das alles von euch«, ereiferte sich Nina mehr schluchzend als schimpfend, »und gerade du«, wandte sie sich Joe zu, »mit deinem ach so tollen Umweltbewusstsein, hast da – ohne uns vorher nur ein Sterbenswörtchen zu sagen – in vorderster Linie mitgewirkt!«

»Ich habe jedenfalls lange mit mir gerungen, das kannst du mir ruhig glauben«, verteidigte sich der Angegriffene. »Aber schließlich habe ich es glasklar als Ausnahmezustand und Notwehr begriffen und damit schließlich gerechtfertigt.«

»Na, na, Nina«, versuchte Ben seine Frau zu beschwichtigen, »bleiben können wir hier jetzt sowieso nicht mehr, von alleine würden diese Bikermassen nie ihren bequemen Wildwechsel zur Küste aufgeben. Das muss man einfach erkennen und mit diesen nackten Tatsachen haben wir uns abzufinden, so bitter das auch für uns alle sein mag.«

»Vielleicht«, brach Joe nach einer Weile, die ihm seltsam entrückt und zeitlos vorkam, das Schweigen, »sollten wir, alle hier, ich meine ebenso Erika und Hinz, noch einmal zusammenkommen und beratschlagen.« Er vermied es dabei, Nina direkt anzusehen. Aber diese schaute sowieso durch ihn hindurch und es schien ihr plötzlich alles egal zu sein.

Noch am selben Abend kam der harte Kern in der ausgebauten Scheune des Jägers zusammen. Nina war der Versammlung ferngeblieben, weil sie sich emotional dazu nicht in der Lage fühlte. Sicherlich kamen ihre Vorbehalte gegen die Gruppenmitglieder dazu, die in ihren Augen zu eigenmächtig gehandelt und damit ihr ganzes Unglück nur verschlimmert hatten.

»Wie ihr ja inzwischen alle wisst«, ergriff Joe als

Erster das Wort, »hat unsere Gülle-Aktion zu einem Gegenschlag geführt, mit dem ich ehrlich gesagt, in der Härte so nicht gerechnet habe. Nina hat sich das – natürlich völlig zu Recht – alles sehr zu Herzen genommen, und es tut mir wirklich sehr leid. Auf der anderen Seite sind ebenso Erika, Hinz, mein Vater und ich nach wie vor Betroffene, und immerhin haben wir in das Getriebe dieser gut geölten Maschinerie dieses unsäglichen Thomsen ein wenig Sand streuen können. Und wir konnten ein Zeichen des Widerstandes setzen, das, so hoffe ich, die Mitverantwortlichen von Gemeinderat und Kirche endlich aufwachen lässt … insofern«, Joe schaute zu Ben hinüber, der keinerlei Reaktion von sich gab, »würde ich die Tat immer wieder tun. Meine weitere Hoffnung dabei ist, dass die Gemeinde registriert, dass sie sich mit Duldung der Biker mehr schadet als nützt, und dass sie verstärkt an die anderen Touristen denkt, die schließlich das Hauptgeschäft ausmachen. Ich denke da nur an die mehreren hundert Dauercamper und Wohnmobile vor Ort, die schließlich ihren wohlverdienten Urlaub genießen wollen.«

»Ja, und was sollten deiner Meinung nach die Gemeinderatsmitglieder tun?«, merkte Erika kritisch an, die natürlich zuerst an die Folgen und an ihre Tiere dachte.

»Die Gemeinde könnte eine Eingabe beim Amt für Bau- und Verkehrswesen machen«, erwiderte Joe sachlich, »die den Vorschlag einer weiträumig eingerichteten Fußgängerzone mit einem Fahrverbot für sämtliche Motorräder im Kernbereich kombiniert. Anlieger-Pkw und Lieferanten wären davon natürlich ausgenommen.«

»Ja, und der große Parkplatz direkt am Markt«, brachte Erika zur Sprache, »müsste wohl geschlossen werden? Und wenn ja, müsste infolge ein Ersatz am Ortseingang her. Denn man kann die Biker und die übrigen Ausflügler ja nicht völlig des Landes verweisen. Aber es bedeutet natürlich in der Konsequenz auch längere Wege für alle Tagesbesucher.« Erika seufzte. »Ich befürchte allerdings sehr, dass die Gemeindevertretung an diesem heißen Eisen nicht wird rühren wollen.«

»Ich weiß nicht, ob die Kräfte so eindeutig verteilt sind«, mischte der Jäger sich jetzt in die Diskussion. »Die, sagen wir mal, normalen Tagesgäste, die in der Mehrzahl keine große Lärmbelästigung darstellen, Picknick am Strand machen oder ganz einfach nur ein Fischbrötchen essen wollen, machen neben den Dauergästen doch den Löwenanteil aus.« Der Jäger schaute in die kleine Runde und fügte hinzu: »Jedenfalls wird mit denen mehr Kohle gemacht als mit allen Bikern zusammen, die sowieso nur für sich wurschteln und die das Image der Gemeinde eigentlich nur verschlechtern.«

»Ja, genau, Hinz, und wenn dann Thomsens Laden«, bekräftigte Joe, »für die Herren Biker, die in ihrer Kluft sicherlich nur unwillig lange Fußwege in Kauf nehmen würden, nicht mehr so ohne Weiteres anzufahren wäre und ihnen zudem das Herumprotzen mit ihren Maschinen direkt vor der Kneipe verwehrt bliebe, könnte ihr Interesse – so denke ich – durchaus etwas abkühlen.«

»Ja, Joe«, stimmte Erika Long zu, »das wären auf jeden Fall Schritte in die richtige Richtung, doch, so fürchte ich, es wird nicht reichen.«

Ben schwieg zu allem und als Joe ihn daraufhin ansprach, schüttelte er nur traurig den Kopf. »Ach, Leute«, ließ er sich vernehmen und seine Stimme klang belegt. »Wenn überhaupt, kommt für uns jetzt alles sowieso zu spät. Nina und ich haben halt mit der Entwicklung Pech gehabt. Es sind Buchungen storniert und Gäste, darunter langjährige Stammkunden, kommen nie wieder. Bald muss ich dem Aushilfspersonal kündigen und über kurz oder lang geht es wirklich an die Reserven.«

»Also, Ben, ich finde, wir sollten nicht so schnell klein beigeben«, mischte sich Erika Long erneut ein. »Diese Gülle-Aktion kann nicht der Weisheit letzter Schluss gewesen sein. Vielleicht sollten wir die Langballiger Straße blockieren. Ich denke da an eine lebende Straßensperre bestehend aus einer Menschenkette. Wobei wir zum Beispiel auf die Abgas-Problematik durch das Tragen von weißen Atemschutzmasken hinweisen könnten – pressewirksam wäre das in jedem Fall.«

»Nee, nee, Erika«, meldete sich jetzt Joe zu Wort, »diese schwarze Gang wird dann womöglich ihr freundliches Stelldichein erneuern und wer weiß, was die sich dann dazu ausdenken.«

»Hast du etwa Angst, Joe«, versuchte Erika Long diesen zu provozieren, »soviel ich weiß, hast du dich in deinem Leben ganz anderen Dingen widersetzt.«

»Danke für die Blumen.« Joe lächelte flüchtig. »Um mich geht es hier gar nicht so sehr, ich denke da in erster Linie an Ben, Nina, Moritz und Raoul und nicht zuletzt an meinen Vater. Auf See«, und damit sprach er Erika Longs Zeit bei Sea Shepherd und deren Einsätze gegen den Walfang an, »musst du ja auf solche Gegebenheiten wie hier überhaupt keine Rücksicht nehmen.«

»Genau so ist es, Joe«, mischte Ben sich jetzt zustimmend ein, der lange zu allem geschwiegen hatte. »Ich sehe da außer dem legalen Stimmensammeln vor Ort keine andere Möglichkeit mehr, es sei denn, wir kriminalisieren uns und dann kann erst recht alles aus dem Ruder laufen. Am Ende gibt es auf beiden Seiten nur Verlierer oder gar Schlimmeres. So einen Überfall, wie auf unser Haus geschehen, möchte ich jedenfalls nie wieder erleben, und außerdem ist die Saison, kaum dass sie begonnen, für uns sowieso gelaufen.« Ben wirkte nahezu gebrochen.

»Na, so bleibt mir ja wohl nur noch«, erwiderte Erika Long ironisch und die Enttäuschung war ihr deutlich anzumerken, »ein rundes Verbotsschild mit einem dieser beratungsresistenten Biker zu malen, der von einem quer von oben nach unten laufenden roten Balken am Weiterfahren gehindert werden soll.«

Einen Tag später prangte dieses Zeichen des Widerstands unübersehbar am Wirtschaftsweg vor ihrem Haus. Aber gerade das, sollte ihr zum Verhängnis werden.

10. TOD EINES TYRANNEN

Flüchten oder Standhalten? Sich für dieses oder jenes zu entscheiden, schien Nina und Ben ähnlich unmöglich, wie das Lösen des Gordischen Knotens. Einerseits, wenn sie eher positiv gestimmt waren, tendierten sie natürlich liebend gern dazu, zu bleiben. Vielleicht würde die Gemeinde mit ihren Entschlüssen nicht so lange warten und es ergäbe sich zur nächsten Saison eine Hinwendung zum Besseren, zu einem Status, der das Verkehrsaufkommen von Motorrädern zwar nicht aus der Welt schaffen, doch immerhin so begrenzen würde, dass sie damit leben konnten.

Andererseits war ihnen klar, dass ihre Kapitaldecke ziemlich dünn war und sie etliche Raten bei der Bank zu tilgen hatten. Sollte der Verlauf sich nicht so entwickeln, wie es nötig war, blieben sie auf einem weitaus größeren Haufen Schulden sitzen und der Wertverlust des Hauses käme – wenn sich im Zuge einer Zwangsversteigerung überhaupt so schnell ein Käufer fände – so oder so praktisch einer Existenzvernichtung gleich.

Sie würden in die Stadt zurückgehen und erneut da anfangen, wo sie mit ihren Träumen im Gepäck einst aufgebrochen waren.

Raoul müsste sich eine neue Arbeit suchen, aber was viel schwerer wiegte, war für ihn der Verlust der kleinen Familie. Es quälte ihn, wie leicht und schnell jemand das hart Aufgebaute zum Einsturz bringen konnte. Je mehr er sich damit beschäftigte – und das geschah in letzter Zeit immer häufiger –, umso stärker keimte in ihm die Vorstellung auf, an denen, die er für die Hauptverantwortlichen der Misere hielt, Vergeltung zu üben. Er wollte, wenn möglich, die Pleite rechtzeitig abwenden.

Früher hatte er mal einige Jahre in der Fremdenlegion gedient und es dort im Spezialverband – dem Elitekorps Légion étrangère – bis zum Scharfschützen für besonders prekäre Einsätze gebracht. Aus dieser Zeit stammte das GCP-Präzisionsgewehr, welches ihm sein direkter Vorgesetzten einst schenkte, nachdem er diesen, bei einer der gefährlichsten Aktionen inmitten eines Krisengebietes der Zentralafrikanischen Republik, mit seiner Waghalsigkeit vor dem sicher geglaubten Tod bewahrt hatte.

Wie eigentlich nicht anders zu erwarten, wurde es nach dem Verlassen der Legion sehr schwierig für ihn, in der freien Wirtschaft wieder Fuß zu fassen.

Die großzügig gewährte Abfindung ging bereits zur Neige und gerade wollte er eine gering entlohnte Stelle bei einer Sicherheitsfirma annehmen, da traf er zufällig auf Ben und Nina, die bereits länger ein ›Mädchen für alles‹ suchten. Ihn reizte es, eine Sache von Anfang an mit aufzubauen, und da es trotz unterschiedlicher Herkunft so etwas wie eine Wellenlänge zwischen ihnen gab, willigte er nur zu gern ein.

Die zusammengelegte Waffe versteckte er in dem Alukoffer seiner Kamera. Sie lag unter dem mit Schaumstoff ausgelegten Boden, damit man – so hoffte Raoul – die GCP nicht so ohne Weiteres entdecken würde.

Er nahm die Fotosachen heraus und wog einen kurzen Moment später das Präzisionsgewehr in seinen Händen, das ihm, obwohl er es lange nicht angerührt hatte, gleich wieder vertraut vorkam. Die Kühle des edlen Materials übte eine seltsame Beruhigung und zugleich das Gefühl in ihm aus, eine starke, absolut verlässliche Bundesgenossin zurückerobert zu haben. Mit geradezu traumwandlerischer Sicherheit, erledigte er sämtliche Schritte der Montage in perfekter Reihenfolge. Das klappte also alles noch wie am Schnürchen, stellte er hochbefriedigt fest.

Für den Transport der hochwertigen Waffe schien ihm eins der unauffällig wirkenden, grünen Futterale geeignet, die zum Schutz für seine Glasfiber-Ruten gedient hatten, wenn er mit dem kleinen Moritz ab und an zum Angeln ans nahe Meer gefahren war.

Das Wichtigste war zunächst, den günstigsten Standort für sein Vorhaben herauszufinden. Um den Rücken frei zu haben, ließ er sich von Ben und Nina ein paar Tage Urlaub geben, welche sie ihm gern gewährten, da das Café sowieso gerade nur auf Sparflamme lief. Er gab vor, in der Gegend bleiben und die freie Zeit lediglich für kleinere Angeltouren nutzen zu wollen. So konnte er im harmlosen, sich unverdächtig machenden Outfit eines Petri-Heil-Jüngers – bestehend aus seinem alten, schilfgrünen Fishtail-Parka, beiger Latzhose und halblangen Gummistiefeln – ungeniert an Au und dem Naturstrand nach einem Platz Ausschau halten, der seiner Absicht am besten entsprach.

Er wusste, dass Thomsen an den warmen Sommerabenden draußen vor dem Lokal seine raue Kundschaft bediente, und das wollte sich Raoul zunutze machen. Bereits am ersten Abend fand er eine, mit dichten Buschwindröschen und Strandhafer bewachsene Düne, die ihm geradezu ideal erschien: In dem dichten Buschwerk war mittendrin eine Lücke entstanden, hinter der die Ausbuchtung eines schmalen, gewundenen Trampelpfads zu erkennen war. Wenn er sich in die Mulde legte, war er durch den natürlichen Sichtschutz sowohl vom Strand her, als auch von der Nord- und Südseite gut verdeckt, während die verbliebene, schmale Lücke fast wie eine Schießscharte direkt auf den Lokaleingang wies. Die Distanz, die die Gesichtszüge von Thomsen nicht mehr mit dem bloßen Auge erkennen ließ, konnte nicht besser sein. Gerade weit genug entfernt, dass unliebsame Entdeckungen so gut wie ausgeschlossen waren, und nahe genug, um mit der Waffe einen Präzisionsschuss zu tätigen. Den Knall würde er mit einem Spezialdämpfer – so wie er ihn häufig bei seinen nächtlichen Einsätzen in Afrika verwendet hatte, genügend mindern können. Und sollte wider Erwarten auf die Entfernung sein Mündungsfeuer bemerkt werden, blieb zum steinigen, unwegsamen Strandabschnitt hin, den er um diese Zeit menschenleer im Rücken wusste, genügend Zeit, um sich aus dem Staub zu machen.

Hatte er mit dem, wie er meinte, idealen Standpunkt, die Basis für alles Weitere gefunden, so galt es jetzt, den Hin- und Fluchtweg genau zu erkunden. Da er möglichst nicht gesehen werden wollte, würde er die paar Kilometer von seiner Wohnung zum Strand per Fuß, zumeist querfeldein und über abgelegene Wirtschaftswege zurücklegen müssen. Auch den Weg zurück, der sich am Kliff entlang schlängelte, da wo der Strand mit Geröll übersäht, naturbelassen und mancher umgestürzte Baum seit Langem vor sich hin moderte, ging er Kilometer für Kilometer ab. Dann könnte ihn der bis zur Küste reichende Mischwald aufnehmen, der fast bis auf ein noch zu passierendes Rapsfeld an seine Bleibe heranreichte.

Weiterhin war geplant, dass er seinem Bruder, die Tatwaffe aushändigen würde. Dieser sollte bis dahin in der Wohnung vor laufendem Fernseher hin und wieder auf und ab gehen, um die Anwesenheit Raouls während der Tatzeit nach außen hin sichtbar und somit glaubhaft zu machen. Der Bruder, der sich illegal im Untergrund aufhielt und den Raoul regelmäßig mit Geldzuwendungen unterstützte, würde im Anschluss daran, so der Plan, mitsamt dem Gewehr spurlos verschwinden, als hätte es ihn und die Waffe nie gegeben.

Dann war der Tag X plötzlich da, der für Raouls Vorhaben wie geschaffen schien. Es handelte sich um einen Sommertag mit dieser wohltuenden Wetter-Mischung aus milder, warmer Luft in der Sonne und zugleich sanfter Schattenkühle, in der – wenn man sich in sie zurückzog – der Kopf so wunderbar frei und klar werden konnte.

Wie nicht anders zu erwarten, waren schon seit dem frühen Nachmittag erneut unendliche, unüberhörbare, stinkende Biker-Kolonnen auf ihrem beliebten Wildwechsel Richtung Küste unterwegs gewesen und hatten, wären in Raoul irgendwelche Zweifel an der Durchführung der bevorstehenden Tat vorhanden gewesen, diese damit restlos ausgeräumt.

Als die ersten Schatten der Dämmerung sich langsam abzuzeichnen begannen, brach er auf. Die Wanderung bis zum Küstensaum verlief ohne große Zwischenfälle. Hin und wieder waren zwar in der Ferne vereinzelte Spaziergänger aufgetaucht, aber er hielt vor deren Wegen genügend Abstand, sodass ihre Hunde kaum Witterung zu ihm aufnehmen konnten. Sollte er wider Erwarten dennoch gesehen worden sein, hätte man den unauffällig wirkenden Angler wohl mit dem späteren Mordfall kaum in Verbindung gebracht. Auf alle Fälle war es gut, vorausschauend und umfassend vorzusorgen – denn dieses Prinzip, jeder noch so klein erscheinenden Nebensächlichkeit hinreichend Beachtung zu schenken, hatte ihm womöglich bereits in der Legion vor Schlimmerem bewahrt.

Während er sich dem vorher ausgespähten Beobachtungsplatz vorsichtig näherte, vergewisserte er sich zuerst gründlich, dass niemand in der Nähe war. Aber der Ort, über den sich die Dunkelheit zunehmend ausgebreitet hatte, wirkte verlassen und still. Sogar die Pärchen, die von den Dünen aus gern den Sonnenuntergang genossen, hatten sich längst zurückgezogen.

Lediglich etwa tausend Meter südöstlich von seinem Standpunkt aus und somit genügend weit entfernt, als dass daraus eine kritische Situation für ihn hätte entstehen können, flackerte am Strand ein einzelnes Lagerfeuer, an dem irgendeine Gruppe wahrscheinlich gerade Stockbrote röstete oder sich an Gegrilltem erfreute.

Raoul hörte vom Bikertreff dumpf stampfende Musikfetzen herüberwehen und einen winzigen Moment erschien es ihm, als wiege der Strandhafer sich dazu in einem rätselhaften, sich seiner menschlichen Wahrnehmung entziehenden vorgegebenen Takt.

Raoul hatte seine Stiefel bereits unten am Kliff zurückgelassen, über seine Füße vorsorglich dicke alte Socken gezogen und anschließend mit Plastiktüten umwickelt. Er musste davon ausgehen, dass aufgrund des Schusseinfallwinkels sein Standort später definiert und nach verräterischen Spuren abgesucht werden würde.

Drüben am Bikertreff schien es aus irgendeinem Grund hoch herzugehen, denn alle Augenblicke brandete frenetischer Lärm à la Ballermann auf. Sämtliche Tische waren zu dieser späten Stunde gut besetzt, zwischen denen sich der bullige Thomsen neben seinen billig angeworbenen Aushilfskräften erstaunlich flink und mit einer für ihn ungewohnten Liebenswürdigkeit hin und her bewegte, um eilfertig die Wünsche seiner Gäste zu erfüllen. Selbst vor den Tischen standen zahlreiche laut schwadronierende Biker herum, deren Blicke mal stolz, mal interessiert auf den chromglänzenden und in einer langen Reihe vor ihnen aufgebauten Maschinen ruhten.

Raoul musste Thomsen in dem Augenblick erwischen, wenn er sich ihm zuwandte, also möglichst in der Sekunde, wo er sich direkt unter dem Türrahmen befand.

Ein Herzschuss verlangte, selbst mithilfe des Stativs, Auge und Hand einiges ab. Raoul musste sofort treffen, denn weitere Schüsse könnten ihn womöglich verraten, und so lautete besonders hier die altbewährte Maxime, Details des Zufalls auf den kleinsten möglichen Nenner herunterzufahren.

Raoul erkannte klar, dass er hier ein weiteres Mal seine einstige Könnerschaft unter Beweis zu stellen hatte. Und das nach einer verhältnismäßig langen Zeitspanne, denn seit der Legion hatte er keine Gelegenheit für Schießübungen mehr gehabt.

Thomsen war gerade im Gastraum verschwunden und mithilfe des Zielfernrohrs sah Raoul, wie dieser hinter einem der Kneipenfenster am Zapfhahn stand und gerade den überflüssigen Bierschaum mit einem Holzspatel von den Gläsern entfernte. Raoul spürte eine gewisse Unruhe in sich, nach all den Jahren, die mittlerweile zwischen dem Dienst bei der Legion und dem Jetzt standen, wieder einen Menschen zu exekutieren. Es schien ihm seit damals ein Stück seiner einstigen Kaltblütigkeit, auf die er sich in ernsten Situationen absolut immer hatte verlassen können, abhandengekommen zu sein. »Das hängt wohl mit dem Alter zusammen«, murmelte er. Eine andere Erklärung wusste er nicht. Während dieser Gedanken hatte seine Aufmerksamkeit keinesfalls nachgelassen und so sah er rechtzeitig, wie sich der Kneipier mit einem vollen Tablett vom Tresen her wegbewegte. Raoul wusste, dass, wenn dieser gleich in der Türöffnung erscheinen würde, es in folgenden Sekundenbruchteilen auf alles ankam. Aber was sich dann vergleichsweise wie im Zeitraffer abspielte, hatte Raoul selbst während der zahlreichen Militäreinsätze in der Legion niemals erlebt.

Wie erwartet trat Thomsen unter die Tür und somit genau in Raouls Fadenkreuz. Während Raoul routiniert und ohne zu zaudern, das Ziel erfasste, nachjustierte und abdrückte, sah er den Kneipenwirt bereits zusammenzucken, bevor das Geschoss der GCP nur winzige Sekundenbruchteile später den Körper seines Opfers sauber durchschlug.

Alles, was Raoul noch durch das Zielfernrohr registrierte, war der zwischen den Tischen hin und her taumelnde und anschließend zusammenbrechende Thomsen, in dessen Hals ganz offensichtlich ein gefiederter Pfeil steckte.

Den daraufhin ausbrechenden Tumult nutzte Raoul, um sich unbemerkt zurückzuziehen. Er erreichte unbehelligt den Platz, wo er seine Stiefel zurückgelassen hatte und an dem er sich endlich der um seine Füße gewickelten Plastiktüten entledigen konnte.

Rückwärts gehend verwischte er die Spuren seiner Stiefel, bis er die Schilfzone erreicht und oberhalb dieser, gleich darauf festen Boden unter sich spürte.

Gelegentlich drangen Lärmfetzen von der Kneipe zu ihm herüber, doch sie berührten ihn nicht mehr, denn der selbstgestellte Auftrag war erfüllt, wenn ihm dabei überraschenderweise auch ein Unbekannter zuvorgekommen war.

Rabenschwarze Nacht herrschte hier an der Küste eigentlich nie und so war der Rückweg über die Felder und durch einige überschaubare Buchenwäldchen für ihn ein Kinderspiel. Dennoch blieb er im höchsten Maße wachsam und duckte sich sofort bei jeder Bewegung, selbst wenn diese letztlich nur durch davonspringende Rehe oder die Flucht eines Feldhasen ausgelöst worden war.

Am Hof schließlich ohne Zwischenfälle angekommen, schien alles wie vorher zu sein. Es brannte, wie mit seinem Bruder abgesprochen, noch Licht in seiner Wohnung, und das Wechselspiel zwischen hellen und dunklen Kontrasten signalisierte nach draußen, dass sich hier sehr wahrscheinlich gerade jemand das abendliche Fernsehprogramm ansah.

Sein Bruder erwartete ihn wie vereinbart im Dunkel des Vorflurs, wo die beiden Männer miteinander eine Weile flüsterten. Drüben bei Ben und Nina war das Licht gelöscht und sie schienen demnach, sich schlafen gelegt zu haben. So konnte kurz darauf eine dunkle Gestalt mit einem kleinen Koffer in der Hand das Anwesen unbemerkt verlassen, als wäre diese und die Waffe niemals hier gewesen.

Raoul lag noch geraume Zeit wach, während sich vor seinem inneren Auge eine Collage aus Bildern und Gedanken über die letzten Geschehnisse ausbreitete.

Ja, dachte er, die Habgier ist wohl die schlimmste aller Todsünden, sie zerstört und richtet hin, solange sie da ist. Und sie wird da sein, solange es Menschen gibt.

Über den Bogenschützen, der nur winzige Sekundenbruchteile vor ihm sein tödliches Geschoss von der Sehne geschnellt hatte, machte er sich keine weiteren Gedanken. Genau so war es immer nach den Einsätzen bei der Legion gewesen, um mit allem weiterleben zu können: Wenn die Mission erfüllt war, war sie erfüllt, und die Entscheidung, diese durchzuführen, hatte er schließlich schon vorher getroffen.

Während er wartend wach lag, meldete sich vibrierend sein Handy. Es war das verabredete Zeichen, dass sein Bruder inzwischen wieder hatte untertauchen können und sich vorerst in Sicherheit befand. Während draußen bereits der Morgen graute, löschte Raoul beruhigt das Licht und versuchte ein wenig zu schlafen

11. AUFNAHME DER ERMITTLUNGEN

Dorfpolizist Hensel und der herbeigerufene Notarzt konnten vor Ort nur noch den Tod des Kneipiers feststellen. Hensel war ziemlich erleichtert, als endlich die Beamten von der Spurensicherung eintrafen, denn es hatte ihn einige Mühe gekostet, diverse Neugierige, darunter viele Bekannte, vom Ort der Tat fernzuhalten. Überall standen Biker, Camper und Bürger aus der Gegend einzeln oder in Gruppen herum. Die meisten tauschten sich je nach Temperament mehr oder weniger erregt über den schrecklichen Vorfall aus. Andere beobachteten wortlos die Beamten, wie diese den Platz vor der Kneipe mit Absperrbändern eingrenzten und auf dem Boden einige Markierungen mit Kreide vornahmen, um die Entfernungen und den Standort der Leiche nach erfolgten Abtransport, genau bestimmen zu können.

Während aus der Kneipe die letzten Takte von ›Born To Be Wild‹ die Szenerie untermalten, blitzten bereits Polizeikameras auf. Der eben noch so betriebsame, anscheinend unaufhaltsam über Leichen gehende Thomsen war abrupt für immer Geschichte. Es schien, als wäre er nie dagewesen, allenfalls war da noch eine flüchtige Erinnerung an eine böse Figur, wie aus einem schlechten, bereits viel zu oft ertragenen Film.

Inzwischen waren auch Hauptkommissar Schmidt und seine Assistentin Isabell am Ort des Geschehens eingetroffen. Als Keller sie erblickte, einer der Beamten der Spurensicherung, kam er ihnen bereitwillig einige Schritte entgegen. »So etwas habe ich während meiner gesamten Dienstzeit – und das sind immerhin fast an die fünfundzwanzig Jahre – noch nicht gesehen, Herr Hauptkommissar«, eröffnete Keller seinen mündlichen Bericht.

»Und das wäre?«, fragte Schmidt, ein drahtiger Mann, so um die Fünfzig. »Sie machen mich ja direkt mal neugierig.«

»Andy Thomsen, bisher Kneipier und Mitbesitzer dieses Ladens«, Keller deutete auf die am Boden liegende Gestalt, die bereits mit Schutzfolie abgedeckt war, »ist nach Art der Verletzungen zu urteilen, fast zeitgleich von zwei verschiedenen Tätern getroffen worden, wobei von der Gerichtsmedizin später zu klären ist, welcher der beiden Treffer letztlich tödlich verlief. Der Notarzt kann euch dazu sicher mehr erzählen.« Keller zeigte auf einen Mann mit Halbglatze, der mit Hensel etwas abseits zusammenstand.

»Ja, Herr Hauptkommissar, das ist sehr ungewöhnlich«, betonte der Arzt, nachdem er und Hensel sich den Flensburger Kripobeamten vorgestellt hatten. »Eine Leiche mit zwei dermaßen unterschiedlichen Schussverletzungen und das fast zum gleichen Zeitpunkt … ob das wohl etwas mit dem Spruch, doppelt genäht hält besser zu tun haben könnte?«

»Zwei unterschiedliche Schussverletzungen, sagen Sie?« Schmidt streifte Schutzhandschuhe über und entfernte vorsichtig den oberen Teil der Abdeckfolie, sodass Kopf- und Brustbereich der Leiche sichtbar wurden. Als er den gefiederten Pfeil in der Wunde stecken sah, der wahrscheinlich – nach dem Blutverlust zu urteilen – die Halsschlagader getroffen hatte und das Einschussloch der Gewehrkugel direkt über dem linken Schlüsselbein entdeckte, stieß er einen kurzen, fast tonlosen Pfiff aus.

Da von der Forensikern alle relevanten Spuren bereits aufgenommen worden waren und Schmidt somit durch seine Untersuchung vor Ort keine besondere Rücksicht mehr zu nehmen brauchte, drehte er anschließend den Körper des Toten in die linke Seitenlage und stellte fest, dass es sich um einen glatten Durchschuss handelte. Er stand wieder auf und sah geradeaus, rüber zur Dünenlandschaft, deren dunkle Konturen sich in der Morgendämmerung inzwischen gegen das etwas heller gefärbte Meer abzeichneten. Weiterhin schweigend sah er zur rechten, kleinen, mit Buschwerk bewachsenen Anhöhe hinauf. »Da werden wir gleich bei Tagesanbruch suchen müssen«, sagte Schmidt mit einem Seitenblick auf Isabell und Keller, Forensiker und Chef des Spuren-Erkennungsdienstes. »Das Projektil des Gewehres habt ihr bereits sichergestellt?«

Keller nickte. »Ja, es steckte hinter dem Eingangsbereich, etwa in Schulterhöhe in einem der Eichenbalken. Das Einschussloch mitsamt Schmauchspuren haben wir bereits dokumentiert.«

»Gab's irgendwelche Zeugen?«, wandte sich Schmidt an Hensel.

»Na ja, den nach dem Anschlag erfolgten Zusammenbruch Thomsens haben ja bestimmt ein gutes Dutzend Gäste ziemlich hautnah mitbekommen. Ich habe die Personalien einiger Zeugen bereits aufgenommen«, erwiderte Hensel.

»Danke, das setze ich voraus, das meine ich jetzt nicht«, antwortete Schmidt. »Ich meine, ob jemandem etwas Verdächtiges aufgefallen ist, etwas, das vielleicht irgendwie anders war als sonst!«

»Ja, hmmh, ja«, Hensel verzog das Gesicht und kratzte sich verlegen am Kopf. »Die Aushilfskellnerin, eine Studentin aus Flensburg, befand sich zur Tatzeit direkt hinter dem Wirt, glücklicherweise etwas schräg versetzt. Sie meinte, ein kurzes Aufblitzen von den Dünen her bemerkt zu haben.

»Okay, das war das Mündungsfeuer. Die Aussage bestätigt meine Vermutung vom ungefähren Standort des Gewehrschützen«, bekräftigte Schmidt nickend. »Ich lasse jemanden hier, der großräumig aufpasst, dass wichtige Spuren nicht beseitigt werden. In ein paar Stunden, bei Tageslicht«, fuhr Schmidt fort, »werden wir die betreffenden Flächen genauestens unter die Lupe nehmen. Und die Leiche«, Schmidt wandte sich an Emil Kaiser, einem jungen Beamten aus seinem Team, »schafft ihr jetzt bitte umgehend zur Untersuchung in die Gerichtsmedizin.«

»Ach, Herr Hauptkommissar, dass da drüben ist übrigens Frau Thomsen.« Hensel deutete mit dem Kopf zu einer weinerlichen, jungen Frau, die gerade am Kneipeneingang aufgetaucht war und ihre Tränen mit einem weißen Taschentuch bekämpfte. »Sie war vorhin noch nicht vernehmungsfähig, aber – lassen Sie mich jetzt mal eben machen.« Hensel ging die paar Schritte zu der Kneipenwirtin hinüber und redete eine Weile auf sie tröstend ein, dann nickte sie kurz. Während sie zwischendurch erneut Tränen aus ihrem Gesicht wischte, kam sie anschließend mit dem Polizisten, der zwei, drei Schritte vorausging, Schmidt und Isabell auf halbem Wege entgegen.

Die darauffolgende Vernehmung, die im Gastraum der Kneipe stattfand, förderte nichts Konkretes zutage Auf die Fragen der Beamten, ob ihr Mann Feinde gehabt haben könnte, antwortete sie eher ausweichend oder in dem Sinne allgemein, dass er in seinem Umfeld wahrscheinlich immer irgendwelche Neider gehabt haben könnte. Im Übrigen gab sie vor, unter Schock zu stehen, sodass Schmidt aus Rücksichtnahme das Verhör später im Präsidium bei passender Gelegenheit erneut aufzunehmen gedachte.

Die Beamten hatten inzwischen im Streifenwagen Platz genommen.

»Also, Herr Hensel, das da eben war nicht gerade ergiebig«, wandte sich Schmidt an den Polizisten. Sie sind ja gewissermaßen so etwas wie ein Insider vor Ort – deshalb erneut dieselbe Frage an Sie: Könnte jemand aus dem direkten oder auch weiterem Umfeld des Mannes Interesse an dessen Tod haben?«

»Ich denke schon«, erwiderte Hensel, »denn auch bei Frau Thomsen wurde der Versuch unternommen, sie zu denunzieren. Ich habe mich vorhin in der Kneipe dazu natürlich noch nicht geäußert, weil Sie hier letztlich die Ermittlungen führen.

»Das war korrekt und in Ordnung«, lobte Schmidt, »doch nun erzählen Sie mal.«

»Ja, also, nachdem vorhin die Spurensicherung eingetroffen war, ging ich kurz zum Streifenwagen zurück, um meine Jacke überzuziehen. Da bemerkte ich, dass ein Zettel unter meinem Scheibenwischer steckte.« Hensel fischte das zusammengefaltete Blatt aus der Ablage des Armaturenbretts und hielt es Schmidt entgegen, auf dem mit ungelenker Schrift folgendes geschrieben war: ›Die werte Dame geht gern mit Rockern fremd.‹

»Gut«, antwortete Schmidt, »Neider gibt es überall und das ist wenig ergiebig. Wenden wir uns deshalb besser dieser Gegend und dem weiteren Umfeld von Thomsen zu.«

»Okay, da müsste ich aber jetzt ein wenig ausholen«, antwortete Hensel.

»Der Thomsen hatte hier ebenfalls nicht nur Freunde. Schon sein Schrottplatz, dieser Schandfleck in unserem Dorf, erhitzte die Gemüter. Als er schließlich Anfang des Jahres die ziemlich heruntergekommene ›Fischerklause‹ übernahm, hieß es, er wolle ein nettes, kleines Ausflugslokal einrichten. Die Gemeinde stand dem natürlich mit Wohlwollen gegenüber. Gab sich Thomsen zu Beginn eher recht bieder und unauffällig, ich möchte sagen, eben wie ein Normalbürger, begegnete man ihm später häufiger in schwarzer Montur. Ab und an waren auch Kutten zu sehen und das Lokal entwickelte sich in wenigen Monaten immer mehr zu einem beliebten Treffpunkt für diverse Motorradclubs«, Hensel räusperte sich, »und die bestanden weiß Gott nicht nur alle aus artigen Poppern.«

»Was meinen Sie damit konkret?«, meldete sich jetzt Isabell zu Wort.

»Na ja, es sickerte zum Beispiel durch«, erklärte Hensel, »dass Thomsen früher mal Präsident bei den berüchtigten Hells Angels gewesen sein soll – aber nichts Genaues weiß man da eben nicht. Die Hells Angels sind ja inzwischen in Flensburg verboten, aber die dunklen Geschäfte laufen natürlich trotzdem weiter. Jedenfalls begann er auf der Hauskoppel direkt hinter der Kneipe einen Motorradmarkt, so eine Art Börse einzurichten. Das fing erst ganz harmlos mit einem Stand und ein paar Interessenten an. Über die Einseitigkeit dieses besonderen Publikums und die damit verbundene zusätzliche Belästigung rümpften schon mal einige Bürger die Nase. Abgesehen davon, dass Thomsen das sowieso nicht tangierte, war das für den auf seine Art ungemein rührigen Mann längst nicht alles. Er gewann diesen Knut Schmähling dazu, einen Pfarrer aus Flensburg, der in Folge anfing, hier zusätzlich Motorrad-Gottesdienste, sogenannte Mogos, abzuhalten. Und da der Mann selbst Biker ist«, Hensel unterbrach sich kurz, »sind da wohl die Richtigen zusammen, nicht?« Hensel erzählte weiter und hielt mit der schräg hinter ihm sitzenden Isabell hauptsächlich über den mittleren Rückspiegel Blickkontakt und ersparte sich so Drehungen seines inzwischen müde gewordenen Körpers in Richtung der Kollegin.

»Ja, den Schmähling kenne ich, allerdings nur vom Hörensagen.« Schmidt nickte bestätigend von der Beifahrerseite her. »Als Besitzer einer Kawasaki nimmt man so was am Rande halt mal mit auf.«

»Ach, nee Herr Kommissar, Sie etwa auch?« Hensel verzog sein Gesicht zu einem erstaunten Grinsen. »Das hätte ich aber nicht vermutet!«

»Was hätten Sie nicht vermutet – dass ich genau so ein Krawallfahrer bin? Es geht auch anders, Herr Wachtmeister«, erwiderte Schmidt ruhig und bestimmt. »Ich bevorzuge zu reisen und nicht zu rasen!«

»Gut, gut, Herr Hauptkommissar, ich wollte Ihnen nicht zu nahe treten, Sie haben ja recht«, räumte Hensel beschwichtigend ein. »Wir Menschen neigen halt gern dazu, schnelle Schlüsse zu ziehen und zu verallgemeinern.«

»Passt schon, Hensel«, erwiderte Schmidt versöhnlich, »ehe wir uns jetzt weiter ins Philosophische versteigen, lässt sich vielleicht Näheres über des Pfarrers Gepflogenheiten sagen?«

»Ja … also, der hielt dort eben diese sogenannten Mogos ab«, antwortete Hensel, »selbstredend gern mit Trauungen – sogar von weihevollen Kindstaufen hörte ich. Ich kann mir nicht helfen, diese überwiegenden ›Schwarzkittel‹, die erinnern mich in der Masse eher an eine Sekte. Ob die Kirche damit richtig liegt, in dem sie sich denen so anbiedert, wage ich allerdings zu bezweifeln.«

»Das ist ja, Gott sei Dank«, Schmidt legte ein nicht ganz eindeutiges Grinsen an den Tag, »nicht unser Bier. Und wie ging es dann weiter?«

»Diese Mogos – bleiben wir der Einfachheit halber bei diesem Kürzel – haben bis zum Mordfall regelmäßig stattgefunden«, erörterte Hensel weiter. Ein weiteres müdes Gähnen kaum noch unterdrückend, ließ er sich tiefer in die Polster sacken.

»Ich nehme an, dass die Kirche nach diesen Anschlägen ihren mobilen Geistlichen zurückpfeifen wird. Sonst heißt es womöglich nachher, sie führe über Leichen.« Hensel lächelte süffisant, garniert mit einem fast unhörbaren Wiehern woraufhin aus dem Fond von Isabell ein unterdrücktes Prusten zu vernehmen war, was Schmidt nicht weiter zu berühren schien. Er zuckte mit keiner Wimper.

»Inzwischen sah man seitens der Gemeinde die Entwicklung eher skeptisch«, fuhr Hensel fort, der sich schnell wieder gefasst und ohne weiteren Übergang, sein gewohnt hölzernes, in manchen Situationen allerdings etwas albern wirkendes, dienstliches Gebaren angenommen hatte. »Und wie es denn oft so ist – die Geister die man rief, wird man nicht mehr los«, bemühte Hensel sinngemäß etwas Goethe, »und ehe die Gemeinde überhaupt reagiert hätte, wäre Thomsens Traum von einem Mekka der Biker hier oben im Norden wohl unumkehrbare Wirklichkeit geworden.«

»Gehen wir einmal zum Anfang Ihrer Ausführungen zurück, Herr Hensel«, hakte Schmidt nach. »Sie deuteten vorhin an, dass da noch mehr Leute aus der Gegend mit der Entwicklung nicht ganz einverstanden waren. Wen meinten Sie eigentlich damit?«

»Also da sind natürlich zuerst Ben und Nina Thams zu nennen, die wahrscheinlich sogar diejenigen sind, die von allen hier am meisten zu verlieren haben. Sie haben erst vor ein paar Jahren das alte, damals bereits leer stehende Schullandheim erworben und dort inzwischen eine kleine Gastronomie, genauer gesagt, eine Frühstückspension mit Ferienwohnungen aufgebaut. Ja, das ist super, was die beiden dort hinbekommen haben, wenn man bedenkt, dass vorher auf dem Anwesen nichts los war. Ja, und als das hier mit den Motorradkameraden so richtig losging, will heißen, dass auf der Langballiger Landstraße an den Wochenenden täglich mehrere Hunderte dieser Brüder ihren Gestank verbreiteten und die ganze Gegend mit einem unentrinnbaren Lärmteppich überzogen, da durfte ich als einfacher Streifenbeamter lediglich Ermahnungen aussprechen, die sowieso nicht ernst genommen wurden. Und Ordnungswidrigkeiten wie dieses leidige Zuparken den ganzen Strandweg entlang zu ahnden, kam einem fäkal-verbalen Spießrutenlaufen gleich, weil diese Kerle einfach keine Erziehung genossen haben.

Die zerknüllten und zerrissenen Formulare der Knöllchen später am Straßenrand sprachen für sich.« Hensel fummelte aufgebracht nach einer Zigarette, steckte sie aber mit einem hörbaren Klack in das silberne Zigarettenetui zurück. »Ach, ja, und beim ›Utspann‹ sind aufgrund der Ereignisse dann die Gästezahlen zurückgegangen, Thams haben mir persönlich ihr Leid geklagt, aber was soll ich als einfacher Polizist da ausrichten? Des Weiteren wären die direkten Nachbarn der beiden zu nennen. In der kleinen Kate daneben wohnt Joe Keim mit seinem alten Vater. Joe war, soviel ich weiß, mal Journalist und soll angeblich eine ganze Weile bei einem Indianerstamm in Arizona zugebracht haben. Während der Vater, bei einem Tieffliegerangriff im Zweiten Weltkrieg – so meine ich es mal verstanden zu haben – beide Eltern verloren hat und seitdem besonders den Lärm dieser hochgepeitschten Maschinen nicht erträgt.«

Hensel räusperte sich und ließ die Seitenscheibe des Streifenwagens halb herab. Die Beamten konnten hören, wie auf dem inzwischen verlassen und ruhig daliegenden Gelände der Wind von der See her sanft irgendwelche Tannengehölze streichelte und mit mildem Rauschen durchkämmte.

»Parallel zur Langballiger Landstraße«, fuhr Hensel fort, »am kleinen Wirtschaftsweg, befindet sich der Resthof des sich im Ruhestand befindlichen Landwirts Hinz Henningsen, der als überzeugter, passionierter Waidmann fürchtet, dass das Wild von seinem privaten Jagdgebiet vergrämt wird. Und außerdem wäre da noch Erika Long, die keine 500 Meter weg, eine private Tierauffangstation betreibt.« Hensel richtete sich etwas auf. »Ja, Herr Hauptkommissar, das wären die Hauptbetroffenen, die neben den weiter verstreut wohnenden Anliegern, sich wohl das eine oder andere Mal getroffen haben und ferner verschiedentlich in Erscheinung getreten sind.«

»Wie ist das zu verstehen, Herr Hensel?«, nahm Isabell zur Abwechslung den Faden auf. »Könnten Sie bitte deutlicher werden?«

»Mensch, Kinninks, sind wir hier eigentlich beim Kriminaldauerdienst?«, beschwerte sich Hensel unvermittelt und sah betont umständlich auf seine Armbanduhr. »Wie lange wollt Ihr mich denn noch foltern, ich muss langsam ins Bett.«

»Gemach, gemach, lieber Herr Hensel, so ein Fall haben Sie hier nicht alle Tage und gleich sind wir mit dem Thema ja fürs Erste durch«, erwiderte Schmidt relativ unbeeindruckt und in der Sache wenig nachgiebig. »Tun Sie uns den Gefallen und beantworten Sie bitte die Frage meiner Kollegin!«

»Also gut«, gab sich Hensel geschlagen und gähnte wieder. Dieses Mal jedoch hinter vorgehaltener Hand, als hätte er sich plötzlich an besseres Benehmen erinnert. »Es fing damit an, dass Joe Keim und Ben Thams beim Bürgermeister vorstellig wurden, und auf Änderung der, wie sie meinten, für sie bedrohlichen Entwicklung pochten.« Gab sich Hensel amtlich. »Als

Nächstes errichtete Hinz Henningsen am Wirtschaftsweg eine Barriere aus Strohballen und bedrohte die Biker zusätzlich mit einer seiner Flinten, um sie am Passieren und Weiterfahren zu hindern. Erst als ich mit einigen Kollegen vor Ort erschien, erklärte er sich hinsichtlich der angedrohten Konsequenzen bereit, die Blockade unter unserem Schutz aufzulösen. Seitdem läuft gegen ihn eine Anzeige wegen Gefährdung der öffentlichen Sicherheit, Eingriff in den Straßenverkehr und ferner wegen Nötigung. Später, als die Biker-Armada sich bereits in Richtung Langballigau zubewegte, wurde diese von einem Modellflugzeug attackiert, dessen Halter übrigens unerkannt entkommen konnte, wobei es durch das entstandene Verkehrsknäuel einige Verletzte gab. Bevor das Flugobjekt im bewaldeten Hinterland verschwand, hinterließ es ein paar herabrieselnde Flugblätter, auf denen ›Biker go home‹ zu lesen war.«

»Meinen Sie denn, Herr Wachtmeister, dass dieser Anschlag dem Konto des von Ihnen erwähnten, sogenannten harten Kern zuzuordnen ist?«, hakte Isabell nach.

»Schwer zu sagen«, erwiderte daraufhin Hensel. »Vielleicht ist es ein weiterer Anlieger, der sich auf diese, wenn auch sehr außergewöhnliche Art und Weise, wehren wollte. Oder es war möglicherweise ein Trittbrettfahrer, der einfach nur auf Krawall gebürstet ist – heutzutage ist ja nichts mehr auszuschließen, Frau Kommissarin! Ja, und dann möchte ich noch die versuchte Störung des Mogos erwähnen, in dessen erhabene Orgel-Kantaten sich – gerade während einer dieser Trauungszeremonien – die Kehlgesänge amerikanischer Schwarzfußindianer mischten, die von irgendwelchen verdeckten Anhöhen, aus Lautsprecherboxen, ins Tal waberten.«

»Kreativ scheinen die Leute hier ja zu sein«, bemerkte Schmidt schmunzelnd. »Ja, und wie ging es weiter?«

»Ja, also, wer dahintersteckte, kann man nur vermuten, denn erwischt wurde er weder von uns noch von den rachsüchtigen, sofort ausschwärmenden Rockern.« Hensel unterbrach kurz seinen Redefluss, nun mehr Schmidt zugewandt. »Übrigens, wie ich Ihnen ja bereits sagte, soll sich Joachim Keim früher einige Jahre bei Indianern aufgehalten haben, das hier nur mal ganz am Rande, Herr Hauptkommissar.«

»Okay, danke für den Hinweis«, erwiderte Schmidt, »und wie ging's weiter?«

»Ja, also, es sollte in der Tat weitaus besser kommen: In der Nacht vom Freitag auf Samstag vor einer Woche hatten wir ferner einen Fall von illegaler Abfallbeseitigung und Umweltverschmutzung, will heißen, dass damit die am darauffolgenden Samstag initiierte Veranstaltung Thomsens, inklusive Mogo, buchstäblich ins Wasser – pardon – in reichlich Gülle unterging.«

Dann berichtete Hensel, dem die Schadenfreude zum eben Geschilderten noch ins Gesicht geschrieben stand, den beiden Beamten auf deren Nachfragen ausführlicher von der Gülle-Attacke und dass man der

Täter bisher hatte nicht habhaft werden können. Er schilderte die anschließende nächtliche Rache-Aktion durch eine unerkannt gebliebene, motorisierte Rockergruppe auf dic bereits erwähnte Frühstückspension.

»Das ist fürs Erste eine ganze Menge, Herr Hensel«, stellte Isabell fest und warf einen Blick auf ihren Chef, der zustimmend nickte. »Diesen Personenkreis gilt es als Nächstes zu überprüfen und von Ihnen«, ergänzte Schmidt zu Hensel gewandt, »bekomme ich in den nächsten Tagen bitte ein schriftliches Protokoll.«

»Alles klar, Sir«, erwiderte der schläfrige Hensel gleichmütig und etwas respektlos. »Und sollte sonst noch was sein, wissen Sie ja, wo ich zu finden bin, Herr Hauptkommissar.«

Der Kieler Gerichtsmediziner Kolackewitz war gerade mit der Obduktion der Leiche beschäftigt, als Schmidt übernächtigt am späten Nachmittag in den weiß getünchten, gekachelten Raum trat.

Er bedachte den Arzt mit einem kurzen Nicken, so, wie es gelegentlich unter Leuten geschieht, die sich lange kennen und daher formeller Höflichkeitsfloskeln untereinander nicht unbedingt bedurften.

»Ich schätzte an meiner Arbeit immer schon die Abwechslung. Aber so etwas wie das hier, diese vielfältige Kombination des ›Um die Ecke Bringens‹ habe selbst ich bisher nicht gesehen und das«, Kolackewitz' Stimme senkte sich zu einem Murmeln herab, »will was heißen. Doch erst mal der Reihe nach.«

In eine leicht angehobene Tonlage wechselnd, nahm Kolackewitz den gefiederten Pfeil auf, den er bereits aus dem seitlichen Halsbereich des Toten entfernt hatte. »Dieses Geschoss traf hier«, er deutete mit der metallischen Pfeilspitze auf die rechte, seitliche Halspartie, »die Hauptschlagader und durchtrennte diese fast so glatt, als wäre die Klinge eines scharfen Messers mit großer Wucht geführt worden. Ich gehe davon aus, dass nicht nur der große Blutverlust in Sekundenschnelle, sondern allein der Schock ausgereicht haben könnte, unmittelbar den Tod des Opfers herbeizuführen. Der Pfeil scheint mir ein normales, handelsübliches Teil zu sein.« Kolackewitz hielt Schmidt den Pfeil entgegen, der sich inzwischen Schutzhandschuhe übergestreift hatte.

»Ja, da hast du wohl recht«, antwortete Schmidt, während er die Tatwaffe wie in Zeitlupe betrachtend zwischen den Fingern langsam hin und her rollte. »Doppelt genäht hält bekanntlich besser, heißt es im Allgemeinen«, fuhr Kolackewitz fort, ohne natürlich im Geringsten zu ahnen, dass seinem medizinischen Kollegen am Tatort gerade erst vor ein paar Stunden diese volkstümliche Binsenwahrheit ebenfalls über die Lippen gekommen war.

»Hier wäre das zweite Projektil, welches dem Pfeil wahrscheinlich nur in Nano-Sekundenbruchteilen folgte, gar nicht mehr vonnöten gewesen. Das Geschoss stammt eindeutig aus einer Präzisionswaffe, wie sie von Scharfschützen des Militärs und Spezialeinheiten der

Polizei verwendet wird. Die Kollegen aus der Ballistik meinen dazu«, Kolackewitz fummelte einen Begleitzettel aus der Plastiktüte, in der sich das Geschoss – ein Lapua Magnum, Kaliber 8,6 × 70 mm befand, »dass es sich um eine GCP, Barett98 Bravo oder eine Schweizer Steyr, Modell 460, handeln könnte. Es ist also davon auszugehen«, der Gerichtsmediziner legte das Projektil vor Schmidt auf den Beistellcontainer ab, »dass die Kugel präzise das Herz zwei bis drei Zentimeter direkt unter der Aorta getroffen hätte, wenn das Opfer hier nicht durch den Pfeilschuss – reflexartig und nur um Sekundenbruchteile vorher – zusammengezuckt wäre. Was wir übrigens durch das sonst absolut kreisrunde, hier nun minimal leicht ovale Einschussloch des Projektils einer sogenannten Hochgeschwindigkeitswaffe belegen können. So durchschlug es statt des Herzens glatt den Knochen des Schlüsselbeins und das dahinter befindliche Gewebe.«

»Also, lieber Kolackewitz, haben wir es genaugenommen mit einem vollzogenen Mord und – so paradox es wohl erst mal klingen mag – einem Mordversuch durch den Gewehrschützen zu tun. Denn zweimal sterben, geht ja bekanntlich schlecht.«

»Schmidtchen, Schmidtchen, damit triffst du traumwandlerisch genau ins Schwarze, nur – es kommt noch wesentlich besser, schau mal hier.« Kolackewitz wies auf ein Tablett, das auf einem der Nebentische stand. »Diese Habseligkeiten des Toten haben wir sichergestellt: Eine Kellnergeldbörse, Führerschein, Motorradschlüssel, Schlagring, ein Stilett und ein fast leeres Fläschchen Magenbitter.«

»Ja, eine Ausstattung würde ich sagen, die bei dieser Klientel wohl durchaus als normal anzusehen ist … aber, Kola«, sprach Schmidt sein Gegenüber mit dessen Spitzname an. »Wo soll denn zum Teufel, dabei eigentlich das Besondere sein?«

»Sieh dir mal das kleine Fläschchen genauer an«, dozierte Kolackewitz genüsslich und schien sich in der Rolle des Quizmasters so richtig zu aalen.

»Was soll damit sein, bin ich etwa Dr. Allwissend?«, konterte Schmidt.

»Nee, Schmidtchen, biste natürlich nicht. Und ich erwarte nicht von dir, dass du unbedingt jetzt den Sherlock machst – obwohl dessen Lupe – nur ein kleiner Tipp am Rande – dir in diesem speziellen Fall zu ganz neuen Eingebungen verhelfen könnte.«

»Okay, okay, großer Meister, haben wir bereits alles da«, erwiderte Schmidt, allerdings in langsam nachlassender Spielerlaune und nestelte etwas umständlich einen Fadenzähler hervor, den ihm mal irgendwann Isabell – deren Mann in einer Druckerei arbeitete – mitgebracht hatte und den er seitdem immer bei sich trug.

Der erfahrene Fahnder drehte das Fläschchen erwartungsvoll zwischen den behandschuhten Händen, hielt es ans Licht, jedoch konnte er auf Anhieb nichts Außergewöhnliches daran entdecken. Das Fläschchen war natürlich geöffnet worden und dabei war die Papierbanderole, die den Deckel und Teile des Flaschenhalses streifenförmig bedeckte, eingerissen. Schmidt schraubte den Deckel vorsichtig ab und schnupperte an den Inhaltsresten, die ihm eigentlich ganz normal nach dem üblich bitteren Gesöff zu riechen schienen. Schmidt zuckte mit den Achseln, woraufhin Kolackewitz, der von der Rolle des Quizmasters absolut nicht lassen konnte, ihm bedeutete, den Schraubdeckel auf den Kopf zu stellen. Schmidt hatte natürlich längst bemerkt, dass an diesem manipuliert worden war, aber er gönnte dem Kollegen in Weiß sein Spielchen und stellte sich erneut unwissend.

»Jetzt müsste dir das winzige Bohrloch auffallen, das auf der Deckeloberseite unter der wahrscheinlich erst abgelösten und anschließend wieder aufgeklebten Papierbanderole so schön verborgen bleibt?«, drängte Kolackewitz mit kaum verhohlenem Frohlocken in der Stimme.

»Klar sehe ich das jetzt«, erwiderte Schmidt, nachdem er seinen Fadenzähler erneut aufgeklappt und hindurchgesehen hatte.

»Und was schließen wir daraus?«, hakte der Gerichtsmediziner nach, der sich offensichtlich immer noch in seiner Wohlfühlrolle befand.

»Gift«, erwiderte Schmidt kurz und bündig.

»Ganz genau, Gift, das ist es«, bekräftigte Kolackewitz, endlich zufrieden.

»Gut, gut, also Gift«, wiederholte Schmidt nachdenklich. »Nur, die Laborwerte wirst du noch gar nicht erhalten haben – wieso kannst du da so absolut sicher sein?«, meinte er zweifelnd.

»Na, sieh dir mal den Leichnam genau an, Paul. Diese negativen Totenflecken und diese, für den Laien in der Tat kaum erkennbaren Muskelwülste sowie die leicht abstehenden Zehen.« Kolackewitz räusperte sich. »Es sollte mich sehr wundern, wenn wir hier nicht die Anzeichen für eine lange, schleichende Vergiftung in geringsten Dosen vorliegen haben. Und da das Drama sich im ländlichen Raum abgespielt hat, tippe ich auf Parathion, also E 605, das inzwischen völlig zu Recht verboten ist … ich vermute nur, dass sich durchaus Reste dieses Teufelszeugs in so manchem landwirtschaftlichen Schuppen finden lassen und ich bin ziemlich sicher, dass unser Labor das Gift im Körpergewebe des Toten nachweisen wird. Ach ja, am Rande: Eine Leberzirrhose durch Alkoholmissbrauch ist ebenfalls festzustellen.« Kola räusperte sich abschließend.

»Welche Person allerdings Gelegenheit hatte, den schleichenden Mord auf Raten auszuführen, das herauszufinden, ist nun dein Job, Schmidtchen.«

»Okay«, erwiderte Schmidt. »Warten wir erst mal die definitiven toxikologischen Laborwerte ab, Kola, und wenn alles so zutrifft, wie von dir vorausgesagt, kann man wohl durchaus vom Tod im Dreierpack sprechen.«

»Ja, mein liebes Schmidtchen«, bestätigte Kolackewitz nickend und wandte sich seiner geliebten Arbeit zu, »das könnte man durchaus.«

Als Schmidt am nächsten Morgen vor seinem Schreibtisch in der Bezirkskriminalinspektion saß und zusammen mit Isabell gerade an dem Tatortbefundbericht arbeitete, klingelte das Telefon und Kolackewitz war am Apparat.

»Ja, Paul, ich habe jetzt die Laborwerte vorliegen und wie vermutet, ist alles im positiven Bereich, in den Gewebeproben aus Leber, Niere und Gehirn konnte ebenfalls Parathion nachgewiesen werden. Meinen schriftlichen Befund erhältst du in den nächsten Tagen.«

»Gute Arbeit, danke Kola«, lobte Schmidt, »dann können wir ja richtig loslegen!«

Kaum dass er den Hörer auf der Gabel hatte, klingelte es erneut und die Spurensicherung war dran. »Ja also, lieber Kollege«, meldete sich Keller. »Die Untersuchung der beiden infrage kommenden Täter-Standorte, die wir nach Berechnung der Einschusswinkel ziemlich präzise bestimmen konnten, hat, was den Pfeilschützen angeht, kaum etwas Verwertbares gebracht. Denn lediglich an abgebrochenen Aststücken, die auf dem Boden herumlagen, haben wir winzige Lederkrümel sichergestellt. Wahrscheinlich hat der Täter, um besser schießen zu können, erst einige der Äste abgeknickt. Das war aber auch schon alles, keine Fußspuren, nur niedergetretenes Gras.«

»Was meinst du, kann man denn nach Art der Lederkrümel auf ein bestimmtes Kleidungsstück schließen?«, fragte Schmidt.

»Das dürfte allerdings schwieriger werden«, antwortete Keller, »wir wissen bis jetzt nur, dass es sich wahrscheinlich um Wildleder handelt. Da fällt mir ein: Werden beim Bogenschießen nicht zum Schutz Handschuhe benutzt? Kannst du vielleicht damit was anfangen?«

»Gut, gut, Herr Kollege«, antwortete Schmidt. »Und wie steht's mit dem Standort des Gewehrschützen in den Dünen, kam da definitiv gar nichts bei raus?«

»Im Sand waren natürlich etliche, zum größten Teil überlagerte Fußspuren zu sehen«, stellte Keller fest. »Leider alle ohne klaren Abdruck, geschweige denn mit abgegrenzten Konturen. Einige Textilfäden haben wir gefunden – ist natürlich naheliegend, dass diese von Badelaken oder Badezeug stammen. Was uns nicht weiterhilft, weil diese Stoffe in Mengen von der Industrie verarbeitet werden und deshalb keine besonderen, spezifischen Merkmale aufweisen. Vielleicht fördert ja die DNA-Untersuchung noch etwas zutage.«

»Okay, danke Kollege, fassen wir uns in Geduld, wir werden seh'n, was uns letztlich weiterhelfen wird«, beendete Schmidt das Gespräch und hängte ein.

Als Erstes sollten er und Isabell gleich morgen die Hauptverdächtigen, Ehepaar Thams, Jo Keim, Erika Long und Hinz Henningsen, auf den Zahn fühlen. Beate Thomsen wollten sie vorerst davon ausnehmen, weil sie sich in Sicherheit wiegen sollte, denn Schmidt hatte so ein Gefühl, dass sie womöglich bei der langsamen Vergiftung ihres Mannes einen Komplizen hatte.

Um diesem auf die Spur zu kommen, würde er sie rund um die Uhr beschatten lassen müssen.

Nachdem er dieses veranlasst und mit Isabell alles Nötige besprochen hatte, verließ er seinen Arbeitsplatz und machte sich, da in dieser kleinen Stadt keine weiten Strecken zurückzulegen waren, zu Fuß auf den Weg nach Hause.

12. EIN BANDIDO TAUCHT AB

Es war mittlerweile zwanzig Uhr vorbei und Schmidt beschloss, weil er ziemlich müde, aber noch hungrig war, sich eine schnelle Tomatensuppe aus der Tiefkühltruhe zuzubereiten. Dazu zerteilte er eine gelbe Paprika in mundgerechte Stücke und legte einen frischen griechischen Fladen dazu.

Er genoss sein frugales Mahl ohne jede Störung und weil er es nicht mehr schaffte, ein gutes Buch zu lesen, ließ er sich danach von irgendeiner flachen Fernsehsendung berieseln. Ohne es selber registriert zu haben, musste er darüber eingenickt sein, denn das Klingeln seines Handys klang dumpf und wie von weit her. Er sah gähnend auf seine Armbanduhr, die inzwischen zweiundzwanzig Uhr anzeigte.

»Ja, Schmidt?«.

»Hier Hensel. Herr Hauptkommissar, ich hoffe ich störe nicht, aber es könnte wichtig sein.«

»Allzeit im Dienst, um was geht es denn?«

»Kurz vor Dienstschluss ist hier ein anonymer Anruf eingegangen. Demnach soll sich Frau Thomsen schon seit Längerem heimlich in der Stadt mit einem gewissen Sven Bothe getroffen haben.«

»Das soll in einer Ehe gelegentlich vorkommen«, erwiderte Schmidt gleichmütig und notierte sich routinemäßig den Namen.

»Ja, aber das pikante daran ist, Herr Hauptkommissar, dass dieser Mann Vizepräsident der Kopenhagener Bandidos sein soll.«

»Hey, das gibt der Sache allerdings schon ein ganz anderes Gewicht.«

»Er ist übrigens zurzeit weder in Flensburg noch im Kopenhagener Bereich unter diesem Namen registriert, vermutlich lebt er unter einem Decknamen.«

»Da haben Sie wahrscheinlich recht«, antwortete Schmidt zustimmend. »Danke, Herr Wachtmeister, danke für die Recherche, bis demnächst dann also.«

Schmidt war inzwischen hellwach und seine Denkmaschine begann, emsig zu arbeiten.

Innerhalb der Bandenkriege zwischen Bandidos und Hells Angels, in denen es in erster Linie um Gebietsansprüche ging, die dann die üblichen dunklen Geschäfte wie Drogenhandel, räuberische Erpressung, Menschenhandel und Zwangsprostitution nach sich zogen, war es hin und wieder zu regelrechten Hinrichtungen gekommen. Schmidt war bekannt, dass bei den Razzien der Polizei neben Totschlägern, Schlagsternen, Pistolen, hin und wieder auch Sturmgewehre einkassiert wurden. Es erschien ihm deswegen durchaus nicht abwegig, dass dieser Bothe für den Anschlag auf Thomsen infrage kam. Und abwegig kam es ihm ebenfalls nicht vor, dass diese Banden für ›Spezialaufgaben‹ womöglich eigene Scharfschützen mit dem entsprechenden Gerät heranzüchteten.

Doch wo konnte man diesen Bothe jetzt ausfindig machen? Schmidt ließ sein Kinn leicht nach vorn in Richtung Brust fallen, wie er es immer tat, wenn er scharf nachdachte.

Dann kam ihm ein Gedanke. Ja, natürlich, das wäre doch möglich.

Am nächsten Morgen wies Schmidt seine Assistentin an, sämtliche Hafenmeister der Segler-Liegeplätze auf deutscher Seite zu kontaktieren. Wenn das nicht zu einem konkreten Hinweis führte, sollte die Suche sich auf die dänische Südseeküste ausdehnen. In Fahrensodde, einem Seglerhafen in Flensburgs Nordosten, wurde sie überraschend schnell fündig. Dort war Sven Bothe, wie der Hafenmeister mitteilte, als Eigner eines Liegeplatzes für seine Yacht ›Doria‹ registriert. Schmidt lobte die Kollegin und bemerkte: »Ja, ich sagte es ja schon immer – fischen, wo die Fische sind.«

Dann beauftragte Schmidt zwei routinierte Streifenbeamte, und einen jüngeren Kollegen, der noch Erfahrungen zu sammeln hatte, umgehend Liegeplatz und Yacht zu observieren.

Am Zielort reihten sich Steg an Steg, Yacht an Yacht in allen Preisklassen und Größen und es waren auch viele Gastsegler aus Skandinavien zu Besuch.

Der Hafenmeister führte sie sicher durch das Gewirr der Boote und als die ›Doria‹ in Sichtweite kam, entschuldigte er sich, denn er hätte noch eine ganze Reihe von ein- und auslaufenden Seglern abzufertigen. Beim Näherkommen bemerkten die Polizisten, wie sich gerade auf der Yacht ein mit einem Troyer bekleideter Mann zu schaffen machte. Als dieser die drei Männer erblickte, sahen sie trotz dessen dunkler Brille, wie dieser stutzte und dann kurz entschlossen in das Beiboot, ein schwarzes Schlauchboot mit Außenborder sprang. Nachdem er in Windeseile das Tauende gelöst hatte, das mit der Yacht verbunden gewesen war, betätigte er den Außenborder, der beim dritten Anlauf ansprang. Er wendete und hielt den Bug in Richtung Hafenausfahrt. Die älteren Beamten hatten inzwischen ihre Dienstwaffen gezogen und forderten den Flüchtenden vergeblich auf zu stoppen. Vielleicht hätte eine Kugel in den Rumpf des Schlauchboots der Flucht ein jähes Ende bereitet, aber dann geschah etwas, was es den Beamten unmöglich machte, ihre Dienstwaffen zu gebrauchen, wollten sie nicht Leib und Leben anderer gefährden.

Der junge Kollege war in einem unbemerkten Moment direkt vom Steg aus in ein gerade in den Hafen zurückkehrendes, offenes, kleineres Motorboot gesprungen, offensichtlich um eigenmächtig die Verfolgung Sven Bothes aufzunehmen. Wahrscheinlich hatte er aber die Höhe unterschätzt und er blieb mit schmerzverzerrtem Gesicht neben dem verdutzten Besitzer liegen.

Während dessen hatte Sven Bothe die offene See

erreicht und es blieb den Beamten nur noch übrig, die Wasserschutzpolizei auf deutscher und dänischer Seite zu informieren.

Bei dem Verunglückten leisteten sie Erste Hilfe, polsterten das linke Bein, das offensichtlich gebrochen war, unter dem Knie mit einer Decke ab und orderten einen Krankenwagen.

Hauptkommissar Schmidt besuchte seinen jungen Kollegen am selben Nachmittag in der Klinik.

»Na, Sir Knatterton«, begrüßte Schmidt den Verletzten betont launig, da er von den Ärzten bereits erfahren hatte, dass dieser nichts Ernstes nachbehalten würde. »Was haben wir uns denn eigentlich dabei gedacht?« Er setzte sich auf die Bettkante und sah sein Gegenüber aus einer Mischung von Strenge und Belustigung an. »So ein Beinchen in Gips ist ja nicht gerade vergnüglich, oder?«

»Na ja, Chef, irgendwie wurde ich da unten am Seglerhafen vom James-Bond-Fieber gepackt.« Seine Stimme klang trotz der smart wirkenden Antwort kleinlaut und unsicher, denn es war ihm inzwischen bewusst geworden, dass er nicht richtig gehandelt hatte. Dennoch vermied er es, dies direkt zuzugeben.

»Sie haben«, in Schmidts Stimme war urplötzlich die belustigende Komponente wie weggeblasen, »im höchsten Maße eigenmächtig und fahrlässig gehandelt und sich über Ihre anwesenden Vorgesetzten hinweggesetzt. Da heiligt auch kein Zweck die Mittel.«

Schmidt gab sich streng und legte sein Gesicht in nachdenkliche Falten. »Das könnte durchaus Konsequenzen nach sich ziehen, mein Lieber!«

»Es tut mir echt leid, Herr Hauptkommissar«, erwiderte der junge Beamte, sich einsichtig gebend und nun auch das lässige ›Chef‹ vermeidend. »Ich weiß ja selbst nicht, was da unten mit mir los war, es war halt wie ein Sog.«

Schmidt erinnerte sich an seine eigenen Anfangsjahre als junger Kripobeamter, wo ihm ebenfalls eine Mischung aus Ungestüm und Erfahrungsmangel so manchen Rüffel seiner Vorgesetzten eingebracht hatte. Und plötzlich empfand er trotz seines Ärgers Empathie für den Kollegen. Laut aber sagte er: »Nun mal abgesehen von allem Amtlichen haben Sie da mal eben so ganz auf die coole Art Ihr eigenes Leben und das des Motorbootbesitzers in Gefahr gebracht!« Schmidt sah ihn eindringlich an. »Ich hoffe nur, dass das Ihnen inzwischen klar geworden ist.«

Zusehends nachdenklich geworden schaute der so ins Gewissen Genommene vor sich auf die Bettdecke, und alles vormals so Lockere in ihm schien mit einem Schlag verschwunden zu sein.

»Die Verfolgung des Herrn Bothe zu Wasser und zu Lande hat übrigens bereits begonnen«, bemerkte Schmidt, sich von der Bettkante erhebend und sichtlich milder gestimmt. »Und wir gehen davon aus, ihn fassen zu können, ehe er gänzlich untertauchen kann oder sich irgendwo in Skandinavien absetzt. Schmidt stand auf und wandte sich zum Gehen, »ansonsten wünsche ich Ihnen natürlich gute Besserung!«

»Herr Hauptkommissar, bitte warten Sie. Muss ich mir jetzt eigentlich Sorgen machen?«

Schmidt wusste natürlich nur zu gut, was gemeint war, und antwortete: »Ja, junger Mann, Sorgen sollten Sie sich eigentlich immer machen, wenn das eigene Leben auf dem Spiel steht … und was die Sache an sich angeht, und das meinten Sie doch wohl, will ich einmal beide Augen zudrücken. Na, denn – erst mal«, fügte Schmidt einen letzten Blick zurückwerfend hinzu. Und während der junge Kollege dankbar nickend die Hand zum Abschiedsgruß erhoben hatte, stand ihm die Erleichterung bis rauf zum Haaransatz ins Gesicht geschrieben.

Die Durchsuchung von Bothes Yacht, bei der ein Drogensuchhund eingesetzt wurde, förderte Kokain zutage. Das Päckchen, das in etwa 450 Gramm auf die Waage brachte, konnte im Rettungsring lokalisiert werden. Der Marktwert war ohne Weiteres geeignet, dem Dealer für geraume Zeit ein recht angenehmes Leben zu ermöglichen. Die Fingerabdrücke, die auf dem Boot vorgefunden wurden, waren bereits auf der AFIS-Datenbank des BKA abgeglichen worden, wobei es keinen Treffer gegeben hatte.

Einige der sichergestellten Gegenstände, hatte Schmidt vor sich auf dem Schreibtisch ausgebreitet: Ein schwarzer Kugelschreiber mit der Aufschrift ›Geklaut im Kritz‹, einen Schlagring, eine goldene Halskette und eine Brille, deren etwas ungewöhnlich geschliffenes Glas seine Aufmerksamkeit fesselte. Als er hindurchsah, erschien die Umgebung verschwommen. Optiker Hallmanns Filiale an der Großen Straße war nur einige wenige Schritte entfernt, und so entschloss sich Schmidt zu einem kleinen Spaziergang.

Die Überprüfung der Gläser ergab, dass es sich um astigmatische Linsen handelte, die einen Brechungsfehler der Augen, verbunden mit einer starken Sehschärfenminderung auszugleichen hatten. Auf die Frage an den Optikermeister, ob er es für möglich halte, dass ein Mensch mit diesen Sehfehlern, sich als Scharfschütze profilieren könne, schüttelte dieser nur verneinend mit dem Kopf.

Wenn also Sven Bothe der Träger dieser Brille war und da war sich Schmidt bei diesen speziellen Sehfehlern ziemlich sicher, kam er als Heckenschütze im ›Fall Thomsen‹ nicht mehr infrage.

13. ROCKERBRAUT VERSCHOLLEN

Isabell tippte gerade am vorläufigen Untersuchungsbericht in Sachen Sven Bothe, als Schmidt ihr gemeinsames Büro betrat.

»Ich denke mal, da Frau Thomsen unserer Einladung zur Vernehmung nicht gefolgt ist, sollten wir ihr einen kleinen Besuch abstatten.«

»Sofort, Paul – nur dieser eine Satz noch«, antwortete Isabell, ohne den Blick dabei vom Monitor zu wenden, während ihre zartgliedrigen Finger über die Tastatur huschten. Dann warf sie sich – die sonst gern taillierte und figurbetonte Mode vorzog – ein eher leger geschnittenes Fieldjacket über, das ihre Waffe nach außen hin gut kaschierte. Zum Schluss schaltete sie die Kaffeemaschine aus und ging an Schmidt schelmisch lächelnd vorbei, der ihr bereits die halbmatte Glastür vom Büro aufgehalten hatte.

Schmidt, der seine Kawasaki Cruiser aus den bereits genannten, prekären Gründen nur gelegentlich fuhr, hatte die Maschine heute eher zufällig bereits in einer geschützten Parkbucht im Hof der BKI geparkt.

Wenn er später daran dachte, warum er ausgerechnet an jenem Tag Isabell einlud auf dem Sozius Platz zu nehmen und nicht lieber den Dienstwagen genommen hatte, so entzog sich das der reinen Vernunft, denn eine plausible Erklärung dafür war nicht aufzutreiben.

Isabell hatte ihn zwar zuerst verwundert angeblickt, aber bereits kurz darauf, als wäre es selbstverständlich, den von ihrem Chef gereichten Funktionsanzug übergezogen und den Helm aufgesetzt. Die Kluft passte ihr wie angegossen, und die Tatsache, dass die Sachen einmal für seine Exfrau gedacht waren, ließ Schmidt immer noch nicht unberührt.

Klar, er fühlte sich zu Isabell hingezogen, und das bezog sich nicht nur auf ihr attraktives Äußeres, und ihre offene, freundliche Art, sondern auch auf ihre Loyalität und ihre absolute Verlässlichkeit.

»Hey, Paul, wo bist du, sollten wir jetzt die Maschine nicht endlich starten?«, hörte er Isabells Worte anfänglich merkwürdig gedämpft, als wären sie hinter weicher Watte gesprochen. »Ist schon gut, entschuldige, Isabell«, antwortete Schmidt schnell wieder gefasst, vor dessen innerem Auge Bilder aus der Vergangenheit aufgetaucht waren. »Alles, wie immer, im grünen Bereich.«

Bereits nach dem ersten Anlassversuch meldete sich die erprobte Maschine mit ihrem satten, tiefdunklen Klang zurück. Ein unaufdringliches Vibrieren durchzog sie und wie eine angenehme Massage belebte es sanft die Körper der Polizisten. Schmidt ließ die wohlvertraute Gefährtin, ein Indian-Retro, in aller Ruhe zu sich kommen, nervöses Spielen am Gas brauchte sie nicht. Auf der Nordstraße empfing sie das warme, späte, wie durch einen Weichzeichner gefilterte Licht eines bereits fortgeschrittenen Spätnachmittags. Der übliche Feierabendverkehr war noch in Gange und diejenigen, die sich aus der Stadt heraus in Richtung ihrer heimischen Dörfer bewegten, waren jetzt in der Überzahl.

Als die Maschine schließlich in den Strandweg einbog, sahen sie, wie gerade eine rote Husqvarna 125 sich unversehens vom Vorplatz des Bikertreffs löste und ihnen mit hastig hochgeschalteten Gängen in voller Dröhnung entgegenkam. Durch den Helm und das heruntergeklappte Visier hinreichend entstellt und die weiblichen Formen unter maskuliner Kluft verborgen, hätte die Kneipenwirtin fast unerkannt entkommen können, wenn nicht ihr rotes, strähniges Nackenhaar im Fahrtwind hinter ihr her geflattert wäre.

»Nur ein paar Sekunden und die hätten wir ja soeben fast noch erwischt«, rief Schmidt und wendete mit erstaunlicher Behändigkeit die schwere Maschine. »Wollen doch mal sehen, wo die Motorbiene so eilig hinwill, mit dem Maschinchen wird unsere Gute hier bereits auf die sanfte Tour allemal fertig.«

An der Nordstraße bog die Wirtin erwartungsgemäß nach rechts in nördlicher Richtung ab, und die Verfolger ahnten, wo die Reise hingehen würde. Denn das schwarze Schlauchboot des flüchtenden Bandidos war direkt hinter den Ochseninseln im dichten Schilfgürtel einer kleinen Bucht unbemannt aufgefunden worden. Im gemeinsamen Zentrum von Padborg, wo dänische und deutsche Polizisten zusammenarbeiteten, wurde inzwischen vermutet, dass Sven Bothe sich in Richtung Kopenhagen aufgemacht hatte, um dort vorerst unterzutauchen.

Gut möglich, wenn nicht sogar sehr wahrscheinlich, dass Beate Thomsen unterwegs von dem Mann über das Handy vorgewarnt worden war und dass diese mit ihrem Geliebten ein Treffen ausgemacht hatte.

»Wäre ja nicht schlecht«, murmelte Schmidt eher zu sich, »wenn sie uns auf diese Weise zu Bothe führt. So könnten wir gleich zwei Fliegen mit einer Klappe schlagen.«

Jedoch durfte die Frau keinesfalls den Braten riechen. Das hieße, dass sie genügend Sicherheitsabstand zu wahren hatten, und somit natürlich die Gefahr bestand, dass sie ihnen durch die Lappen ging.

»Auf die Dosis kommt es an«, bemerkte Schmidt nun deutlich lauter, aber für Isabell durch die Fahrgeräusche weiterhin unverständlich, »immer nur auf die richtige Dosis.«

Tatsächlich hatten sie soeben den Grenzübergang Kupfermühle passiert, wo seit dem Schengener Abkommen praktisch keine Passkontrolle mehr durchgeführt wurde. Nun ging die Verfolgung auf gut ausgebauten Straßen in Richtung Norden bis kurz hinter Haderslev weiter, wo die Wirtin auf einem Parkplatz eine Rast einlegte. Nachdem die beiden Beamten einen ebenfalls den Rastplatz ansteuernden Sprinter geschickt als Sichtschutz nutzen konnten, gelang es ihnen die Maschine relativ versteckt, gleich vorn in einer Parkbucht zwischen zwei Autos zu platzieren.

Die Wirtin hatte ihr Motorrad direkt am Toilettenhäuschen geparkt, in dem sie für einige Zeit verschwand.

Schmidt klappte sein Visier hoch. »Übrigens, Isabell, diese Tour veranstalten wir hier ganz privat auf eigene Kappe und wir sind zumindest erst mal nicht im Dienst. Bist du damit einverstanden?« Isabell, die ihren Helm gelüftet hatte, nickte kurz und zustimmend.

»Wenn sich die Sache hier irgendwann zuspitzen sollte, ich meine, wenn eine Festnahme abzusehen ist, können wir uns immer noch von unterwegs an die dänischen Kollegen vom GZ in Padborg oder direkt an die Polizei vor Ort wenden und im Übrigen«, ergänzte Paul, »sollten wir uns als Limit für die Verfolgung den Ort Halskov bei Korsör gleich hinter der Beltbrücke setzen.«

»Hey, Paul, da ist die Thomsen wieder«, machte Isabell ihren Vorgesetzten aufmerksam und die beiden Beamten sahen, dass diese ihr Handy gezückt hatte und offensichtlich mit jemanden telefonierte. Selbst auf die Entfernung konnte man an ihren fahrigen Bewegungen erkennen, dass sie angespannt und nervös war. Daraufhin verließ sie den Rastplatz und die Beamten folgten ihr kurz darauf, dabei wieder vorausfahrende Autos und Gespanne zur Deckung nutzend.

Ab Kolding, wo die Frau in östlicher Richtung auf die E 20 nach Odense wechselte, war die Beobachtung für die Verfolger wesentlich einfacher, da sie die Abendsonne nun links von sich wussten.

Schmidt hatte einen Abstand gewählt, der die Flüchtende in einen dunklen Punkt verwandelte, den sie gerade noch gut erkennen konnten. War diese Strategie auf gerader Strecke kein Problem, wurde sie jedes Mal zur Zitterpartie, wenn sich die Vorausfahrende durch Kurven oder Hügel ihren Blicken entzog. Nahte eine Ortschaft, galt es, die Entfernung zwischen den Maschinen drastisch zu verringern, denn wie leicht konnte die Frau dann links oder rechts abbiegen und für immer hinter einer Häuserzeile verschwunden sein.

Kurz vor Odense sahen sie, wie die Husqvarna rechts auf eine Tankstellenanlage mit Rasthaus einbog. Waren ihr die beiden Beamten trotz des eingehaltenen Abstands etwa aufgefallen und versuchte die Wirtin so Gewissheit zu erlangen, ob sie tatsächlich verfolgt wurde? Oder musste sie tanken und wollte nur einfach mal Pause machen und einen Happen essen?

Am Ende dessen, was da in Sekundenschnelle und ohne groß abzuwägen eine Entscheidung verlangte, entschloss sich Schmidt, am Rastplatz vorbeizufahren, um einen Ort zu finden, wo sie in Ruhe auf Frau Thomsen warten konnten, ohne selbst dabei entdeckt zu werden.

Doch das gestaltete sich zunächst schwieriger als erwartet, denn in unmittelbarer Nähe breiteten sich links und rechts nur flache Äcker und Wiesen aus, wo keinerlei Deckung gegeben war. Schließlich fanden sie ein paar Kilometer weiter am Straßenrand eine Insel aus dichtem Gesträuch, das genügend Sichtschutz bot, aber dennoch für ihr Vorhaben nur bedingt geeignet war, da sie eigentlich direkt die Ausfahrt des Rasthauses hatten überwachen wollen.

»Ich gebe ihr höchstens weitere zehn Minuten«, brummte Schmidt ein wenig ungehalten über die sich selbst verordnete, unprofessionelle Überwachung.

»Endlich können wir uns einmal, ohne ständig gegen Fahrgeräusche anschreien zu müssen, austauschen«, bemerkte Isabell und holte hörbar Luft.

»Was vermutest du denn inzwischen, Paul? Was glaubst du, ist definitiv ihr Ziel?«

»Ich denke mal, dass dieser Sven Bothe, angeblich amtierender Präsident der Bandidos, auf dem flachen Land überhaupt nichts bewegen kann«, antwortete Schmidt und öffnete derweil seine Satteltasche. »Er wird daher bestrebt sein, sich irgendwie nach Kopenhagen durchzuschlagen, wo er mit der früheren Szenerie rechnen kann. Wie er letztlich zu seinem Täubchen steht, weiß ich nicht. Vielleicht will er sich nur ihrer versichern und fürchtet, dass sie singen und den vordem gemeinsamen, an Andy Thomsen gerichteten Mordplan der Polizei verraten könnte.«

Isabell goss sich Kaffee aus Schmidts Thermoskanne ein und biss dazu in ein Sandwich. »Das hört sich eigentlich alles so weit ganz plausibel an, Paul«, pflichtete sie ihrem Vorgesetzten bei, während sie den letzten Bissen mit dem Rest Kaffee aus ihrem Becher hinunterspülte.

»Ja, ich denke, da liegen wir wohl richtig«, antwortete Schmidt. »Immer weiter in östlicher Richtung würden wir direkt Nyborg erreichen und anschließend käme die Beltquerung bis nach Korsør herüber. Und dann sehen wir weiter.«

»Okay, Paul, das findet soweit meine Zustimmung, nur jetzt mal ganz brandaktuell, findest du es nicht inzwischen merkwürdig, dass die Frau sich mit ihrem Zwischenstopp reichlich Zeit lässt?«

»Klar, natürlich, du hast recht, Isabell, ein Fünf-Gänge-Menü wird sie ja gerade nicht bestellt haben«, erwiderte Schmidt, während er sich den Helm aufgesetzt und die Esssachen in der Packtasche verstaut hatte. »Na denn man los!«

Die Kawasaki ließ es sich nicht zweimal sagen, und binnen einer halben Minute erreichten sie den Rasthof, dennoch sollte sich die bereits in Isabells letzter Bemerkung mitschwingende Befürchtung schon im nächsten Moment zu einem unheilvollen Gefühl der Gewissheit verdichten. So entdeckten die beiden Fahnder weder eine Spur von der Frau noch ihr Krad.

»Verdammt«, machte Schmidt seinem Ärger Luft, ich fürchte, die feine Dame hat Lunte gerochen!«

»Oder es war nur eine reine Vorsichtsmaßnahme von ihr«, antwortete Isabell, die sich von dem bisherigen Verlauf nicht aus der Ruhe bringen ließ. »Du solltest die Frau nicht unterschätzen, Paul!«

»Okay, okay, wenn wir also weiter davon ausgehen, dass ihr Ziel Kopenhagen oder zumindest Seeland ist, kann sie nur die ältere parallele Strecke nach Nyborg oder den südlichen Umweg über Rolstedt beziehungsweise Ellinge genommen haben.«

»Möglich wäre aber auch«, gab Isabell zu bedenken, »dass die Frau abseitig der Strecke ihren Freund aufgelesen hat.«

»Kann gut sein«, antwortete Schmidt, »also los, wenn wir uns beeilen, können wir vielleicht noch vor ihrem Eintreffen am anderen Ende der Brücke sein, denn auf Seeland besteht die Gefahr, sie für immer aus den Augen zu verlieren!« Bevor Schmidt sein Visier endgültig schloss, drehte er sich noch einmal ermunternd zu seinem weiblichen Sozius um: »Isabell, das Ziel ist klar, halt dich fest, es geht los!«

Schmidt fuhr die Maschine natürlich nicht durchgängig aus, sondern passte sich den örtlichen Gegebenheiten an, was hieß, dass er sie auf übersichtlicher Strecke – dank ihres majestätischen Drehmoments von 113 Newtonmetern – enorm hochschraubte und sie im nächsten Augenblick wieder mit einem Bruchteil ihrer Kraft sanft und wie gezähmt durch Wohngebiete gleiten ließ.

Je weiter sie sich Nyborg näherten, umso mehr nahm der allgemeine Verkehr zu. Es handelte sich wohl nur um einige hundert Meter bis zu der Stelle, wo die alte Strecke erst unterführt und dann von rechts kommend auf die neue, breit ausgebaute Straße mündete. Die Spannung der beiden Kripoleute wuchs und wuchs mit jedem zurückgelegten

Meter. Es rückte die leicht abschüssige Auffahrt in ihr Blickfeld, auf der sich im Moment nur einige Pkws und Lieferwagen befanden. Es erschienen mehrere Zweiradfahrer, unter denen sich aber keine knallrote Husqvarna befand. Selbst als sie die Auffahrt rechts hinter sich lassen mussten und Isabell sich hin und wieder spähend umgewandt hatte, war von der Verfolgten nichts zu sehen. Als wäre sie wie vom Erdboden verschluckt.

Vorn traten bereits die mächtigen Pylonen der Großer-Belt-Querung in Erscheinung und jetzt gab es kein Zurück mehr. Die ganze Brücke war dicht befahren und der Jahreszeit entsprechend viele Wohnwagen-Gespanne unterwegs, die den Verkehr noch träger dahinfließen ließen.

Inzwischen hatte neben einem leichten Nieselregen allmählich die Dämmerung eingesetzt, und während sie etwa die Hälfte der Brücke hinter sich gelassen hatten, rauschte gerade ein dunkles, großes Etwas unter ihnen hindurch. Wahrscheinlich ein nur mäßig beleuchteter Kümo, dachte Schmidt.

Vom Wasser kroch derweil ein weißlicher Nebel hoch, der zusammen mit den angestrahlten Brückenpfeilern und dem geisterhaft entschwindenden, geräuschlosen Kahn eine magisch, maritime Szenerie lieferte, die an einen geheimen Bühnenbildner denken ließ.

Jedoch viel Zeit hatten die Fahnder nicht, sich diesen Impressionen hinzugeben, denn es tauchten die

Lichter der Mautstelle auf und noch immer waren sie nicht fündig geworden.

Schmidt fuhr den ersten Parkplatz jenseits der Brücke an, der sich in Höhe von Korsör befand. Er sah auf seine Armbanduhr, es war inzwischen einundzwanzig Uhr vorbei.

»Ich meine, wenn die Thomsen, ob nun mit oder ohne Begleitung, hier nicht binnen einer Stunde auftaucht, lassen wir es gut sein«, stellte Schmidt klar.

»Okay«, antwortete Isabell, »ich rufe mal rasch zu Hause an.«

Auf dem Parkplatz war noch reger Betrieb, aber als nach der gesetzten Frist die Gesuchte nicht aufgetaucht war, rüsteten sich die Beamten zur Umkehr. Dazu musste die erste Abfahrt genommen werden. Als sie etwa zehn Kilometer auf der beleuchteten Brücke hinter sich gelassen hatten, bemerkten sie an blinkenden Blaulichtern, dass auf der entgegenkommenden Seite offensichtlich ein Unfall passiert war. Alles was sie beim Vorbeifahren erfassten, war ein Wohnmobil, das seitlich gegen das Brückengeländer gekippt war, den Notarztwagen sowie Polizisten, die den Unfallort sicherten.

Kurz vor Nyborg fuhr Schmidt an die Seite, hielt und klappte sein Visier hoch. »Ich habe mir Folgendes überlegt, Isabell. Da wir für unsere Rückreise nach Flensburg erneut über zwei Stunden abzureißen hätten, möchte ich dir einen Vorschlag machen.«

Isabell spitzte gespannt die Ohren, denn Schmidts

Stimme hatte einen weichen Klang, bar jeder dienstlichen Tonlage angenommen.

»Also, ich meine, ich kenne da in Nyborg ein nettes Hotel, da könnten wir uns nach all der Hektik unsere wohlverdiente Ruhe gönnen und morgen ist schließlich auch noch ein Tag – und die haben dort ganz leckere Matjes-Spezialitäten.

»Ja aber, Paul«, zierte sich Isabell, »ich habe doch weiter gar nichts dabei.«

»Wenn du zur Nacht mit einem sauberen, gebügelten Baumwollhemd vorlieb nehmen möchtest, das habe ich in meinem Case liegen. Und für alles andere findest du in dem Hotel genügend vor.«

Warum eigentlich nicht, dachte Isabell, diese kleine Auszeit würde ihr bei dem ständigen Stress sicher guttun. Laut sagte sie: »Okay, Paul, eigentlich hast du recht, lass uns das so machen.«

Das Hotel ›Villa Gulle‹, ein historisches Gebäude aus dem späten neunzehnten Jahrhundert lag direkt im Zentrum, dennoch ruhig.

Sie hatten Glück, denn es waren gerade mehrere Einzelzimmer freigeworden. Nachdem sich die Beamten frisch gemacht und einen Imbiss zu sich genommen hatten, setzten sie sich noch an die gemütliche, hoteleigene Bar.

»Ist sicher für den Betroffenen fürchterlich öde, wenn der Urlaub so ausgeht, wie vorhin«, sprach Isabell den Unfall auf der Brücke an.

Schmidt, der an seinem Longdrink nippte, nickte

zustimmend. »Ja, ein paar Sekunden mal nicht bei der Sache und schon ist's passiert. Da braucht es nicht unbedingt äußere Ursachen zu haben, denn stärkere Windböen hatten wir ja nicht und dann würde die Brücke sowieso für Gespanne, Lastwagen und so weiter gesperrt.

»Und wie verfahren wir nun im Fall Bothe und Thomsen weiter, Paul?«, fragte Isabell.

»Ich habe inzwischen die Kollegen vom GZ in Padborg in Kenntnis gesetzt. Die Fahndung läuft bereits. Da heißt es nun erst mal abwarten.«

Als Isabell später im Bett lag, merkte sie, wie wohlige Müdigkeit von ihrem Körper Besitz ergriff, und bald darauf war sie eingeschlafen. So nahm sie natürlich nicht mehr die Schritte auf den leicht knarrenden Dielen wahr, die für einen kurzen Moment direkt vor ihrer Tür abstarben und sich dann in die Richtung entfernten, aus denen sie gekommen waren.

Am Nachmittag des nächsten Tages fuhren sie mit dem Staatsanwalt und zwei Kollegen von der Spurensicherung zum Bikertreff, um dort eine Hausdurchsuchung vorzunehmen. Merkwürdig, wie verwaist die Kneipe plötzlich wirkte, dachte Schmidt. Im vorderen Gastraum warteten überall noch schmutzige Gläser darauf, abgewaschen zu werden, rundum sah es nach plötzlichem Aufbruch aus. Nun gut, die vorderen Räume waren ja bereits nach den Mordanschlägen hinreichend durchsucht worden. Nun konnten sie endlich hoffen, weiteres Verwertbares zu finden, denn jetzt waren der Clubraum und die Privaträume dran.

Den Clubraum, wo so manches konspirative Treffen stattgefunden haben mochte, dominierte die Frontwand ein chromblitzender, inzwischen von einer leichten Staubpatina überzogener hochkant stehender Harley-Davidson-Tank. Direkt darüber prangte ein ausladender Motorradlenker, der Schmidt in Assoziationen zum Kultfilm ›Easy Rider‹ und zugleich an ein Hirschgeweih weckte.

In der Mitte des Raumes befand sich ein länglicher Couchtisch, der von einem Rund aus Cocktailsesseln umsäumt war. Angesichts der überlaufenden Aschenbecher rümpfte Isabell die Nase, bevor sie ihrem Chef in die Privaträume folgte. Außer Teeküche, Bad, Wohn- und Schlafzimmer fanden die Beamten zu ihrer Überraschung eine kleine Werkstatt vor, in der offensichtlich bis vor Kurzem Schmucksteine bearbeitet worden waren. Die Einrichtung wirkte professionell, was den Schluss zuließ, dass Frau Thomsen ihre Arbeiten vermarktet hatte.

Neben einer Steinpoliertrommel und einer Diamantbohrspindel richtete Schmidt seinen Blickwinkel besonders auf die kleine Ständerbohrmaschine. Daneben, in einer Aufstellbox, befanden sich mehrere, winzige Bohrer, die wahrscheinlich dazu dienten, die Schmucksteine mit Löchern zu versehen, sodass dünne Lederbändchen hindurchgezogen werden konnten. Isabell untersuchte derweil das seitliche Bord, wo sie ein Kästchen entdeckte, das Gesteinsreste, also Abfallprodukte enthielt, die durch die Bearbeitung entstanden waren. Inzwischen hatte Schmidt die Mini-Bohrer sicherstellen lassen. Dann wies er den Kollegen an, in dem Kästchen nach winzigen Metallspänen zu suchen, die durch das Anbohren der Flaschendeckel angefallen sein mussten.

Doch wo war das Gift und die Spritze mit der die Thomsen dieses in die Fläschchen injiziert hatte? Vielleicht war das außerhalb der Wohnung versteckt? Schmidt trat ins Freie, um das Gebäude und den Garten einer näheren Untersuchung zu unterziehen. Staatsanwalt Bremer traf er draußen an; dass dem inzwischen das Treiben der geschäftigen Routiniers offensichtlich langweilig geworden war, konnte er ihm nicht verdenken.

Hinter dem Haus befand sich ein Bretterverschlag, in dem einige Gartengerätschaften untergebracht waren, aber auch hier war Schmidts Suche nach Beweismitteln erfolglos. So blieben ihnen für eine Laboruntersuchung nur noch die kleinen Bohrer übrig. Immerhin, wenn an diesen – so hofften Isabell und Schmidt – Spuren von Magenbitter gefunden wurden, wäre das eine weitere Bestätigung, dass sie den schleichenden Tod ihres Ehemannes herbeiführen wollte.

14. NEUE ERKENNTNISSE

Nun galt es die übrigen Verdächtigen zu überprüfen. Mit Hinz Henningsen, Erika Long, Ehepaar Thams, Raoul und Joe Keim käme da wohl ein bunter Nachmittag auf sie zu, meinte Schmidt etwas ironisch.

Er nahm dieses Mal den Dienstwagen und auch Isabell fand das angebrachter, denn es wäre wohl ziemlich unsensibel gewesen, wenn sie in diesem speziellem Fall mit einem Motorrad aufgekreuzt wären, das doch, wenn auch lediglich indirekt und als Werkzeug einer ungebremsten Biker-Masse, den Stein im buchstäblichen Sinne ins verhängnisvolle Rollen gebracht hatte.

Als Erstes gedachten sie Joachim Keim zu befragen. Denn in Hensels schriftlichem Protokoll war von einem indianischen Freund die Rede, der kurzzeitig bei Joe in den Tagen zur Tatzeit abgestiegen war. Darauf richteten die Fahnder besonderes Augenmerk – schließlich war Thomsen von einem Pfeilschuss getötet worden, es ging hier also nicht, wie bei den anderen Tätern, lediglich um versuchten, sondern ganz klar um Mord.

Sie betraten den Vorgarten, oder besser, was davon übrig geblieben war, denn es türmten sich dort etliche Dinge aus Haushalt und Hof, die ein sogenannter Normalbürger wohl längst dem Sperrmüll überantwortet hätte. Aber sollten die beiden Fahnder etwa daraus geschlossen haben, womöglich gleich einen weltfremden Messie zu Gesicht zu bekommen, so wären sie nicht umhingekommen, diese Vorstellung gleich wieder zu revidieren.

Nach kurzem Klingeln öffnete ihnen ein redegewandter, hünenhafter Mann um die fünfzig, der, wie sich anschließend herausstellen sollte, schon einiges von der Welt gesehen hatte. Er bestätigte den beiden Fahndern, die ohne viel Federlesens gleich auf den Indianer zu sprechen kamen, dass es natürlich naheliegen würde, seinen Freund aus Arizona zu verdächtigen. Aber aufgrund der Tatsache, dass jener als Repräsentant um Sympathie, Frieden und Verständigung für sein noch immer benachteiligtes Volk warb und ein Gegner jeglicher Gewalt war, wäre es abwegig, diesen zu verdächtigen. Na ja, und er, Joe, würde sich dem Prinzip der Gewaltfreiheit natürlich selbstredend anschließen, wenn auch für die betroffenen Anlieger diese ganze Entwicklung an sich schon eine böse Sache sei. Ja, und der Vorfall mit der Gülle wäre doch nur ein verhaltener Akt der Selbstbehauptung gewesen und fiele wohl nicht gerade in das Ressort der Mordkommission.

Und ob er denn zur fraglichen Zeit des Mordes ein Alibi hätte? Aber klar habe er das, denn er hatte sich mit seinem indianischen Freund bis in die frühen Morgenstunden angeregt unterhalten, schließlich gab es nach der langen Zeit jede Menge zu erzählen, wie sich vielleicht denken ließe. Und eine Einladung nach Arizona von dessen Stamm habe er auch schon bekommen. Im Übrigen gebe es einen genauen Plan der Auftritte in Deutschland und er, Joe, würde diesen gern der Polizei zwecks Kontaktaufnahme und Überprüfung zur Verfügung stellen.

Ja, und wenn sie seinen Vater, sprechen wollten, so liege er wohl gerade an seinem Lieblingsplatz im Garten und er, Joe, werde sie dort gern hinführen.

Im hintersten Winkel des Anwesens, das einen Eindruck von gepflegter Wildnis machte, sahen sie, fast ganz hinter verwachsenen Stachelbeerbüschen verborgen, einen alten Liegestuhl stehen, in dessen gestreiften Stoffbesatz sich der diffuse Schatten eines mageren Männerkörpers abzeichnete. Joachim Keim, der etwas vorausgeeilt war, bedeutete den Beamten mit gesenkter Stimme, dass sein Vater zwar gerade schlafen, aber er ihn, wenn es erforderlich erschiene, ihn gern wecken würde.

»Ja, bitte, wecken Sie Ihren Vater – ein paar Takte sollten wir schon mit ihm reden dürfen«, meinte Schmidt trocken.

Joe Keim näherte sich behutsam dem Alten, legte ihm mit leichtem Druck die Hand auf die Schulter, woraufhin dieser langsam zu sich kam und mit zittrigen Händen verwirrt seine Augen rieb.

»Papa, da sind zwei Polizeibeamte, die dir gern ein paar Fragen stellen würden«, versuchte Joe zu vermitteln.

»Um was geht es denn, ich habe nichts verbrochen,

finde ich denn in meinem Leben nie mehr Ruhe?«, schimpfte er mit piepsig klingender Greisenstimme.

»Herr Keim, sicher haben Sie von den Mordanschlägen gehört«, Schmidt räusperte sich, »durch Ihren Sohn haben Sie ein stichfestes Alibi und wir möchten nur von Ihnen wissen, ob Ihnen in der fraglichen Nacht irgendetwas aufgefallen ist.«

»Was soll mir denn aufgefallen sein, ich habe, wie jeden Abend, mein Fernsehprogramm eingeschaltet und dann habe ich mich schlafen gelegt.«

»Okay, ist gut, danke, Herr Keim«, ruderte Schmidt zurück, der genug gesehen und eine Fortsetzung der Befragung für überflüssig hielt.

»Na, was meinst du dazu, Isabell?«, fragte Schmidt seine Assistentin, als sie das kurze Stück zu Hinz Henningsens Anwesen zu Fuß zurücklegten. »Sind Keims Angaben für dich glaubhaft?«

»Na ja, es klang alles sehr geölt, was er da von sich gegeben hat«, erwiderte Isabell. »Nehmen wir einfach mal an, dass er die Zeit hatte und den Pfeil abgeschossen hat. Schließlich hat er ja, wie wir jetzt wissen, einige Jahre in Arizona bei den Indianern zugebracht.«

»Und du meinst«, sagte Schmidt, »in der Zeit hätte er die Technik des Bogenschießens erlernen können?«

»Ja, warum denn nicht, ergänzte Isabell, »so ganz abwegig wäre das nicht, oder?«

»Nein, nein, natürlich nicht«, beeilte sich Schmidt zu antworten. Doch nehmen wir einfach mal an, dass er tatsächlich als Täter infrage kommt«, sinnierte Schmidt laut, »dann müssten wir das natürlich beweisen.«

»Ja, und das wäre beim jetzigen Stand unserer Ermittlungen einfach aussichtslos«, bestätigte Isabell. »Wir haben derzeit nur vage Indizien.«

»Ja, und nur mit dem Pfeil, der keine relevanten Spuren aufweist, kommen wir hier jetzt sowieso keinen Schritt weiter«, stellte Schmidt nüchtern fest. »Zum Pfeil gehört nun mal der Bogen, aber wo willst du anfangen zu suchen? In dem Gerümpel-Sammelsurium etwa, das den ganzen Vorgarten einnimmt?«

»Ne, würde ich nicht«, antwortete Isabell, »und eine Hausdurchsuchung wäre – die Befugnis mal vorausgesetzt – wahrscheinlich ebenfalls erfolglos. Oder könntest du dir vorstellen, wenn du der Täter wärest, dass du die Waffe in deinen eigenen vier Wänden aufbewahren würdest?«

»Nein, denn das würde wohl auch keinem einfallen, der wesentlich dümmer als Joe Keim wäre, und«, fügte Schmidt hinzu, »den ich übrigens für ziemlich integer halte.«

»Ja, das ist genau mein Eindruck, die Sache können wir uns also erst einmal abschminken, zumal wir ja noch nicht die Zeugenaussage des indianischen Freundes haben.«

»Keims Vater sollten wir übrigens gleich von unserer Liste streichen, bei der körperlichen und seelischen Verfassung wäre der gar nicht in der Lage, eine derartige Tat auszuführen«, beendete Schmidt ihr

Gespräch, denn sie waren soeben bei Hinz Henningsens Hof angelangt.

Der Jäger hatte sie wohl bereits kommen sehen, denn er empfing die Beamten unter seinem Türrahmen. Henningsen konnte sich – gestützt auf die Aussage seiner gerade im Hause weilenden Schwester – eindeutig entlasten und verwies des Weiteren auf Telefonate mit einigen seiner Jagdkollegen, welche er angeblich zur Tatzeit geführt haben wollte.

Seinen Gewehrschrank ließ er freimütig von den Beamten inspizieren, obwohl das – wie Schmidt fand – nicht sonderlich bedeutsam war. Denn wenn Henningsen tatsächlich in dem Besitz einer derartigen Präzisionswaffe war, wie sie bei dem Mordanschlag verwendet wurde, bewahrte er diese sicherlich woanders auf. Und für einen Hausdurchsuchungsbefehl würde der Verdacht nicht reichen.

Erika Long war die nächste potenzielle Verdächtige auf der Liste der beiden Ermittler. Das Anwesen stand so nahebei, dass Schmidt und Isabell die paar Schritte zur privaten Tierauffangstation weiterhin zu Fuß erledigten. Auf ihr Läuten mit der alten Schiffsglocke, die die Haustür der kleinen, weißgekalkten Reetdachkate zierte, öffnete niemand und so begaben sie sich schließlich seitlich am Haus vorbei, um auf den hinteren Teil des rundum von einem dichten Knick umgebenden Grundstückes zu gelangen.

Dort gewahrten sie eine ältere, dunkelhaarige Frau von eher zierlicher Gestalt, die inmitten von Volieren und Kleintierställen gerade einem Raubvogel mittlerer Größe auf Holzstäbchen aufgespießte Fleischstückchen darreichte. Sie war wie immer ganz mit ihrer Sache beschäftigt, sodass sie die beiden Ermittler erst wahrnahm, als diese bereits neben ihr standen.

»Kriminalpolizei«, Schmidt hob seine Dienstmarke empor, um gleich etwaigen Missverständnissen vorzubeugen. »Wir hätten mal ein paar Fragen an Sie, Frau Long – Sie sind doch Erika Long?«

»Ja, das bin ich in der Tat und schon immer gewesen. Um was geht es denn?«, reagierte die Frau leicht schroff und ziemlich unbeeindruckt, während sie dem Vogel, der übrigens ein seltener roter Milan war, geduldig ein weiteres Häppchen hinhielt.

»Wir wollen von Ihnen wissen«, antwortete Schmidt, »wo Sie sich am letzten Freitag zwischen dreiundzwanzig Uhr und ein Uhr morgens aufgehalten haben.«

»Na, da war ich natürlich wie immer bei meinen Tieren«, knurrte die Pflegerin. »Zumal ich gerade einige gefiederte Zöglinge in Behandlung habe, die zum Teil des Nachts nach mir verlangen und regelmäßig gefüttert werden müssen.«

»Normalerweise werden Nestlinge von ihren Eltern nur tagsüber versorgt«, merkte Isabell skeptisch an.

»Ja, da haben sie ganz recht, junge Frau«, bestätigte Erika Long, während sie Isabell aufmerksam musterte. »Aber eben nur teilweise, denn hier handelt es sich um drei junge Käuzchen, die unter einem Baum total entkräftet aufgefunden wurden. Ich nehme an, dass den Altvögeln etwas Schlimmes zugestoßen sein muss, denn diese hätten ihre Küken nicht allein gelassen. Und um auf Ihren Einwand zurückzukommen, junge Frau: Eulen jagen nachts und verköstigen deshalb hauptsächlich zu dieser Zeit ihren Nachwuchs. Und da die Tiere eines Tages ausgewildert werden sollen, muss ich für sie den naturgemäßen Rhythmus der Nahrungsaufnahme beibehalten.«

»Ja, das klingt alles plausibel«, entgegnete Isabell. »Einen Zeugen jedoch können Sie dennoch nicht beibringen?«

»Gewiss könnte ich das«, entgegnete Erika Long zunehmend gereizt, »aber bei der Polizei gibt es ja leider keinen Doktor Dolittle, der die Sprache der Tiere versteht, nicht wahr?«

Schmidt musste aufgrund der Schlagfertigkeit von Frau Long schmunzeln, denn er kannte den tierlieben Doktor aus seinen Kindertagen noch gut. »Hätten Sie denn was dagegen, wenn wir uns bei Ihnen mal ein wenig umsehen würden?«

»Ja, Herr Kommissar, das hätte ich. Ohne Hausdurchsuchungsbefehl läuft hier rein gar nichts«, gab sich Erika Long renitent. »Und im Übrigen, sehen Sie ja selbst, was hier alles zu tun ist, da kann ich ein herumschnüffeln überhaupt nicht gebrauchen. Wünsche den Herrschaften ansonsten noch einen guten Tag!«

»Ach, übrigens, wenn Ihnen etwas einfallen sollte«, Schmidt streckte Erika Long eine Visitenkarte entgegen, die diese wortlos entgegennahm und zur Seite legte, dann wissen Sie, wo Sie uns erreichen können.

Doch Erika Long hatte sich bereits wieder ihrem Pflegling zugewandt und ob sie den letzten Satz des Beamten überhaupt vernommen hatte, blieb im Dunkeln.

»Ganz schön resolut, die Dame«, bemerkte Isabell, als sie zum Wagen zurückgingen.

»Ja, die hat wohl Haare auf den Zähnen«, ergänzte Schmidt, »da haben wir noch einige Arbeit vor uns.«

Das junge Paar Thams, die Besitzer der Frühstückspension, welches Schmidt und Isabell zuletzt anvisierten, konnte ein lupenreines Alibi vorweisen. Ben und Nina hatten am fraglichen Abend mit Stammgästen einige Runden Rommé gespielt. Den gemeinsamen Aussagen zufolge, waren alle erst gegen zwei Uhr morgens zu Bett gegangen. Weiterhin wurde bezeugt, dass Raoul – der Hausdiener und gewissermaßen Mädchen für alles – den Abend zu Hause verbracht hatte. Ben und Nina erzählten, dass sie dessen Silhouette vor dem bläulich flimmernden Fernseher ganz deutlich gesehen hatten. Beide fanden es abwegig, Raoul mit der Tat in Verbindung zu bringen. Schmidt murmelte daraufhin was von Routine und es sei Usus, dass im näheren Umfeld zunächst mal in allen Richtungen ermittelt werde.

Schmidt und Isabell gingen zu dem kleinen Nebengebäude hinüber, in dem Raoul Berger eine Wohnung zur Verfügung gestellt bekommen hatte. Auf ihr Klingeln öffnete ein mittelgroßer, älterer Mann mit kurz geschorenen Haaren. Raoul ging auf die sechzig zu und führte, nicht sonderlich überrascht, die beiden Polizisten sogleich in sein Wohnzimmer.

In dem Zimmer, das sauber und aufgeräumt wirkte, befand sich eine helle Couchgarnitur, ein bräunlich und in lichten Ocker-Farben gemusterter Teppich auf geöltem Dielenboden sowie eine gelaugte Anrichte, auf der der Fernseher stand. Alles war gut aufeinander abgestimmt und schien preiswert, registrierte Schmidt.

»Darf ich Ihnen etwas anbieten, einen Kaffee vielleicht, oder ein Wasser?«

Die beiden Beamten entschieden sich für das Wasser.

»Herr Berger, wir hätten einige Fragen an Sie«, begann Schmidt, »wo waren Sie zur Tatzeit des Mordes, am letzten Freitag zwischen Mitternacht und ein Uhr morgens?«

»Muss ich das jetzt hier beantworten und wieso verdächtigen Sie mich überhaupt?«, gab sich Raoul erstaunt, der mit kaum wahrnehmbarem leichten französischen Akzent sprach. »Ich bin hier schließlich nur Bediensteter und es steht mir nichts ferner, als mich in irgendwelche Vorkommnisse einzumischen, die mich partout nichts angehen.«

»Ich kann Sie auch in die Bezirkskriminalinspektion vorladen lassen, wenn Sie hier nicht antworten wollen«, meinte Schmidt ruhig, woraufhin Berger mit dem Satz »schon gut, fragen Sie also« einlenkte.

»Also, Herr Berger«, entgegnete Schmidt daraufhin und räusperte sich, »wir sind inzwischen über die Verhältnisse hier durchaus informiert und demnach sind Sie ja außerordentlich gut gelitten, sozusagen schon fast zur Familie gehörend, wenn ich Herrn Thams richtig interpretiere. Und ich denke, Sie hätten durchaus einiges zu verlieren.«

Isabell musterte unterdessen die Fotogalerie über der Kommode. Neben den farbigen Landschaftsaufnahmen zog ihre Aufmerksamkeit besonders ein größeres Foto auf sich. Es war eine Schwarz-Weiß-Fotografie, auf dem eine offensichtlich entspannte Männerriege mit freundlichen Mienen posierte.

»Das mag ja alles so sein«, entgegnete Raoul Berger auf Schmidts Einwand hin, aber was hier letztlich geschieht, müssen immer der Chef und die Chefin entscheiden.«

»Gut, gut«, antwortete Schmidt geduldig, »aber bitte beantworten Sie folgende Frage: Wo waren Sie zur fraglichen Zeit?«

»Na ja, Herr Kommissar, ich war natürlich hier – wie immer in meinen freien Stunden«, erwiderte Berger, »ich habe mir einen Spielfilm angeguckt und das ging über ein Uhr hinaus, die guten Sachen zeigen sie im Fernsehen ja leider immer ziemlich spät und wenn man nicht gerade ein Fan vom Musikantenstadl ist …«

Da hatte der Mann schon recht, wenn auch das, was er mit ›guten Sachen‹ bezeichnete, absolut dünn gesät war, dachte Schmidt so ganz nebenbei. Aber dafür wurde man ja immerhin, gegen monopolistische Zwangsabgabe versteht sich, von den werten Herren Programmdirektoren zu den zweitbesten Sendezeiten mit der 192. Wiederholung der ›Brücke von Remagen‹ verwöhnt oder durfte sich zum 82. Mal zusammen mit Mr. Bond, der einem inzwischen schon so etwas wie ein richtig guter Freund geworden war, auf die Jagd nach einem mysteriösen ›Dr. No‹ begeben …

»Kann es irgendjemand bezeugen«, hakte Schmidt nach seinem Gedankensprung nach, »dass Sie zur Tatzeit durchweg in Ihrer Wohnung waren?«

»Nein«, entgegnete Raoul Berger, »da ich hier ganz für mich bin und es bereits ziemlich spät war … doch, halt, warten Sie, Herr Kommissar, vielleicht haben meine Chefs mich durch die Fenster gesehen. Da ich hier keine Gardinen hängen habe, konnten sie mich vielleicht sehen, denn ich habe bemerkt, dass bei ihnen bis spät in die Nacht auch das Licht brannte.«

»Gut, gut, Herr Berger, jetzt eine Frage am Rande«, gab sich Schmidt vorerst zufrieden. »Was haben Sie denn eigentlich in Ihrem Leben sonst so gemacht? Aus Ihren Papieren geht ja hervor, dass Sie 1952 in Wismar, also der ehemaligen DDR geboren worden sind. Und wie ging es weiter – erzählen Sie doch mal.«

»Da gibt eigentlich nicht viel zu berichten, Herr Kommissar«, gab sich Berger sperrig. »Aber, na ja, wenn's denn der Wahrheitsfindung dient?«

»Oh, das berühmte Zitat des Kommunarden Fritz Teufel … also ich hoffe, dass das, was sie uns hier sagen, schon dieser dient«, betonte Schmidt trocken. »Und wenn Sie mich mit meinem Dienstgrad ansprechen wollen, Herr Berger, dann bitte aber mit Hauptkommissar, denn das kommt der eben zitierten Wahrheit nebst deren Findung auf beispiellos direkte Weise und ohne weitere Zicken entgegen.« Schmidt konnte sich den Seitenhieb natürlich nicht verkneifen, wobei er Mühe hatte, sein inneres Grinsen zu verbergen.

»Also gut, Herr Hauptkommissar«, räumte Berger nun bereitwilliger ein. »Nach einer Elektrikerlehre bin ich mit meinem Bruder zur Volkspolizei gegangen. Doch uns kamen dort bald erhebliche Zweifel an dem ganzen System, besonders aber, als man dort von uns verlangte, auf Flüchtende das Gewehr anzulegen. Das hatten wir vorher naiverweise gar nicht so realisiert. Einige Kollegen behalfen sich denn damit, absichtlich vorbeizuschießen.« Berger war aufgestanden und schaute in den Hof, wo der kleine Moritz gerade eifrig hin und her lief. »Es war völlig absurd und menschenverachtend«, fuhr Berger nachdenklich geworden fort, »auf eigene Landsleute anlegen zu müssen. Das konnten sogar mal direkte Nachbarn sein, die sich überhaupt nichts haben zuschulden kommen lassen und die einfach, wie viele andere auch, nur weg wollten.«

»Ich nehme an«, warf Isabell ein, »dass Sie da wohl schon ebenfalls an Flucht dachten?«

»Genau, Frau Kommissarin«, bestätigte Berger und setzte sich in seinen Sessel. »Der Entschluss war schnell gefasst, obwohl es uns bis zuletzt schwerfiel, uns von den Eltern, Verwandten und Freunden – vielleicht für immer – trennen zu müssen. Aber wie dem auch sei, wir waren jung und wollten auf jeden Fall raus aus der DDR und rechneten mit einem guten Start im Westen. Und wir hatten Glück, eines Nachts sind wir mit einem alten Klepper-Faltboot über die Ostsee getürmt und konnten ungeschoren beim Travemünder Strand anlanden.«

»Und was haben Sie gemacht«, meldete sich Isabell zu Wort, bevor Sie die jetzige Stelle bekamen?«

»Ich habe bei verschiedenen Wachdiensten gearbeitet«, antwortete Berger, wobei er die Zeit bei der Legion aus gutem Grund unerwähnt ließ.

»Und das können Sie alles lückenlos belegen?«, fragte Isabell weiter.

»Ja, das kann ich«, log Berger und gab seiner Stimme einen festen Anstrich. »Ich müsste da natürlich erst mal in meinen Unterlagen nachsuchen.«

»Und, was macht Ihr Bruder inzwischen«, erkundigte sich Schmidt, »Haben Sie Kontakt zu ihm?«

»Nein, der hat sich nach einem Streit von mir leider ganz abgewendet und seitdem, ein paar Jahre mag das inzwischen her sein, habe ich nichts mehr von ihm gehört.«

»Ist eigentlich schade«, bemerkte Schmidt, »wo man so vieles gemeinsam erlebt hat?«

»Ja, natürlich ist es das«, pflichtete Berger dem Beamten bei, »schließlich ist er ja mein Bruder, aber es lässt sich halt auch nicht erzwingen.«

»Okay, Herr Berger, wir werden das alles überprüfen«, sagte Schmidt, die Befragung vorerst abschließend. »Sie werden, wenn erforderlich, von uns hören, und«, Schmidt nestelte in seinen Taschen nach einer Visitenkarte, »falls Ihnen noch etwas einfallen sollte, melden Sie sich bitte bei uns.«

Berger ließ es sich nicht nehmen, Schmidt und Isabell bis zum Tor des Anwesens zu begleiten, während der kleine Moritz, nachdem er spontan auf die drei zugelaufen gekommen war, neugierig um sie herum hüpfte und sie dabei mit allen möglichen Fragen löcherte.

Nachdem die Beamten im Dienstwagen Platz genommen hatten, schwiegen sie vorerst. Beide sortierten ihre Gedanken. Das machten sie immer nach einer Befragung, weil es sich zwischen ihnen bewährt hatte.

Isabell drehte den Zündschlüssel, denn sie wechselten sich mit dem Fahren ab. Erst auf der Nordstraße, bereits in Höhe der Ortschaft Wees, brach Schmidt schließlich sein Schweigen.

»Hast du irgendetwas von Belang auf dem Foto entdecken können?«, eröffnete er den Dialog, da ihm das Interesse seiner Assistentin an der Fotogalerie vorhin natürlich nicht entgangen war. Isabell hatte geahnt, dass ihr Vorgesetzter danach fragen würde.

»Könnte durchaus sein«, antwortete sie etwas gedehnt und sah kurz auf die hügelige und derzeit in sattem Grün sich darbietende Landschaft. »Übrigens wartet im BKI eine kleine Überraschung auf dich.«

Als sie ihr Büro betraten, entfernte Isabell wortlos die Speicherkarte aus ihrer Digicam und steckte sie zur Datenübertragung in den Computer. Isabell spielte gern mal die Geheimniskrämerin, um dann den Kollegen mit einem überraschenden Einfall oder Ergebnis positiv zu überraschen. Schmidt machte das zumeist amüsiert mit, denn es diente ja am Ende immer der Sache. Auf dem Schwarz-Weiß-Foto, das nun auf dem Monitor erschien, posierten fünf Männer, die irgendetwas Gemeinsames zu verbinden schien. Unschwer war auch Raoul Berger, als der Zweite von rechts zu erkennen.

»Hey, wie hast du denn das gedeichselt«, rief Schmidt überrascht aus. »Hast du etwa das Foto gemacht, als ich mich mit Berger bereits im Flur befand?«

»Ja, habe ich«, grinste Isabell, »und ich brauchte noch nicht einmal den verräterischen Blitz der Kamera zu bemühen, denn es war ja hell genug in dem Zimmer. Mit dem ersten Klick war ich im Makroprogramm, alles andere machte die Kleine dann automatisch.«

»Also, so ganz koscher ist das ja nicht«, dämpfte Schmidt das Vorpreschen seiner Assistentin, »illegale Aneignung von Beweismitteln nennt man das wohl.«

»Wir benutzen es ja gar nicht als Beweismittel, sondern versuchen damit nur, mehr Licht ins Dunkel zu bekommen, und das ist immer gut«, antwortete Isabell keck.

»Da hast du allerdings nicht ganz unrecht«, gab Schmidt zu, »also gut, dann lass uns mal die Jungs gleich unter die Lupe nehmen.«

»Hmh«, Isabell legte ihre Stirn nachdenklich in Falten, nachdem sie sich wieder dem Monitor zugewendet hatten, »das sieht nicht gerade nach einer Familienfeier aus, sondern eher nach einer Versammlung von Gleichgesinnten oder einem Verein. Was meinst du Paul?«

»Ja, könnte durchaus sein«, sagte Paul, »dass diese Männer dort in ihrem lockeren Zivil beruflich etwas im Bereich des Militärs erledigen.«

»Ja, genau diese Empfindung hatte ich ebenfalls«, bestätigte Isabell und richtete den Pfeil der Maus auf die Gesichter der Männer, die alle fröhlich und gelöst in die Kamera lachten. Aber gerade weil sie so gelöst wirkten, hatte sich bei Isabell das Gefühl aufgedrängt, als wären diese eine unbekannte Bürde los und würden gleich anschließend in den wohlverdienten Heimaturlaub fahren. »Die haben was mit Militär zu tun, garantiert«, murmelte Isabell mehr zu sich selbst. »Da kann einer sagen, was er will.«

Sie führte den Pfeil weiter an den Ärmeln der Männer entlang und sah große, kräftige Hände, die bestimmt gut zupacken konnten, nur Berger, der gerade ein Trinkglas in der Hand hielt, hatte dagegen eher zierliche Gliedmaßen. Gerade wollte Isabell sich einen anderen Bereich des Fotos vornehmen, da bemerkte sie, eine feine Gravur auf dem Glas, sehr wahrscheinlich Buchstaben, ein Schriftzug vielleicht.

Sie vergrößerte das Detail, aber die Auflösung auf dem Monitor kam schnell an ihre Grenzen. ›LEGIO PAT‹ war alles, was Isabell mit einiger Mühe entziffern konnte, der Rest wurde von einem Lichtreflex überlagert, immerhin: für den Anfang reichte es.

Durch weitere Recherche, hatte sie bald den Sinn der lateinischen Begriffe erfasst:

›LEGIO PATRIA NOSTRA – DIE LEGION IST UNSER VATERLAND‹

Na also, Isabells erste Eingebung hatte sich erneut bestätigt, und Schmidt nickte ihr anerkennend zu. Natürlich waren das alles vorerst nur Indizien, aber es hatte sich nun der Anfangsverdacht verdichtet, dass Berger bei der Fremdenlegion gedient und womöglich dort den Umgang mit Präzisionswaffen gelernt haben könnte.

Die nächsten Tage vergingen mit dem Abarbeiten von Randermittlungen, ohne dass etwas von Belang geschah, denn es fehlte einfach im Fall Berger der weiterführende Ansatz und Isabell wähnte sich abermals in dieser vermaledeiten Sackgasse, immerhin verfügte sie über so viel eigenes Urvertrauen, das für das Bohren dicker Bretter und für eine erfolgreiche Polizeiarbeit letztlich vonnöten war.

Schmidt ging diesen Punkt von Anfang an gelassener an und bemühte sich, das Leben mehr von der pragmatischen Warte aus zu sehen. Er hatte unzählige

Male die Erfahrung machen müssen, dass sich nichts erzwingen ließ. ›Treib nie den Fluss an, er fließt von selbst‹, war ein Motto, mit dem er gut gefahren war. Ab und an war einem das Glück, der Zufall oder wie man es auch immer nennen wollte, halt nicht gewogen. Dann landete man unverhofft einen Treffer, der die ersehnte Wendung urplötzlich in Gang setzte.

Wie zur Bestätigung seiner Ansichten gab es kurz darauf einige wichtige Neuigkeiten. Zuerst meldete sich der dänische Kollege Lars Bengström vom GZ aus Padborg.

»He, Paul, ich denke, ich habe da etwas Interessantes für dich. Die Frau, nach der du suchst, ist laut Zeugenaussage mit ihrem Krad auf der Großer-Belt-Brücke verunglückt. Sie gilt bis dato als vermisst. Das Motorrad, eine rote Husqvarna mit dem Kennzeichen ›SL-3054‹ haben unsere Taucher schon sichergestellt. In der Plastiktüte aus ihrem Case fanden wir übrigens eine Spritze und ein Schraubglas mit einer undefinierbaren Flüssigkeit. Sollen wir die Sachen zu euch rüberschicken?«

»Das wäre sehr nett, Lars, und danke für deine Hilfe«, bemerkte Schmidt aufgeräumt, da der Fall einen weiteren Schritt in Richtung Aufklärung machte. »Aber nun berichte mal bitte, wie ist denn eigentlich der Unfall passiert?«

»Ja, Paul, also in unserem Protokoll steht, dass die Person mit ihrem Motorrad auf der Brücke einige Fahrzeuge rechts überholt hätte. Der Fahrer des Wohnmobils sagte aus, dass er einen Schreck bekommen hat und durch hastige Lenkbewegungen sein Fahrzeug ins … wie sagt ihr gleich auf Deutsch?«

»Ins Schlingern kam«, half Schmidt aus.

»Ja, und dann die Bikerin erfasste und mitsamt der Maschine über das Brückengeländer schob.«

»Und Sven Bothe ist noch nicht in Erscheinung getreten?«, fragte Paul nach kurzem Schweigen.

»Eigentlich nicht«, antwortete Lars Bengström. »Merkwürdig ist nur, wir haben da eine Anzeige von einem Autobesitzer aus Kollund. Dieser hat seinen Wagen, einen dunkelblauen Ford Fiesta, als gestohlen gemeldet. Vorhin meldeten sich dann die Kollegen aus Kopenhagen bei mir, weil dieser Wagen dort in einem Randgebiet verlassen aufgefunden wurde.«

»Okay, Lars, das kann, aber muss nicht mit Sven Bothe zusammenhängen. Ihr solltet den Wagen auf Fingerabdrücke hin untersuchen und diese sichern, vielleicht bringt uns das später weiter.«

Schmidt hatte gerade aufgelegt, als das Telefon erneut klingelte. Diesmal war es sein alter Freund Kolackewitz aus Kiel. »Hallo, Paul, wie geht's inzwischen? Also bei uns ist mal wieder Nachtschicht angesagt. Nun aber der eigentliche Grund meines Anrufs. Ich habe inzwischen hier einen der kleinen Bohrer liegen, frisch aus dem Labor zurück und sie haben tatsächlich in einer der Vertiefungen einen winzigen Metallspan entdeckt, der mit unserem angebohrten Schraubverschluss – außen rot lackiert und innen mattes Silber –

identisch ist. Zudem haften dem Bohrer Spuren des Magenbitters an.«

»Danke, Kola, bist schon ein feiner Kerl«, meinte Schmidt und der Gerichtsmediziner antwortete: »Sag ich ja, aber die wenigsten wissen es.«

15. EIN UNERWARTETER ZEUGE

Die Anfrage bei der französischen Fremdenlegion verlief vorerst im Sande, denn der Name Raoul Berger war dort in den letzten zwanzig Jahren nicht registriert worden. Der Mann konnte jedoch dort trotzdem gedient haben, wenn er über das sogenannte Anonymat eine andere Identität angenommen hatte. Nach seiner Entlassung aus der Legion – die wahrscheinlich für etliche Jahre sein Patria Nostra gewesen war – konnte er seinen alten Namen wieder übernommen haben. Das führte die Ermittlung an dieser Stelle also im Moment nicht weiter und die Fahnder waren vorerst in eine Sackgasse geraten. Isabell konnte ihre Enttäuschung darüber nicht ganz verhehlen, aber sie war dennoch felsenfest davon überzeugt, auf der richtigen Fährte zu sein.

Und sie sollte recht behalten, der entscheidende Hinweis kam überraschend ein paar Tage später, wenn auch aus einer Ecke, mit der sie nicht unbedingt gerechnet hatten. Schmidt räumte gerade seinen Schreibtisch auf, denn er war der Überzeugung, dass äußere und innere Übersicht durchaus etwas miteinander gemein hatten. Als kurz vor der Mittagspause das Telefon schrillte und er den Hörer abnahm, war am anderen Ende eine ältere, männliche Stimme zu vernehmen.

»Hallo – hallo, spreche ich jetzt endlich mit dem Herrn Kommissar?«

»Ja, hier Hauptkommissar Schmidt am Apparat.«

»Schön, schön, also gut, Herr Hauptkommissar«, tönte es ungeduldig aus der Leitung, was den Schluss zuließ, dass dem Betreffenden die Altersmilde nicht gerade gegeben war. »Also, ich lebe hier in unmittelbarer Nachbarschaft …«

»Stopp«, bremste Schmidt den zu erwartenden Redefluss ab, »zuerst einmal – immer schön der Reihe nach – mit wem habe ich denn überhaupt das Vergnügen?«

»Aber das habe ich Ihnen doch gerade angeben wollen«, schwang unüberhörbar gleich Entrüstung in der Stimme mit. »Also, bitte, noch mal, wie der Herr Hauptkommissar wünschen: Ich heiße Helmut Hohmann und bin in dieser schönen Gegend aufgewachsen, in der nun diese schrecklichen Dinge geschehen sind.« Er hüstelte leise. »Ja, und da ich seit einigen Jährchen im Ruhestand bin – ich war hier als Lagerleiter bei der hiesigen Agrar-Genossenschaft tätig –, habe ich mich halt der Imkerei verschrieben, man muss ja schließlich was um die Ohren haben, nicht wahr, Herr Hauptkommissar? Und nützlich ist diese Tätigkeit ja schließlich auch, denn ohne uns und die Bienenvölker sähen die Herren Landwirte ja ziemlich alt aus, nicht? Ja, und dazu noch dieser köstliche Honig aus eigener Herstellung, das …«

»Gut, gut – kommen Sie bitte langsam zur Sache«, erinnerte Schmidt den Anrufer an sein eigentliches Anliegen. »Was kann ich für Sie tun?«

»Ich möchte natürlich eine Zeugenaussage machen.«

»Nur zu, bitte sehr, legen Sie mal los«, erwiderte Schmidt gespannt.

»Also, es handelt sich um Folgendes, Herr Hauptkommissar«, Helmut Hohmanns Stimme senkte sich fast zu einem Flüstern herab und Schmidt konnte sich bildlich vorstellen, dass dieser sich dabei erst nach allen Seiten verstohlen umgesehen hatte, bevor er weitersprach. »Ich habe meine Bienenkörbe direkt an der Grenze zum Grundstück des ›Utspanns‹ am Waldesrand aufgestellt, was den Vorteil hat, dass meine Bienenvölker im Rücken Windschutz durch das Gehölz haben und dennoch frei zu den übrigen Himmelsrichtungen ausschwärmen können. Besonders wenn der Raps blüht, ist das ein idealer Standort. Bauer Paulsen, wissen Sie, dem die hinteren Ländereien gehören, war so freundlich, mir den Zugang zu erlauben. Recht tut er damit, denn was wäre die Landwirtschaft denn nur ohne meine Bienen?«, wiederholte er sich, »so wäscht eine Hand die andere, nicht?«

»Lieber Herr Hohmann, Sie wollten mir sicher nicht die Bienenzucht erklären.« Schmidt sah kurz auf seine Armbanduhr. »Ich möchte Sie daher bitten, zu Ihrer eigentlichen Aussage zu kommen, denn ich erwarte einige andere Anrufe.«

»Ja aber, das gehört alles mit dazu, Herr Hauptkommissar«, erwiderte Helmut Hohmann jetzt offensichtlich eingeschnappt, »ein bisschen Lokalkolorit schadet wohl nicht gleich.«

»Ist schon gut, Herr Hohmann«, lenkte Schmidt daher ein. »Eigentlich haben Sie damit ja recht. Ohne die Bienenvölker würden wir Menschen ganz schön dumm aus der Wäsche kucken. Nur habe ich noch ein paar andere Termine auf dem Zettel.« Er sah zu Isabell hinüber, die sich gerade Notizen machte und auf Schmidts Zeichen hin den Lautsprecher anschaltete.

»Also, Herr Hohmann, nun erzählen Sie mal«, ermunterte Schmidt den Anrufer bewusst eine Spur sanfter, der sich ganz augenscheinlich ob des freundlichen Zuspruchs erstaunlich schnell eingekriegt hatte.

»Ja, also, Herr Hauptkommissar, es fing damit an, dass ich letzten Silvester mit einigen Jugendlichen des Dorfes Ärger hatte. Die ziehen an dem Tag rummelnd von Haustür zu Haustür, grölen irgendetwas, haben zumeist bereits einen in der Birne und wollen für ihr flegelhaftes Benehmen dann auch noch absahnen, am besten natürlich Schnaps oder gleich Bares. Nur gerieten sie da bei mir an den Falschen«, ereiferte sich Helmut Hohmann, der den damaligen Ärger noch immer nicht verdaut zu haben schien. »Denn mit mir nicht, mit mir nicht, Herr Hauptkommissar!«

Schmidt und Isabell hörten in der Leitung einige kurze, erregte Atemzüge.

»Anschließend haben sie meine Haustür mit Knallkörpern bombardiert, ich hatte Angst, da würde etwas zu brennen anfangen. Doch damit nicht genug, wurde mein schöner Briefkasten durch einen schweren Kanonenschlag total zerstört, dessen Wicklung ich erst viel später, im Frühjahr, beim Reinigen in meiner Dachrinne auffand. Da sich die Kerle noch immer in Nähe meines Grundstückes herumdrückten, fürchtete ich, dass sie mein Auto beschädigen würden. Ich habe dann unseren Dorfwachtmeister, den Herrn Hensel, von seiner wohlverdienten Silvesterparty wegtrommeln müssen. Sie können sich ja denken, Herr Hauptkommissar, dass dieser darüber nicht sonderlich erbaut war, grummelte was von: ›ich solle mich nicht so anstellen‹, und ›das wäre halt ortsüblich‹.« Der Alte geriet in der Erinnerung daran immer mehr in Rage. »Das fand ich nun überhaupt nicht witzig, dass er gerade mir als Alteingesessenen 'ne Lektion erteilen wollte. Dienst ist Dienst und Schnaps ist schließlich Schnaps, nicht wahr, Herr Hauptkommissar?«

»Und was geschah weiter?«, hakte Schmidt kurz angebunden nach, der wenig Lust verspürte, sich an der Kollegenschelte zu beteiligen.

»Na ja, schließlich hatte Hensel ein Einsehen und sich gnädigerweise zu mir her bemüht und die Brüder ins Gebet genommen. So hatte ich wenigstens in der restlichen Silvesternacht meine Ruhe, aber aufgeregt war man nach diesem ganzen Ärger natürlich, den ganzen Neujahrstag über habe ich immer wieder daran denken müssen … also schön ist was anderes, Herr Hauptkommissar!«

»Ich sehe noch nicht, Herr Hohmann, was das mit unserem Fall zu tun haben könnte«, wandte Schmidt recht behutsam ein, um den Alten nicht erneut zu verärgern.

»Aber die Hauptsache kommt doch jetzt«, entgegnete Helmut Hohmann. »Also, ich wollte die hässliche Sache von mir aus, auf sich beruhen lassen, keine Anzeige wegen des zerstörten Briefkastens machen und so weiter. Wollte die Gräben nicht weiter vertiefen, man weiß ja, wie das so ist, auf dem Dorf – einmal verschissen – immer verschissen. Aber diese Jugendlichen – sie kommen übrigens allesamt aus dem Neubaugebiet am Rande des Dorfes – konnten das alles, die Zurechtweisungen und so, wohl von ihrer Seite sowieso nicht verknusen, sodass es ein Nachspiel gab. Davon ahnte ich damals natürlich nichts. Dachte naiv, es hätten sich die Wogen so weit wieder geglättet, wurde aber leider, leider eines Besseren belehrt. Im Vorfrühjahr habe ich schließlich die Bienenkästen auf Vordermann gebracht und später, nichts Böses ahnend, am besagten Waldrand aufgestellt. Doch dann, immer an den Wochenenden, zumeist in den Nächten von Freitag auf Samstag – wahrscheinlich nach dem Mut antrinken – wurden die Kästen mit schöner Regelmäßigkeit heimgesucht. Mal fand ich sämtliche Kästen umgekippt vor oder es waren Teile einfach in den Wald geschmissen worden. So konnte das nicht mehr weitergehen, denn ich habe meine ganze Imkerei gefährdet gesehen.«

»Haben Sie sich denn damit nicht erneut an Herrn Hensel gewandt?«, fragte Schmidt.

»Hab ich ja, hab ich ja, Herr Hauptkommissar! Aber außer, dass eine Anzeige gegen unbekannt aufgesetzt wurde und Hensel sich immerhin der Mühe unterzog, bei den Eltern der Jugendlichen vorstellig zu werden, passierte nichts weiter. Denn von dortiger Seite wurde natürlich – wie nicht anders zu erwarten war – alles abgestritten. Außer Spesen also nischt gewesen. Das Wochenende drauf blieben meine Kästen zunächst ungeschoren, aber ich hatte mich zu früh gefreut, denn nach und nach begann die ganze Chose wieder von vorn.« Hohmann unterbrach sich und atmete schwer. »So blieb mir nur ein letztes Mittel übrig: Ich habe mich auf die Lauer gelegt, um die Täter auf frischer Tat zu ertappen, was ich auch an dem besagten Samstag tat, an dem in Langballigau so schreckliche Dinge geschehen sind.«

»Ist Ihnen die Gefährlichkeit Ihres Tuns denn gar nicht aufgegangen?«, gab Schmidt zu bedenken.

»Ja, schon, nur so konnte es nicht mehr weitergehen und ich hatte ja für alle Fälle meinen treuen Harro dabei, der hätte, wenn nötig, ordentlich dazwischengefunkt.

Was stellt er sich eigentlich darunter vor, dachte Schmidt bei sich, dennoch schwieg er lieber, um das Gespräch durch zu erwartende Rechtfertigungsversuche seitens Hohmanns nicht erneut ausufern zu lassen.

»Wider Erwarten blieb diese Nacht alles ruhig«, fuhr Hohmann fort, »und ich beschloss – es war so gegen zwei Uhr in der Früh –, endlich schlafen zu gehen.

Ich war gerade im Begriff, mich zu erheben, da seh ich seitlich, keine hundert Meter entfernt, eine dunkle Gestalt aus dem Wald kommen und auf das Anwesen der Thams zugehen. Mein Harro merkte natürlich sofort auf, aber er gehorcht mir aufs Wort und gab keinen Mucks von sich, er hat eben eine gute Schule genossen, alte Jagdhund-Tradition, wissen Sie?«

»Können Sie denn die Gestalt näher beschreiben?«, setzte Schmidt nach, froh, dass sie endlich am Kern der Aussage angelangt waren.

»Ja klar, kann ich das«, gab sich Hohmann wichtig. »Denn als die Gestalt das Nebengebäude erreicht hatte, ging die Hintertür auf und in dem Lichtschein, der kurz auf zwei Männer fiel, erkannte ich sofort diesen Angestellten der Thams wieder. Stammt wohl aus der ehemaligen DDR oder war es doch Polen? Na egal, jedenfalls soll er sich ja, wie man hört, auf dem Hof rundum ganz nützlich machen.«

»Ist Ihnen ansonsten irgendetwas Besonderes aufgefallen, bitte gehen Sie alles noch mal in Ruhe durch!«

»Ja, warten Sie, bevor die beiden Männer im Haus verschwanden, sah ich, dass dieser Angestellte da so ein längliches Futteral in der Hand hatte.«

»Könnte es sich um eine Schutzhülle für Angelruten gehandelt haben?«

»Ja, das kann gut sein, die Hülle war so gescheckt, grün und braun glaube ich. Na ja, so diese Tarnfarben halt, in denen heute die jungen Leute sogar in zivil rumlaufen.«

»Und was geschah dann?«

»Einen kleinen Moment, Herr Hauptkommissar, stehe gleich wieder zu Diensten.«

Es entstand eine kurze Pause, Schmidt und Isabell hörten mehrmals ein Feuerzeug klicken und direkt darauf einige tiefe Atemzüge.

»So, wo waren wir gleich stehen geblieben … ach ja, also ich war neugierig geworden und blieb noch einige Minuten in Lauerstellung sitzen. Gleich darauf sah ich, wie erneut die Hintertür aufging und einer der Männer sich in Richtung Straße davonmachte. Wo will der denn jetzt mitten in der Nacht bloß hin?, dachte ich. Dann sah ich oben im ersten Stock eine männliche Silhouette, die Licht machte. Ziemlich mysteriös das alles, nicht wahr, Herr Hauptkommissar?«

»Hatte er vielleicht etwas bei sich?«, erkundigte sich Schmidt, ohne auf die letzte Bemerkung weiter einzugehen.

»Wenn Sie mich so fragen, warten Sie, Herr Hauptkommissar, ja, ich meine einen flachen länglichen Koffer gesehen zu haben.«

»Und Sie sind auch bereit, das soeben Geschilderte unter Eid zu bezeugen?«, fragte Schmidt.

»Klar, Herr Hauptkommissar«, kam es bejahend aus der Leitung, »wo kämen wir denn sonst hin.«

»Na, das war's dann ja wohl«, stellte Schmidt befriedigt fest, nachdem er aufgelegt hatte.

»Ich meine auch«, bestätigte Isabell und nickte.

»Und wann denkst du, beehren wir Herrn Berger mit unserem Besuch?«

»Sowie ich Haft- und Hausdurchsuchungsbefehl in Händen halte. Ich nehme an, dass ich diese noch heute bekomme, und dann sollten wir gleich morgen früh mit unserer Arbeit vor Ort beginnen.

Wie vorgesehen trafen die Beamten am ›Utspann‹ in aller Früh ein. Raoul Berger arbeitete bereits im Garten am Gästehaus. Alle Liebenswürdigkeit des ersten Treffens schien von ihm abgefallen zu sein, denn er erfasste beim Anblick des massiven Aufgebots sogleich den Ernst der Lage.

So hatten Schmidt und Isabell diesmal nicht nur die Kollegen von der Spurensicherung, zwei Vollstreckungsbeamte der Schutzpolizei, einen Zöllner nebst Spürhund, sondern auch noch Staatsanwalt Bremer dabei.

»Was macht denn die Polizei erneut auf unserem Hof?«, ereiferte sich Ben, der aus dem Gästehaus geeilt war. »Verdächtigen Sie etwa Raoul? Das ist, meine Herren, mit Verlaub gesagt, wohl absurd. Sie sollten besser weiter im dunklen Umfeld dieses Thomsens ermitteln!«

»Ach, wissen Sie, Herr Thams, im Leben kann nichts so absurd sein, dass es nicht überall und zu jeder Zeit geschehen kann, und bitte«, Schmidt wandte sich ihm ruhig und bestimmt zu, »lassen Sie uns jetzt einfach nur unsere Arbeit machen.« Nachdem er Berger den Verhaftungsgrund genannt und über seine Rechte belehrt hatte, ließ sich dieser, nun anscheinend ganz in sein Schicksal ergeben, bereitwillig abführen.

Isabell nahm in dessen Wohnung sogleich das gerahmte Foto mit der darauf abgebildeten Männerrunde von der Wand. Spurensicherer Keller war natürlich der doppelte Boden des Kamerakoffers nicht entgangen, sodass dieser als mögliches Beweismittel vorläufig beschlagnahmt wurde. Die weitere Durchsuchung, die sich auf die Garage erstreckte, förderte zunächst nicht wie erhofft Beweismittel zutage, welche irgendeinen direkten Hinweis auf die Tatwaffe hätten geben können.

Aber kurz darauf nahm der Hund Witterung im alten Holzschuppen auf und blieb mit seiner schnüffelnden Nase schließlich an einem der Angelfutterale hängen. Seine Lautäußerungen ließen keinen Zweifel daran, dass er hier fündig geworden war.

Der herbeigeeilte Schmidt ließ befriedigt die gescheckte Hülle sicherstellen, denn wenn sich daran die vermuteten Schmauchspuren feststellen ließen, saß Berger in der Falle.

Die Verhaftung war an dem des Mordversuchs Verdächtigten keineswegs spurlos vorübergegangen. Hatte er anfänglich, beim Klicken der Handschellen, noch erleichtert gewirkt, so sah Schmidt, der diesen am Nachmittag zum Verhör lud, nun äußerlich einen zusammengesunkenen Menschen vor sich.

»Herr Berger«, eröffnete Schmidt die Sitzung, der Isabell hinter einer Glasscheibe verborgen beiwohnte, um als weiterer Beobachter Rückschlüsse aus Mimik, Tonfall und Körperhaltung des zu Verhörenden ziehen zu können. »Sie wissen, warum Sie hier sind?«

Berger zuckte undifferenziert mit den Schultern.

»Wir beschuldigen Sie des versuchten Mordes an Andy Thomsen, verübt am 15. Juli dieses Jahres, Tatzeit kurz nach Mitternacht. Tatwaffe höchstwahrscheinlich eine Österreichische Steyr oder eine Magnum, beides ja bekannterweise in Fachkreisen hochwertige Präzisionsgewehre.«

»Ich habe so eine Waffe nie besessen, Herr Hauptkommissar«, gab Berger sich unwissend und schüttelte vehement den Kopf. »Wie kommen Sie denn bloß darauf?«

»Na ja, Herr Berger, diese Art von Waffen findet in den Elite-Einheiten der Fremdenlegion Verwendung und in diesem Verein waren Sie ja wohl?«, stellte Schmidt lakonisch fest.

»Fremdenlegion, Fremdenlegion? Kenne ich eigentlich nur so vom Hörensagen. Hat, glaube ich, was mit bezahlten Söldnern zu tun, die in Krisengebieten zum Einsatz kommen, nicht?« Berger tat weiter so, als handelte es sich für ihn um böhmische Dörfer.

»Und wie erklären Sie uns dann, dass die Spuren des Schießpulvers an der Kleidung des Ermordeten chemisch genau identisch sind mit der Sorte, die wir an einem der Angelrutenfutterale aus ihrem Schuppen gefunden haben?« Schmidt sah an dem flackernden Blick Bergers, dass dessen Kartenhaus definitiv am Zusammenbrechen war und so schob er unvermittelt nach: »Übrigens gibt es einen Zeugen, der Sie zur ermittelten Tatzeit, hat nach Hause gehen sehen … und die Figur vor dem laufenden Fernseher, die für Ihr Alibi sorgen und den Nachbarn weismachen sollte, dass Sie daheim sind, war demnach nur ein Komplize.«

Schmidt bemerkte, wie Bergers Mimik sichtlich in Bewegung geraten war und fügte deshalb schnell hinzu: »Wenn Sie ein umfassendes Geständnis ablegen und uns Ihren Mithelfer nennen, würde das Strafmaß, da bin ich mir sicher, um einiges niedriger ausfallen. Andernfalls können Sie eigentlich alles nur noch verschlimmern. Ich nehme an, dass der Staatsanwalt Sie lediglich wegen Mordversuchs anklagen wird, da Ihnen jemand nur für Sekundenbruchteile zuvorgekommen ist.«

»Wozu, Herr Hauptkommissar«, entgegnete Berger müde, der, nachdem er erkennen musste, dass ihm all seine Felle davongeschwommen waren, nun offensichtlich gleich reinen Tisch machen wollte. »Das, was mir zur Last gelegt wurde, habe ich getan. Aber denjenigen, der mir geholfen hat, werde ich nicht preisgeben, selbst wenn ich dafür länger einsitzen muss. Ich habe in meinem ganzen Leben noch nie jemanden verraten, besonders keinen, der mir in irgendeiner Form beigestanden hat – auch in der Legion nicht. Das können Sie Ihrem Herrn Staatsanwalt ruhig so übermitteln.«

Nachdem Berger dem Haftrichter vorgeführt worden war, wurde er wieder in seine Zelle gebracht.

»Na, Isabell, wie schätzen wir die Lage ein«, eröffnete Schmidt das anschließende Gespräch.

»Ich denke, damit ist, sagen wir mal so, der zweite Fall eines Mordversuchs aufgeklärt«, entgegnete Isabell. »Ein Geständnis haben wir jetzt und die Motivlage ist ohne Weiteres nachvollziehbar.«

»Ja, das sehe ich ganz genauso, Isabell«, bestätigte Schmidt. »Aber lass uns die Geschichte ruhig noch mal von vorn, aus der Sicht Bergers, aufdröseln. Also, da wird einem arbeitslosen, vorerst gescheiterten Mann, ohne große Vorbedingung eine echte Chance eingeräumt, und er rechtfertigt dieses nicht nur mit Dankbarkeit, sondern auch mit unermüdlichem Einsatz für seine jungen Arbeitgeber und fühlt sich fast wie ein vollwertiges Mitglied der Familie, wobei er klug genug ist, gewisse Grenzen nicht zu überschreiten.«

»Was meinst du damit genau?«, hakte Isabell nach. »Mit den Grenzen nicht überschreiten, Paul?«

»Ich meine damit«, Schmidt setzte sich halb auf die Kante seines Schreibtischs, »dass Berger, obwohl von sich aus mit der Familie gefühlsmäßig eng verwoben, nie distanzlos gehandelt hat, geschweige denn mal plump vertraulich geworden wäre – jedenfalls schätze ich ihn so ein –, und gerade das, zusammen mit seinen anderen Stärken, war es denn auch, was da so ideal in die kleine, idyllische Welt hingepasst hat.«

»Schön, schön, Paul, so könnte ich mir den Mann ebenfalls nach meiner bisherigen Beobachtung in etwa vorstellen«, erwiderte Isabell. »Aber rechtfertigt das einen Mord?«

»So gesehen, natürlich nicht. Und man kann sich auch immer wieder die klassische Frage stellen, wann sich dieser überhaupt rechtfertigt. Aber, interessant ist in dem Zusammenhang – ich weiß nicht, ob du mal davon gehört hast«, Schmidt rutschte von der Schreibtischkante und überflog mit seinen Blicken seine Fachbuch-Bibliothek, offensichtlich ohne direkt fündig zu werden, »dass das deutsche Recht seit 1968 ein Widerstandsrecht enthält, Artikel zwanzig, den Absatz habe ich nicht mehr parat – also, es schließt jedenfalls als letztes Mittel den Tyrannenmord gegen einen verbrecherischen Diktator nicht aus. Ich denke mal, das ist dem einstigen Hitler-Deutschland geschuldet und genau genommen hatten die Menschen hier in dieser Umgebung mit diesem Thomsen ja einen Tyrannen nebst treuem Gefolge zu ertragen – wenn auch im Kleinformat, nicht wahr?«

»Da habe ich ja direkt dazugelernt, Chef«, erwiderte Isabell lächelnd, so auf den Punkt gebracht, ist da wohl etwas dran, Paul – und übertragen auf unseren Fall hier ließen sich vielleicht sinngemäß insofern gewisse Parallelen ziehen, dass es auch hier auf der einen Seite um skrupelloses Machtstreben eines Einzelnen geht und auf der anderen Seite wie in einer Diktatur sich eine stumme Mehrheit diesem hilflos ausgesetzt fühlt.«

»Na, klar, Isabell, ich finde das springt einem geradezu ins Auge: Auf der einen Seite dieser, nur auf seinen Vorteil Bedachte, über Leichen gehende Thomsen mit seiner, den Menschen die Atemluft raubenden, stinkenden, lärmenden Armada, und auf der anderen Seite, die das ungeschützt auszubadenden Opfer. Das prekäre dabei ist, dass hier ähnlich wie bei einem Despoten, demokratische Mittel nicht sofort greifen. Oder erst, wenn alle Instanzen bemüht worden sind, nur haben dann womöglich die Betroffenen bereits alles verloren. Und um jetzt direkt auf Berger zurückzukommen, so erscheint mir nach wie vor der wichtigste Aspekt zu sein, dass er gefühlsmäßig endlich wieder – nicht zuletzt deswegen war er ja bei der Fremdenlegion – ein richtiges Zuhause, eine Heimat gefunden hat. Und der neuerliche Verlust und sein ausgeprägtes Unrechtsbewusstsein, sagt ihm, dass er nun schnell handeln muss und da befindet er sich ja in seinem ihm wohlbekannten Element!«

»Genau!«, bekräftigte Isabell zustimmend, »und so reift in ihm der Plan, sich an dem zu rächen, den er für den Verursacher ihres ganzen Unglücks hält. Gegen die einmal losgetretenen Bikerhorden war er natürlich, wie die anderen Betroffenen, so gut wie machtlos. Da ist es folgerichtig diesen rigoros zu entfernen. Dabei hat dieser Pastor namens Bernd Schmählich ja unverschämtes Glück gehabt, denn folgt man dieser Logik, wäre er trotz seiner tadellosen, weißen Schleife auf dem Gewand, gleich nach Thomsen dran gewesen.«

»Das hört sich ja nicht gerade nach brav zahlendem Kirchenmitglied an.«

»Nöö, Paul, dazu bin ich irgendwie zu sachlich auf die Welt gekommen, und ich denke eher so in der Richtung, hilf dir selbst, so hilft dir Gott. Und zum Glück kann eine Frau das im Hier und Jetzt frei äußern, ohne gleich als Hexe auf dem Scheiterhaufen zu landen«, erinnerte Isabell an zurückliegende, dunkle Zeiten. »Wie man heute Mitglied einer Kirche sein kann, die die Vernichtung von Zigtausenden Frauen auf dem Gewissen hat, wird mir ewig ein Rätsel bleiben.«

»Es ging und geht schlicht um Macht, da hat sich im Prinzip nicht allzu viel geändert«, antwortete Schmidt. »Sie ist heute nur in anderen Formen anzutreffen. Aber eines haben sie alle gemein: Bei der Ausübung gibt es immer Verlierer. Und das sind dann zumeist die, die unbewusst unter ihrer eigenen, nicht eingestandenen Bedeutungslosigkeit leiden und sich Kanäle suchen, um diese zu kompensieren. Wenn aber die Lebensräume der Mitmenschen dafür herhalten müssen«, fuhr Schmidt fort, »kann es, wie wir bei unserem aktuellen Mordfall an der Biker-Problematik gesehen haben, zu prekären Situationen kommen. Das werden die Väter des Paragraphen 1 der Straßenverkehrsordnung schon geahnt haben, als sie diesen wunderbaren, auch für alle übrigen Lebensbereiche richtungsweisenden Text in die Welt setzten - einen Moment, ich hätte da was.« Schmidt kramte in seiner Schreibtischschublade und hielt seiner Kollegin dann eine Kunstpostkarte entgegen, auf der ein schlichter Grabstein abgebildet war, in dem in eingravierter, verwitterter Schrift Folgendes zu lesen war:

Die Teilnahme am Straßenverkehr erfordert ständige Vorsicht und gegenseitige Rücksicht.

Jeder Verkehrsteilnehmer hat sich so zu verhalten, dass kein anderer geschädigt, gefährdet, oder mehr als nach den Umständen vermeidbar, behindert oder belästigt wird.«

Ja, es überrascht immer wieder«, pflichtete Isabell bei, »dass dies ein trockener Paragraph sein soll.«

»Nicht wahr? Aber letzten Endes ist es nur ein schöner Traum von vorgestellter Humanität«, erwiderte Schmidt, »denn real ist der Text längst zu einem Epitaph, einer Grabschrift für einen Verstorbenen mutiert.«

16. EIN BRAND MIT FOLGEN

In der Bezirkskriminalinspektion hatten sie sich an diesem Freitag etwas früher in das Wochenende verabschiedet, aber ganz abschalten ließ sich natürlich nie, wenn man wie Schmidt und Isabell an einem aktuellen Fall dran war.

Zu Hause angelangt, bereitete sich Schmidt einen Cappuccino zu und machte es sich anschließend in einem seiner Segeltuchsessel bequem. Würden sie den eigentlichen Mörder des Kneipiers jemals zu fassen bekommen? An dem maßgeblichen Teil der Tatwaffe, dem gefiederten Pfeil, hatten sich, außer ein paar winzigen Fasern, die darauf schließen ließen, dass der Unbekannte bei der Ausübung seiner Tat Lederhandschuhe benutzt haben musste, keinerlei weitere Spuren finden lassen, die in irgendeiner Form direkt verwertbar gewesen wären.

Die in Betracht kommenden Tatverdächtigen aus dem engeren Kreis der Anwohner hatten bis auf Erika Long alle ein Alibi vorweisen können. Das schloss aber keinesfalls aus, dass die Angaben dieser Personen, wenn es die Sachlage erforderte, erneut überprüft werden mussten.

Spontan fiel Schmidt Hinz Henningsen, der Jäger, ein. Vielleicht hatte der ja die Schlafenszeit seiner Schwester genutzt, um die Tat auszuführen und sich danach, als wäre nichts gewesen, in sein altes, seit Jahren verwaistes Ehebett gelegt? Durchaus möglich. Doch könnte er zu Pfeil und Bogen gegriffen haben? Nein, denn das würde dieser, in seiner ländlichen Jagd-Tradition eingebundene Mann wahrscheinlich eher als lächerlich empfinden. Und wenn doch, konnte er überhaupt mit Pfeil und Bogen umgehen? Vermutlich eher nicht. Außerdem brauchte man auf die relativ große Distanz für einen Treffer viel Ausdauer, Geduld und Disziplin. Tugenden, die dieser Henningsen offensichtlich nicht gerade mit der Muttermilch eingesogen hatte. Nein, da war sich Schmidt sicher, der war einfach nicht der Typ dazu. Den konnte er also fürs Erste abhaken.

Und dieser Joe? Der käme schon eher in Betracht, schließlich hatte er einige Zeit drüben in Arizona bei einem Stamm der Utahs gelebt. Und es lag durchaus nahe, bei seinem Interesse an diesem Volk, dass er sich auch in der alten Technik des Bogenschießens hat unterweisen lassen.

Und was war mit dessen indianischem Freund, dem Navajo-Häuptling, der in Sachen Völkerverständigung für seine Stammesbrüder durch ganz Europa reiste? Theoretisch erschien es Schmidt zunächst mal nicht abwegig, dass er aus einer besonderen Freundschaft heraus dem ›Blutsbruder‹ Schützenhilfe geleistet haben könnte.

Und wie verhielt es sich mit Joes Vater, dem alten Herrn Keim? Nein, das war schon physisch ganz ausgeschlossen, dass dieser einen derartigen Anschlag durchzuführen in der Lage gewesen wäre.

Und die jungen Wirtsleute? Die konnte er wohl endgültig von seiner Verdächtigenliste streichen. Einmal waren da mehrere, gut beleumundete Zeugen, die ihr Alibi stützten, und Pfeil und Bogen hatten sie in ihrem Leben mit höchster Wahrscheinlichkeit allenfalls nur von Weitem gesehen. Außerdem wären sie sicher Helmut Hohmann aufgefallen, der Raoul Berger bereits mit dem Unbekannten beobachtet hatte.

So kam er wieder auf Erika Long zurück. Was wussten sie eigentlich über die Vergangenheit dieser Frau? Ein Motiv hatte sie, wenn Schmidt daran dachte, wie hingebungsvoll sie sich um ihre Tiere kümmerte. War es denn so abwegig, dass die Sorge um die ihr anvertrauten Geschöpfe, zumal sie darin offensichtlich ihre Lebensaufgabe sah, sie nicht zu dieser Verzweiflungstat getrieben hatte?

Schmidt wusste aus seiner langen Praxis, dass ausgeprägte Lebensphilosophien, insbesondere aber dogmatische Ideologien, oft die eherne, unnachgiebige Grundlage für eine Tat bis hin zum Mord bilden konnten. Er spürte, dass an der Sache was dran sein musste, das alte Bauchgefühl eben.

Ja, warum denn auch nicht, Erika Long wirkte zwar eher zierlich, dennoch drahtig und irgendwie zäh. Vielleicht war die dazu benötigte Ausrüstung noch auf ihrem Anwesen zu finden? Oder konnte man eher davon ausgehen, dass sie diese nach der Tat beiseitegeschafft, wenn nicht gar vernichtet hatte? Andererseits war Schmidt von früheren Begegnungen klar, dass einige Menschen sehr, geradezu andächtig, an den Devotionalien ihres Erfolges hängen konnten.

Je länger Schmidt darüber nachdachte, desto wahrscheinlicher erschien ihm die Möglichkeit, dass Erika Long die Täterin sein könnte.

Als Erstes sollten sie gleich morgen früh in dieser Angelegenheit recherchieren, sich bei einschlägigen Bogensport-Verbänden kundig machen.

Wenn Erika Long dort irgendwo in Erscheinung getreten war, würde dieses Wissen darum nur ein weiteres, verdichtendes Indiz bedeuten und einen Hausdurchsuchungsbefehl wohl noch nicht rechtfertigen. In ihrem weiteren Umfeld zu ermitteln, wäre taktisch unklug und könnte alles verderben. Sie wäre dann womöglich vorgewarnt und würde dies zum Anlass nehmen, eventuell vorhandene Beweismittel zu vernichten. Sie brauchten eben den alles entscheidenden Hinweis.

Vielleicht sollte er sich noch mal mit Hensel austauschen. Der kam viel rum in der Gegend, warum sollte es nicht möglich sein, dass ihm mal früher Aufgefallenes, dem er damals keine besondere Bedeutung beimaß, nun in einem anderen Zusammenhang sah?

Und wenn es nur eine Bemerkung war, die dieser einmal irgendwann aufgeschnappt hatte oder das Verhalten eines Menschen betraf, das aufgrund der jüngsten Ereignisse nun eine andere Färbung angenommen hatte und sich mit anderen Teilen zu einem vordem rätselhaften Puzzles fügte.

Schmidt erinnerte sich an schier aussichtslose Fälle, bei denen eine klitzekleine, äußere Anregung, längst vergessen Geglaubtes wieder hochspülen ließ.

Er hoffte, in einem mehrstündigen Schlaf hinreichend Kräfte sammeln zu können, aber als er schließlich wegsackte, harrte seiner schon ein bizarrer Albtraum.

Mitten auf einer Chaussee hatte sich eine aus gleißendem Gold bestehende, zyklopisch anmutende Pfeilschützin postiert, die mit ihrem Bogen einem fernen, kriegerischen Reich entsprungen schien und zum tiefblau-violetten Himmel in einem pittoresk bizarren Kontrast stand.

Ihr gegenüber, wuchtig die ganze Breite der Chaussee einehmend, schob sich eine unübersehbare Schlange heran, die bestehend aus schwarzen motorisierten Kutten kurz ins Stocken geraten war. Jedes Mal, wenn diese sich fauchend rollend in Bewegung setzte, wurde sie mit einem schnellen Stakkato von brennenden Pfeilen gestoppt.

Beim Auftreffen explodierten die Pfeilspitzen und während einige auf chromblitzenden Tanks landeten und dort wie kurzlebige Sternschnuppen verglühten, durchdrangen andere die schwarzen Kutten, wor-

aufhin die Getroffenen bei lebendigem Leibe auszubrennen begannen, bis nur eine Hülle aus Asche übrig blieb.

Doch so sehr die Wehrhafte ihren Pfeilregen auch verdichtete, der Tross aus tausend rollenden Rädern kam unaufhaltsam näher.

Schon wollte die Kriegerin der Übermacht weichend den Rückzug antreten, als mit infernalischem Sirenengeheul ein unbemannter Feuerwehrwagen zu Hilfe kam, aus dessen Kühlergrill ein spritzender, todbringender Strahl von glühender Lava das Schicksal der sich unter ohrenbetäubendem Geheul windenden Riesenschlange endgültig besiegelte.

Gerade als die Flammen bedrohlich an Schmidts Bett hoch zu blecken begannen, beugte sich eine dunkle Gestalt mit Gasmaske über ihn, in deren tiefschwarzen Schutzgläsern die Porträts seiner damals in Malmö tödlich verunglückten Frau aufblinkten …

Schmidt warf sich mit gurgelnden Lauten noch einige Male hin und her, bis ihn der nachhaltig gleichbleibende Warnton seines Handys weckte und schließlich erlöste.

Am anderen Ende der Verbindung meldete sich Dorfpolizist Hensel, dessen Stimme nur sehr schwer zu verstehen war, da im Hintergrund ein wirres Durcheinander der verschiedensten Geräusche dominierte.

»Hallo, Herr Hauptkommissar, hören Sie mich?«

»Ja, es geht«, antwortete Schmidt, der vom soeben erlebten Traumgeschehen leicht benommen war und deshalb das Handy stärker an sein Ohr presste.

»Erika Longs Kate niedergebrannt … Besitzerin gerettet … wir sind bereits am Löschen …« Hensels Stimme wurde schwächer und schwächer bis die Verbindung ganz abbrach. Dennoch hatte Schmidt genug gehört. Er schaute auf die grünen, phosphoreszierenden Ziffern seiner Armbanduhr: zwei Uhr fünfundzwanzig. Er gähnte, die Müdigkeit machte ihm natürlich zu schaffen. Dennoch befand er sich, nachdem er die Kollegen von der Spurensicherung alarmiert hatte, keine zehn Minuten später auf der Nordstraße in Richtung Langballig.

Obwohl sich Schmidt in seinem Wagen noch unterhalb des Brandes auf der Nordstraße befand, sah er bereits die weithin sichtbare Feuersbrunst auf einer Anhöhe aufflackern. Als er näher kam, stieg ihm der typische Brandgeruch des durch das Löschwasser nass gewordenen Dachgebälks in die Nase.

Die kleine Reetdachkate war inzwischen bis auf die Grundmauern niedergebrannt, während die Freiwilligen Wehren der Gemeinde durch Ablöschen ein weiteres Ausbreiten des Feuers auf die Stallungen und Volieren der Vögel zu verhindern suchten.

Erika Long lag bereits im Wagen des Rettungsdienstes, wo sie künstlich beatmet wurde. Kurz davor traf Schmidt auf Hensel, der dabei war, den Unglücksort weiträumig abzusperren. Schmidt klopfte ihm auf die Schulter, woraufhin dieser innehielt und sich umwandte.

»Können Sie etwas zum Stand der Dinge berichten, Herr Hensel?«

»Moin, moin, Herr Hauptkommissar«, versuchte Hensel sich mit erhobener Stimme gegen das Zischen, Knacken und Bersten des flammenden Zerstörungswerkes durchzusetzen.

»Ja, klar, geht gleich los.« Hensel richtete ein paar Stäbe des Abgrenzungsbandes und folgte Schmidt zu seinem Dienstwagen. »Also, um zwei Uhr fünfzehn«, fuhr er fort, »wurden die Wehren aus Langballig, Terkelstoft und Grundhof durch das Sirenengeheul alarmiert. Als wir kurz darauf hier eintrafen, fanden wir die stark desorientierte hin und her torkelnde Erika vor, ich meine natürlich Frau Long, die voller Verzweiflung nach ihren Tieren schreiend, vor uns zusammenbrach – und alles brannte lichterloh.« Hensel sah zum Notarztwagen hinüber und holte tief Luft. »Bis der Rettungsdienst eintraf, haben wir uns natürlich um die arme Frau gekümmert und Erste-Hilfe-Maßnahmen eingeleitet, während das Gros der Männer mit dem Löschen begonnen hat.«

Trotz der Empathie, die Schmidt angesichts des Schicksalsschlags dieser Frau gegenüber empfand, blieb er zuallererst immer der Ermittler, der es folgerichtig zugleich bedauerte, dass ihm womöglich Beweismaterial entgangen war, welches zur Überführung Erika Longs nötig gewesen wäre.

Ohne es zu wissen, sollte dieses Bedauern im gleichen Moment einen Grund haben. Denn von allen unbemerkt, da es sich auf der Rückseite des Hauses abspielte, löste sich gerade eine zu glühen angefangene Holztruhe vom Dachboden, fiel auf die Erde und zerbarst. Dabei gab sie für Sekunden ein lang gehütetes Geheimnis, eine stark verkohlte Urkunde frei. Und hätte Schmidt vor der endgültigen Zerstörung durch Glut und Löschwasser die winzige Gelegenheit gehabt, die sich schon zu Asche verwandelnden Papierreste zusammenzufügen, wäre seine Spürnase zu erneuten Ehren gekommen. Vorausgesetzt, er wäre in der Lage gewesen, unbekannte, rätselhafte Schriftzeichen zu entziffern – aber dafür hätte es ja lediglich eines Experten bedurft.

Inzwischen trafen die Kollegen von der Spurensicherung ein sowie das Ehepaar Kolb, die Inhaber einer weiteren Tierauffangstation im näheren Kreisgebiet. Sie waren mit Transportkörben ausgestattet und wollten sich um die Evakuierung der teilweise unter Schock stehenden oder in Panik geratenen und verletzten Tiere kümmern.

Schmidt war an den Rettungswagen herangetreten, in dem eilig Vorbereitungen für die Abfahrt getroffen wurden. Erika Long, die weiterhin künstlich beatmet wurde, hielt die Augen geschlossen. Der Notarzt vertröstete Schmidt, dass die Patientin in allem Pech Glück gehabt habe, also noch einmal davonkommen sei und wahrscheinlich – sofern alles gut gehe – nach ein paar Tagen der Regeneration zu einem kurzen Verhör durchaus wohl in der Lage sei.

17. ALTE KÄMPFERIN

Erika Longs Vergiftung der Atemwege erforderte eine intensive Sauerstofftherapie, sodass im Interesse der Patientin vorerst an eine Befragung nicht zu denken war. Als die Ärzte der Förde-Klinik nach gut einer Woche schließlich grünes Licht gaben, traf Schmidt auf eine lethargisch daliegende Kranke, die ihr Schicksal wohl erst nach und nach zu realisieren begann. Jedoch selbst in dieser Ausnahmesituation schien ihr die eigene Gesundheit zweitrangig und der materielle Verlust nicht so wichtig zu sein, denn sie fragte Schmidt zuerst nach den ihr anvertrauten Tieren.

»Bei allem Unglück«, versuchte Schmidt die Sorgen der Kranken zu zerstreuen, »haben die meisten Ihrer Tiere wohl den Brand halbwegs gut überstanden, da die Volieren und Kleintierställe weit genug vom Wohnhaus entfernt waren und zu der Zeit gerade Westwind herrschte.«

»Sie sagen die meisten, Herr Hauptkommissar, bitte sagen Sie mir – auch wenn es schmerzt –, welche meiner Tiere das Unglück nicht überlebt haben?«

»Das kann ich Ihnen beim besten Willen nicht beantworten, aber soweit ich es mitbekommen habe, hat sich das Ehepaar Kolb aus Hollehit Ihrer Tiere inzwischen umfänglich angenommen.«

»Ach, Rudi und Elke?« Erika Longs Gesicht hellte sich langsam auf und bekam etwas Farbe. »Da sind sie – Gott sei Dank – ja in den besten Händen.« Sie machte den Versuch, sich im Bett aufzurichten, doch fehlte ihrem geschwächten Körper die Energie. Es fiel ihr offensichtlich außerordentlich schwer, die eigene Hilflosigkeit anzunehmen, selbst wenn diese, wie hier, während des Klinikaufenthaltes, nur zeitlich begrenzt war.

»Leider muss ich Ihnen ferner mitteilen, Frau Long, dass Ihre Kate bis auf die Grundmauern niedergebrannt ist«, richtete Schmidt den Fokus jetzt auf die eigentliche Vernehmung.

»Ja, und was ist mit meinen ganzen Sachen?«, ängstigte sich Erika Long. »Ich habe den Arzt hier gefragt, aber der konnte oder wollte mir keine Auskunft geben.«

»Tut mir sehr leid für Sie«, antwortete Schmidt, genauestens auf die Reaktion der Kranken achtend, »es ist bedauerlicherweise«, und das meinte der Fahnder natürlich nun im wahrsten Sinne des Wortes, »bedauerlicherweise alles verbrannt.«

»Das ist nicht wahr, oh nein, oh nein«, entfuhr es der Frau. Doch blankes Entsetzen sah nach seinen Erfahrungen irgendwie anders auch und das irritierte Schmidt.

»Wir haben übrigens im Brandschutt Spuren von Brandbeschleuniger nachweisen können.«

Schmidt war an das Fenster getreten und sah auf das, den Klinik-Komplex umkränzende Parkgelände hinaus. Auf einigen der Holzbänke genoss eine kleine

Ansammlung von Pflegekräften die kurze Pause in den warmen Strahlen der Mittagssonne, die durch eine Wolkenbank in intensiven Grün-Grau angenehm gefiltert war.

»Wie schizophren wir Menschen doch sind und im Verdrängen wahre Weltmeister«, sinnierte Schmidt, als er sah, wie von dem leuchtend weißen Grüppchen Gesundheitshelfern bläuliche Rauchwolken gen Himmel stiegen.

»Denken Sie bitte mal nach, Frau Long«, fuhr Schmidt dann fort, jetzt dem Bett zugewandt. »Haben Sie sich – und ich meine nicht nur die jüngsten Ereignisse im Zusammenhang mit der Biker-Szene, sondern womöglich die Jahre davor – vielleicht irgendwelche Feinde gemacht?«

»Nein, nein, das halte ich eher für unwahrscheinlich. Vielleicht haben Sie ja gehört, dass ich mit meinem direkten Nachbarn, dem Hinz Henningsen, nicht viel am Hut habe, weil er zusammen mit seinen werten Kollegen, den selbsternannten Hegern von Flora und Fauna, unschuldige Tiere ermordet.« Erika Long hustete und legte eine Pause ein, denn das Reden strengte sie sehr an. »Und es stört die Kerle natürlich in ihrer selbstherrlichen Jagdausübung nach Gutsherrenart sehr empfindlich, wenn ich gegen diese zusammen mit anderen Tierschützern schon einige Male lautstark prostiert habe … aber dass die Abneigung so weit geht, dass einer deswegen Feuer legt – nein, das kann ich mir eigentlich nicht vorstellen.«

»Also gut, Frau Long.« Schmidt ließ sich auf dem Stuhl an der rechten Bettseite nieder. »Dann tippe ich definitiv auf verärgerte Biker, die sich aus reiner Rachsucht zu diesem Schritt genötigt sahen.«

»Das könnte durchaus sein«, gab Erika Long zu, »denn ich bin bei unseren Aktionen ja öffentlich in Erscheinung getreten, und das handgemalte Verbotsschild vor meinem Haus sagte ja auch unmissverständlich jedem Vorbeifahrenden, welche Ansicht ich vertrete.«

»Meinen Sie zum Beispiel die Blockade ihres Wirtschaftsweges mit den aufgetürmten Strohballen?«, fragte Schmidt.

»Ja, zum Beispiel«, wiederholte Erika Long, »obwohl das ja ursprünglich von Henningsen ausgegangen war und auf dessen Konto geht, hat man mich gesehen und sicher damit in Verbindung gebracht.«

»Und was sagen Sie zu der Sache mit den falschen Umleitungsschildern an der Gabelung Richtung Langballig und Sörup, der Gülle-Anschlag am Strandweg und die spektakuläre Blockade der Langballiger Chaussee durch eine Kette von Gasmaskenträgern?«, setzte Schmidt nach. »Da waren Sie doch sicherlich dran beteiligt?«

»Also, bei der Menschenkette war ich dabei, warum sollte ich das leugnen, zumal ja Hensel und Co. nach Auflösung der Blockade unsere Personalien aufgenommen haben. Damit die Bestrafung ja die Richtigen trifft, nicht wahr, Herr Hauptkommissar?«, erwiderte Erika Long kriegerisch, fast schon wieder die alte.

»Gut, gut, Frau Long, diese Aktionen interessieren die Mordkommission allenfalls nur am Rande«, winkte Schmidt ab. »Und ich brauche Ihnen wohl nicht erst zu sagen, warum ich eigentlich hier bin.«

»Nee, Herr Hauptkommissar, das brauchen Sie in der Tat nicht, Sie ermitteln gegen mich und glauben, dass ich etwas mit dem Mord dort unten am Bikertreff zu tun haben könnte, nicht wahr?«

»Ja, genau das glaube ich, Frau Long, denn wir haben inzwischen über Sie herausgefunden, dass Sie früher erfolgreiche Bogenschützin waren.«

»Na und, seit wann ist so was denn strafbar«, erwiderte Erika Long schroff.

»Nö, strafbar ist das ebenso wenig wie die Tatsachen, dass Sie bereits 1971 in den deutschen Nationalkader berufen worden, wo Sie grade mal siebzehn Lenze zählten, und«, Schmidt holte kurz Luft, »und dass Sie sich im Länderkampf Deutschland gegen Frankreich 1978 den ersten Platz im Bogenschießen mit 1.251 Ringen sicherten.«

Erika Long hatte schweigend zugehört, gleichwohl war eine feine, dennoch unübersehbare Blässe in ihr Gesicht getreten.

»Aber wenn ich das im Zusammenhang mit dem Mord betrachte, den es aufzuklären gilt, ist diese Tatsache sehr, sehr auffällig, nicht wahr, Frau Long?«

»Na, somit wissen Sie ja nun, dass Sie eine Expertin in Sachen Bogenschießen vor sich haben«, entgegnete Erika Long spitz. »Und als solche muss ich Sie, so leid es mir tut, lieber Herr Hauptkommissar, dahingehend belehren, dass diese Art von Schuss, soweit ich das der Presse entnehmen konnte – nur im jungen Erwachsenenalter möglich ist, und auch nur dann, wenn von Haus aus eine gewisse Begabung vorliegt.«

Schmidt schüttelte ungläubig den Kopf: »Sie versuchen jetzt nur, ihren Kopf mit fadenscheinigen Erklärungen aus der Schlinge zu ziehen.«

»Sie haben offensichtlich von diesem Sport keine blasse Ahnung, denn sonst wüssten Sie, lieber Herr Hauptkommissar«, entgegnete Erika Long kühl, »dass der Schütze bei den Lichtverhältnissen – ich weiß ja aus eigener Anschauung während meiner Strandspaziergänge wie schummrig dass da unten bei dieser Kneipe zugegangen ist –, also, dass der Schütze über ein superscharfes Auge und eine total sichere Hand verfügen musste. Und das können Sie, wenn Sie bereits an die sechzig sind, getrost vergessen. Außerdem verhält es sich mit dem Bogenschießen wie mit dem Klavierspielen, man muss jeden Tag üben, um nur halbwegs den Standard einzuhalten. Und ich habe, seit ich mich um die Tiere kümmere, keinen Bogen mehr in der Hand gehabt. Es fehlte einfach die Zeit.«

»Lassen wir das mal für einen Moment ruhig so stehen, Frau Long«, antwortete Schmidt von ihrer Darstellung natürlich nicht überzeugt. »Und bleiben wir eine Weile bei den Qualitäten, die den Schützen ebenfalls prädestinierten, diesen Mord so und nicht anders zu begehen.«

Erika Long sah Schmidt erstaunt an: »Was meinen Sie damit?«

»Ich meine, dass der Jemand – und das gehört zum Bereich Täterprofil –, um so offensiv handeln zu können, keiner sein kann, der sich in seinem Leben defensiv verhält. Er muss also schon über eine gehörige Portion Aktiva und Mut verfügen, unterfüttert mit einer Idee, einem Dogma oder einer festen Überzeugung – wo wir wieder bei Ihnen angelangt wären, Frau Long!«

»Also, das ist schon ein reichlich starkes Stück, was sich da der Herr Hauptkommissar zusammenbastelt«, reagierte Erika Long empört. »Wie Sie sehen können, bin ich eine ältere, nicht gerade kräftig gebaute Frau, und in eine derartige Situation sich hineinzubegeben, macht mir schon in der bloßen Vorstellung Angst.«

»Ach, wirklich, Frau Long?«, gab Schmidt sich ungläubig. »Und was haben Sie dann bei Sea Shepherd getrieben?«

Bei der Erwähnung dieses Namens schluckte Erika Long sichtlich, sagte aber nichts, während Schmidt unverzüglich nachsetzte. »Ich will es Ihnen sagen: Sie waren über mehrere Jahre Aktivistin bei dieser – sagen wir mal der Einfachheit halber – Meerestier-Schutz-Organisation und haben sich sowohl an Aktionen gegen die Robbenjagd, als auch an Störungen des Walfangs beteiligt. Was sagen Sie dazu, Frau Long? Feige darf man da wohl nicht gerade sein, oder?« Schmidt hielt siegesgewiss die Luft an, denn er sah, wie es im Gesicht der Frau zuckte und zu arbeiten begann.

»Zum Kuckuck, Herr Kommissar, was wollen Sie bloß von mir, bei einer Menschheit, die so verantwortungslos mit den ihr anvertrauten Wesen umgeht, muss doch irgendjemand handeln.« Erregt und erschöpft zugleich, ließ sie sich tiefer in ihr Kissen zurücksinken.

»Ich will nur die Wahrheit von Ihnen hören, Frau Long«, antwortete Schmidt, um anschließend seinen letzten Trumpf, der nur ein Bluff war, aus der Tasche zu ziehen. »Ach ja, da wäre noch was, Frau Long.« Schmidts Stimme klang auf einmal für die Ohren der Frau eine Idee zu gleichgültig, sodass Erika Long trotz ihrer Erschöpfung im Nu hellwach war. »Wir haben am Rande Ihres Grundstücks …« Schmidt hielt inne, um die Spannung, die in dem Krankenzimmer jetzt fast zu greifen war, voll für sich arbeiten zu lassen. »Also, am Rande Ihres Grundstücks«, bekräftigte Schmidt, »hat unsere Spurensicherung ein Stück Aluminium gefunden – von der Art, wie es in modernen Compoundbögen und Recurvebögen verbaut wird.« Schmidt frohlockte innerlich, denn er meinte mit seiner Behauptung, die zwar einfach nur ins Blaue abzielte, die Frau jetzt definitiv überrumpelt zu haben. Er sah sie scharf an. »Was sagen Sie dazu?«

»Nichts, Herr Kommissar«, blieb Erika Long von Schmidts Vorstoß völlig unbeeindruckt. »Was soll ich denn auch zu einem reinen Fantasiegebilde sagen? Oder wollen Sie, dass ich Sie etwa der Lüge bezichtigte? Ich weiß jetzt nicht, wie es im Amtsdeutsch heißt, ich denke aber, dass Sie sich eben mindestens einer kleinen Ordnungswidrigkeit schuldig gemacht haben, nicht wahr, mein lieber Herr Hauptkommissar?«

Schmidt dämmerte, dass er sich mit seiner Strategie nicht hatte durchsetzen können, obwohl er nach wie vor felsenfest davon überzeugt war, hier einer Mörderin gegenüberzusitzen. Gleichzeitig fragte er sich, woher diese Frau bloß ihre plötzliche Selbstsicherheit bezog. Der Beamte konnte ja nicht wissen, dass sie einen osmanischen Bogen verwendet hatte, der, da er ganz aus Naturmaterialen bestand, bei dem Brand natürlich vernichtet worden war.

»Wenn der Herr Hauptkommissar jetzt erlauben.« Erika Long richtete sich im Bett kurz auf, bevor sie auf ihr Kissen niedersank. Und ehe Schmidt den Raum verlassen konnte, war sie bereits eingeschlafen.

Selbst Schmidt, dem ja klar war, das Misserfolge zum Alltag des Kripobeamten gehörten, konnte diesmal seine Enttäuschung nicht verhehlen. »Auf die falsche Karte gesetzt, nennt man das wohl«, dachte er ziemlich genervt. Dabei war er bereits so nah dran gewesen!

Und wo sollte er jetzt noch ansetzen? Auf Befragungen der Nachbarn und Bewohner der nächsten Umgebung, ob sie die Long jemals mit einem Bogen in der Hand gesehen hätten, hatten die Beamten nur erstaunte Mienen geerntet. Und auch ihre Mitstreiter Joe, Nina, Ben und Henningsen wussten angeblich von nichts.

Abends trafen sich Schmidt und Isabell auf ein Glas Wein im ›Borgerforeningen‹, einer gemütlichen Weinstube in einem der malerischen Hinterhöfe, von denen es in der Fördestadt im historischen Zustand eine ganze Anzahl gab. Das machten die beiden immer, wenn sich das Ende des gerade zu bearbeitenden Falls langsam abzeichnete oder bis auf Weiteres zu den Akten gelegt werden musste. Es war zu einer festen Einrichtung, zu einer Art Abschlussritual geworden und diente dazu, außerhalb des Büros ein weiteres Mal über den aktuellen Fall zu resümieren und sich auszutauschen. Das hatte sich oft bewährt, da Schmidt seiner Mitarbeiterin während der alltäglichen Routine viel Spielraum zum selbständigen Arbeiten ließ.

»Gut wenigstens, dass der ›Fall Beate Thomsen‹ soweit geklärt ist«, eröffnete Schmidt ihr Gespräch, »denn der Untersuchungsbefund der Flüssigkeit in diesem Schraubglas und die Kontamination an Spritze und Schutzhandschuhen waren eindeutig: Parathion. Genau das Gift, welches in dem Gewebe von Andy Thomsen vorgefunden wurde.«

»Ja, und nun stell dir mal vor, Paul«, antwortete Isabell, »sie hätte den kleinen Bohrer bei ihrem überhasteten Aufbruch auch noch mitgenommen und hätte das Arsenal unterwegs irgendwo verschwinden lassen?«

»Ja, dann wäre die Beweislast wesentlich mickriger ausgefallen«, sagte Schmidt und nickte. »Übrigens gilt Beate Thomsen immer noch als verschollen und ihr Freund Sven Bothe steht weiter auf der Fahndungsliste.«

»Und wenn du bei Erika Long erfolgreich gewesen wärest, hättest du mir das bestimmt schon gesagt?«, sprach Isabell die Vernehmung im Krankenhaus an, wobei sie bemerkte, dass sich die Miene ihres Chefs augenblicklich verdüsterte.

Schmidt teilte Isabell den Ablauf des Verhörs mit, welches nach seinem Befinden so grandios gescheitert war.

»Ja, Paul, damit müssen wir halt leben«, war nun ausnahmsweise mal die Reihe an Isabell zu trösten, »das weißt du so gut wie ich.«

In der Folgezeit wandten sich die beiden Kripobeamten wieder neuen Aufgaben zu, ohne den letzten Fall ganz aus den Augen zu verlieren. Und es wurmte den sonst so um Sachlichkeit bemühten Schmidt, dass er Erika Long die Tat nicht beweisen konnte. Die Indizienlage reichte hinten und vorn nicht. Noch nicht mal einen Zeugen konnte er anführen, der die Tierpflegerin mit einem Bogen in der Hand gesehen hatte.

Ihr damaliger Einwurf, dass die Tat nur ein jüngerer Mensch hätte ausführen können, wollte ihm immer noch nicht einleuchten, denn er wusste nach den Gesprächen mit Bogenschützen, dass mit Konzentration viel zu kompensieren war. Auch war ihr Anwesen rundum von Grün umgeben, sodass sie dort wenigstens zeitweise unbemerkt ihrem Hobby hätte frönen können. Vielleicht war sie aber auch einfach in ihren betagten Kleinwagen gestiegen und hatte dann ein paar Stunden in irgendeinem Waldstück geübt.

Isabell entging natürlich nicht, dass sich ihr Chef immer wieder mit dem Fall auseinandersetzte und eines Tages sagte sie: »Paul, ich habe da, so glaube ich, was Neues für dich. Lass uns heute Abend darüber mal in aller Ruhe reden.«

Schmidt horchte interessiert auf, sagte aber nichts und nickte nur schweigend.

Abends, im ›Borgerforeningen‹ war dem sonst so klar und überlegen reflektierenden Schmidt die Spannung deutlich anzumerken.

»Nun spann mich nicht weiter auf die Folter, Isabell, was hast du herausgefunden.«

»Natürlich hat mich der Fall Erika Long ebenfalls innerlich weiter beschäftigt und ich habe dann ein wenig Recherche betrieben, und«, meinte Isabell bescheiden, »damit sogar ein bisschen Erfolg gehabt.«

»Was? Ja wie denn das?«

»Na ja, ich habe gerade erst vor einer halben Stunde aus dem Labor ein positives Ergebnis bekommen, das eindeutig belegt und unseren Verdacht bestätigt, dass Erika Long tatsächlich den tödlichen Pfeil abgegeben haben muss.«

»Bitte, wie, was hast du Isabell?«, fragte Schmidt völlig baff. »Davon weiß ich ja noch gar nichts!«

»Wir haben damals«, Isabell senkte ihre Stimme etwas, »direkt nach der Tat, den Pfeil nach Spuren untersuchen lassen und feinen Lederabrieb festgestellt, was uns, wie du weißt, nicht weitergeführt hat. Letztlich entscheidend war schließlich für mich, sich ein weiteres Mal den Überlegungen hinzugeben, wonach überhaupt zu suchen ist. Quibus, also *womit*. Für uns eine Binsenweisheit, ich weiß, jedoch das Ergebnis überrascht immer wieder aufs Neue.«

»Isabell, bitte, ja«, warf Schmidt ungeduldig ein. »Du solltest jetzt mal endlich zur Sache kommen.«

»Erinnerst du dich noch«, blieb Isabell trotz des drängelnden Chefs ihrer Dramaturgie treu, »als wir Frau Long das erste Mal auf Ihrem Anwesen besuchten?«

»Ja, natürlich, sie fütterte gerade einen der größeren Vögel. War dabei nicht von einem roten Milan die Rede gewesen?«, fragte Schmidt, dem die Spannung an seiner Körpersprache immer noch deutlich anzumerken war.

»Ganz genau, Paul, darauf will ich ja hinaus. Denn in dem Zusammenhang war ein Detail in mir unterschwellig hängen geblieben, ich wusste lange Zeit nicht was. Dass es irgendeine wichtige Bedeutung haben musste, war mir schnell klar«, erörterte Isabell weiter. »Dennoch, wie ich es drehte und wendete – ich konnte es einfach nicht einordnen. Ich wollte mich schon geschlagen geben. Frustriert wie ich war, war ich gerade dabei, mir zu Hause einen starken Mocca aufzubrühen, da kam urplötzlich die Erleuchtung.«

»Was für eine große Erleuchtung meinst du denn?«, stichelte Schmidt ungeduldig, dem das alles zu langatmig vorgetragen wurde.

»Ach, Paul, wenn du mich nicht ständig unterbrächest«, bemerkte Isabell keck, »hättest du sie längst! Also«, knüpfte Isabell an das bereits von ihr Dargestellte an, »fuhr ich zunächst auf eigene Faust zu diesen Kolbs nach dem winzigen Dörfchen Hollehit hinaus – das Ehepaar, weißt du, welches die Tiere, darunter diesen roten Milan der Frau Long, in ihre Obhut genommen hat. Und genau um diesen Vogel ging es mir. Ich bat sie um ein, zwei Federn des Tieres, was einiges Erstaunen bei ihnen hervorrief, denn ich konnte ihnen die Zusammenhänge ja nicht darlegen.« Isabell umfasste sanft den schlanken Stiel ihres Weinglases, in dem rubinrot der Rebensaft funkelte. »Na Paul ahnst du bereits was?«

»Ich hätte meinen Beruf verfehlt, wenn nicht«, erwiderte Schmidt trocken. »Ich nehme an, dass du dir die ausgehändigten Federn mit den Federn am Pfeil labortechnisch hast abgleichen lassen.«

»Genau so ist es, Paul«, antwortete Isabell. »Und was soll ich dir sagen: Der genetische Fingerabdruck stimmte dabei haarklein überein.«

»Klar, und demnach hat Erika Long den Schaft des Pfeiles, der ja ein Industrieprodukt ist, mithilfe der Vogelfedern in ihrem Sinne modifiziert«, ergänzte Schmidt und sah nachdenklich geworden vor sich auf die geblümte Tischdecke. »Ich könnte mir denken, dass sie dieses Wissen darum, was womöglich weit in die Vergangenheit reicht, auf ihren Reisen gewonnen hat. Spontan fällt mir da zum Beispiel das Osmanische Reich ein, das ja ganz hervorragende Bogenschützen zu Pferde ins Feld führen konnte«, folgerte Schmidt und prostete Isabell zu. »Jetzt haben wir sie also.«

»Es ist die Frage, ob wir das überhaupt wollen, Paul«, sagte Isabell.

»Wie bitte?«, reagierte Schmidt entgeistert. »Was soll das denn jetzt wieder, Isabell? Die Frau gehört ohne Wenn und Aber hinter Schloss und Riegel. Besonders, wenn ich daran denke, dass die unentdeckten Straftaten im übrigen Teil unseres schönen Bundeslandes oft doppelt so hoch sind, als die, die wir mühsam in einem Jahr aufklären. Ich finde das überhaupt nicht mehr witzig. Und in einer Gesellschaft, wo sich ganze Gruppen immer mehr herausnehmen – zum Beispiel die zunehmende Gewalt gegen uns und besonders gegen die Kollegen von der Schutzpolizei –, da braucht es feste Regeln, sonst blüht Anarchie. Irgendein Professor auf der Polizeischule hat da mal ein Gleichnis angeführt, das mir nie mehr aus dem Kopf gegangen ist. Er meinte, dass die Demokratie sich gegenüber einer Diktatur wie ein leicht sinkbares Floß zu einem stabilen Schiff verhalte. Und deswegen sage ich, haben wir in jeder Situation, das, was einst die klugen Väter des Grundgesetzes in die Welt gesetzt haben, zu schützen und zu bewahren.«

»Das ist alles so im Prinzip absolut richtig, Paul – aber gutes Recht, unbarmherzig angewandt, kann die Quelle unsäglichen, menschlichen Elends werden«, erwiderte Isabell wortgewandt. »Das Zitat stammt übrigens von Heinrich von Sybel, formuliert wohl so um die Mitte des 19. Jahrhundert, und ich meine, dieser Mann hat damit recht!« Isabell hob ihr Glas und lächelte ihren Vorgesetzten an. »Sieh es doch einmal so, Paul. Was hat denn die Long weiter getan, als die Welt um einen kriminellen Bösewicht zu erleichtern, während sie – insbesondere wenn man sich ihre Biografie anschaut – wahrscheinlich ohne sich zu schonen, allzeit ein nützliches Glied in der menschlichen Gesellschaft war.«

»Ja, aber Isabell, dafür haben wir schließlich die Gesetze, die von unseren Richtern je nach Schwere der Tat, unterschiedlich ausgelegt werden können«, erinnerte Schmidt seine Assistentin. »Ich nehme an, dass ein einfühlsamer Richter Frau Longs Tat nicht mit dem Prädikat ›aus niedrigen Beweggründen‹ versehen wird. Nee, nee, ich glaube, da lassen wir mal besser unsere Finger von, denn das könnte uns Kopf und Kragen kosten. Zumal das nicht die uns zugewiesene Rolle im Spiel um Recht, Gerechtigkeit und Bestrafung ist.«

»Natürlich … natürlich hast du in allem, was du vorgebracht hast, ohne Frage recht«, räumte Isabell ein. »Aber bedenke mal, wer hat letztlich was davon, wenn der Gesetzestext obsiegt und die Frau einsitzen muss? So kostet sie dem Steuerzahler nur Geld, eine Wiederholung der Tat wird mit Sicherheit nicht stattfinden und in Freiheit wäre sie jemand, der Lebewesen hilfreich beispringt, die nicht zur Krone der Schöpfung gehören und die das Pech hatten, *nur* als Tiere zur Welt gekommen zu sein.«

»Gut, gut Isabell, du betonst jetzt sehr den ethischen Standpunkt und lediglich von der Seite gesehen, könnte man vielleicht Gnade vor Recht walten lassen …« Schmidt führte sein Glas an die Lippen, setzte es jedoch, ohne getrunken zu haben, wieder ab. »Und dennoch, Isabell«, beharrte Schmidt erneut auf seinem Standpunkt, »ist und bleibt Longs Tat, Selbstjustiz und das wollen wir hier nicht. Wo kämen wir denn hin, wenn das jeder machen würde.«

»Du weißt genau, Paul, dass dein letzter Satz – verzeih – ein stammtischspezifisches, verallgemeinerndes Totschlagargument beinhaltet, nur um die Gegenseite ruhigzustellen«, widersprach Isabell ihrem Chef vehement. »Denn es ist natürlich Blödsinn zu behaupten, dass plötzlich alle Menschen auf einmal, alle das Gleiche machen würden. Dazu ist einfach die ganze Fallgeschichte um diese Frau herum viel zu individuell.«

»Und was machen wir dann mit Raoul Berger? Deiner Argumentation folgend, müssten wir den dann ebenfalls laufen lassen.«

»Also, die Geschichte um den Mann herum ist bestimmt ebenso tragisch«, antwortete Isabell, »denn er hat ebenfalls nicht aus, wie ich meine, niederen Beweggründen gehandelt. Dennoch sehe ich die Sache hier anders. Die Uneigennützigkeit und die gradlinige Haltung von Erika Long ist für mich einfach etwas ganz Besonderes. Außerdem habe ich auf das Schicksal von Raoul Berger keinen Einfluss mehr, insofern stellt sich die Frage allenfalls noch theoretisch.«

»Und doch kannst du von mir nicht verlangen, Isabell«, gab Schmidt unbeirrt zu bedenken, »dass ich dein Ansinnen mittrage und verantworte, denn dafür bin ich schließlich nicht Polizist geworden. Und genau genommen wäre es ja Strafvereitelung im Amt.«

»Nee, nee Paul, auf unseren Fall bezogen, wäre das schlicht und einfach nur human«, entgegnete Isabell zum Schluss noch vor der Tür der Weinstube, bevor sich die Wege der beiden vorerst trennten.

»Da hat mir das Kind schon eine Nuss zu knacken gegeben«, grübelte Schmidt auf dem Weg über nach Hause. Irgendwie ticken Frauen anders, sind einfühlsamer als Männer und fühlen sich eher berufen, untereinander Netzwerke zu bilden. Trotzdem war durch Isabells Einwände etwas in ihm angestoßen, denn er differenzierte theoretisch, ebenfalls zwischen Recht und Gerechtigkeit. Seine Front war nicht so unverrückbar, wie es seiner Stellung geschuldet war und nach außen zumeist den Anschein hatte.

Als er morgens sein Büro in der Bezirkskriminalinspektion betrat, tat Isabell nach kurzem Gruß sehr beschäftigt. Ihm war natürlich klar, dass sie ihre Hoffnung auf eine bejahende Antwort nicht aufgegeben hatte. Er stellte sich ans Fenster, wo das altvertraute rote Dachziegelmeer – im Augenblick im weichen Dunst des Morgenlichts – auf seine wohlmeinende Betrachtung wartete, und das gab ihm Kraft.

»Na, was meinst du Paul, soll der rote Milan leben?«, hörte er im Rücken Isabells bohrende Frage.

»Natürlich soll er leben – wie alle anderen Tiere auch – Ehepaar Kolb wird das schon machen, da bin ich mir sicher.«

EPILOG

Raoul Berger fand verständige Richter und kam mit vergleichsweise noch milden drei Jahren Freiheitsstrafe davon, weil ihm keine niedrigen Beweggründe unterstellt wurden. Wegen guter Führung konnte er bereits nach zweieinhalb Jahren die Gefängnismauern für immer hinter sich lassen, denn die Tat und die Verhältnisse, die letztlich dazu führten, würden sich in seinem Leben so niemals wiederholen. Zu Ben und Nina, die ihn während der Haftzeit – und das nicht nur aus Dankbarkeit heraus – häufig und regelmäßig besucht hatten, hielt er auch noch nach Verbüßung seiner Strafe Kontakt.

Ben und Nina Thams haben ihren Traum zu Grabe tragen müssen und dem Landleben, das statt des erhofften Paradieses sich zum Schluss hin eher in eine Hölle verwandelt hatte, endgültig den Rücken gekehrt. Sie arbeiten beide wieder im Angestelltenverhältnis und sind der Gastronomie trotz allem treu geblieben. Noch immer haben sie an ihrem Schuldenberg zu tragen, hoffen aber in einigen Jahren auf eine eigene Teestube in der City, denn hier wären, so meinten sie, mit derart drastischen Veränderungen wie die erlebten, eher nicht zu rechnen. Ihr Sohn Moritz besitzt – trotz des bitteren Scheiterns seiner Eltern – die Zuversicht der Jugend und hat gerade nach der bestandenen Mittleren

Reife die Hotelfachschule besucht und wird danach, soviel ist schon sicher, eine Stelle in einem Hotel der gehobenen Klasse antreten.

Joe, alias Joachim Keim, ist nach dem Tod seines Vaters nach Arizona zurückgekehrt und lebt dort unter bescheidenen Verhältnissen in einem Wohnmobil. Soweit es seine Zeit erlaubt, genießt er die fast schon erhaben zu nennende Stille der großen Canyons. Seinen Lebensunterhalt bestreitet er hauptsächlich als Angestellter in einem indianischen Casino, wobei er sich mit gelegentlichen Berichten über Land und Leute, die er an seine alte Redaktion nach Deutschland schickt, sowie mit Promotionsarbeit für den Stamm seines indianischen Freundes ein weiteres Zubrot verdient.

Außerdem hofft er immer noch auf den Verkauf der zurückgelassenen alten Kate, denn die positiven Veränderungen in der Gegend ließen immerhin hoffen.

Erika Long musste nach ihrer Verhaftung und anschließender Verurteilung zu einer mehrjährigen Strafe in der Justizvollzugsanstalt Lübeck einsitzen, denn Hauptkommissar Schmidt hatte seiner Assistentin Isabell Detleffsen definitiv nicht folgen wollen. Doch nach ihrer Entlassung, das wusste die Tierpflegerin bereits, würde sie die Auffangstation der Kolbs übernehmen können, die sich, wie sie betonten, keine kompetentere Nachfolgerin denken konnten. Erika

Long wollte auch nicht mehr an den Ort zurück, der sie ständig an alles erinnerte und der Clinch mit dem benachbarten Jäger womöglich nach einer Schonzeit in die nächste Runde ging. Die Brandstifter ihrer Kate sind nie ermittelt worden, und noch immer wartet die Ruine auf einen Käufer.

Ihre Tat bereut sie nicht, und sie würde sie, wären heute die gleichen Umstände wie damals, immer wieder begehen. War doch durch sie die Welt – wie sie meinte – von einem Ungeheuer befreit, das sich in lächerlicher Selbstüberschätzung als die Krone der Schöpfung empfand, aber das weiterhin nur Schaden über Mensch und Tier gebracht hätte.

Beate Thomsen hatte tatsächlich kurz vor ihrem überhasteten Aufbruch eine SMS von Sven Bothe erhalten, denn ihr Handy war, nachdem sie verunfallt war, auf der Großer-Belt-Brücke von der dänischen Polizei sichergestellt worden. Sie gilt weiterhin als verschollen und auch von Sven Bothe hat man nie wieder etwas gehört. Gut möglich, dass er mit seinen Beziehungen zur Unterwelt und gefälschten Papieren eine neue Identität hat annehmen können.

Hinz Henningsen hat von allen Beteiligten eigentlich die wenigstens Federn lassen müssen. So schlimm, wie er die mögliche Vergrämung des Wildes aus seinem Jagdrevier immer dargestellt hatte, ist es nie geworden. Und dass ihm auch noch seine lästige Nachbarin

Erika Long quasi über Nacht abhanden gekommen ist, bedauert er natürlich nicht gerade. Ironie des Schicksals ist nur dabei, dass gerade Erika Long – wenn auch außerhalb des Gesetzes – wieder für halbwegs normale Verhältnisse in der Gegend gesorgt hat.

Paul Schmidt, auf den natürlich schon neue Fälle warten, hat sich inzwischen zum gelegentlichen Ausspannen ein kleines, in ochsenblutrot, gestrichenes Holzhaus im südlichen Schonen gekauft. Er ist ledig geblieben und möchte das auch aufrechterhalten, denn er meint, eine weitere, feste Beziehung würde letzten Endes nur wieder scheitern, wobei sicherlich schon Einiges von vornherein seinem Beruf und Engagement geschuldet ist.

Isabell Detleffsen ist nach wie vor mit dem Druckereibesitzer aus Flensburg verheiratet. Ihr Mann möchte gern, dass noch Kinder dazukommen und auch sie ist mittlerweile in dem Alter, wo sie sich diese Frage ernsthaft stellen muss, bevor der Zug schon rein aus biologischen Gründen abgefahren ist. Doch ist sie mit ihrem Beruf so verflochten, dass sie sich – auch nur zeitweise – ein Hausfrauen- und Mutterdasein eigentlich nicht vorstellen mag. An der materiellen Situation läge es nicht, denn ihr Mann verdient als Besitzer einer gut gehenden Druckerei genug, um ihnen ein mehr als auskömmliches Dasein an der Solitüde zu bieten. Nach außen schiebt Isabell ihre Entscheidung noch vor sich her, aber eigentlich hat sie sich in diesem Konflikt schon definitiv für ihren Beruf entschieden und es bleibt vorerst offen, ob ihr Mann dieses auf Dauer akzeptieren wird.

CHRONIK

In der Rückschau ließ sich sagen, dass eigentlich erst der Tod des Kneipenwirtes Andy Thomsen und der dadurch bedingte Ausfall des Motomarktes und des Motorrad-Gottesdienstes Langballigau davor bewahrt hat, endgültig zu einem Mekka für Biker zu verkommen.

Da Frau Thomsen spurlos verschwunden blieb, behielt sich die Gemeinde, die ihren Fehler nicht zu wiederholen gedachte, das Kauf- und Nutzungsrecht der Kneipe vor.

Veränderungen, die greifen sollen, brauchen Zeit, aber nachdem die Gemeinde endlich verkehrspolitische Maßnahmen eingeleitet und den gesamten Ortskern zur Fußgänger- bzw. Verbotszone für Motorräder erklärt hatte, wurde die Gegend für Biker zunehmend uninteressanter.

Es wurde allerdings schon gemunkelt, dass, da die meisten Biker natürlich nicht auf einen Ausflugsort an der Küste verzichten wollten, den sie direkt anfahren konnten, schon ein neues Objekt im Nachbarort Neukirchen ausgeguckt wurde. Ob sich das Geschehen dort allerdings so drastisch wiederholen würde wie in Langballig, blieb abzuwarten und hing sicher auch davon ab, ob in den Gemeinden die Bereitschaft wüchse, voneinander zu lernen.

Was speziell die Langballiger Straße angeht, wird

es, besonders zur warmen Jahreszeit, sicher weiterhin immer wieder durchgeknallte Biker geben, die die Landschaft kilometerweit mit ihrem Lärm kontaminieren. Damit werden die Anwohner auch in Zukunft zu leben haben, denn ordnungsregulierende Polizeikontrollen finden nicht statt und die Politik hüllt sich weiter in Schweigen.

Weitere Krimis finden Sie auf den folgenden Seiten und im Internet: www.gmeiner-verlag.de

Ella Danz
Unglückskeks
978-3-8392-1518-0

»Kulinarisch, kriminell, einfach Kult!«

Keiner weiß, wovor Sophie Angst hat, denn nach einer Kopfverletzung kann sie weder sprechen noch schreiben. Befindet sie sich in Gefahr? Kommissar Georg Angermüller wiederum muss das Rätsel um einen toten Chinesen auf den Schienen bei Reinfeld ergründen. Der Lübecker Ermittler und sein Team recherchieren lange ohne greifbaren Erfolg, müssen sich über ignorante Kollegen und ihren obersten Chef ärgern – und essen öfter mal, nicht nur mit Stäbchen, bis sie endlich der Lösung des Falles näher kommen …

GMEINER

Wir machen's spannend

Antonia Fehrenbach
Klärschlamm
978-3-8392-1520-3

»Hintergründig und packend!«

Nach 60 Jahren Verbannung kehrt Ernst-August Buck in sein Heimatdorf in Holstein zurück. Wenig später treibt er tot im Schlammturm des Klärwerks. Zurück bleiben nur seine Notizen, die als Erinnerungssplitter die Suche der Schutzpolizistin Franziska Wilde nach dem Mörder vorantreiben. Die Liebe zu einer alten Frau, verbindet sie und den Toten miteinander und verstrickt sie mit den Geschicken der Dorfgemeinschaft, in der es so viele Wahrheiten wie Menschen gibt und … einen geheimnisvollen Mörder.

GMEINER

Wir machen's spannend